# DER Fluch VON BLACK ISLE

## HIGHLAND HEILERINNEN 1

# KEIRA MONTCLAIR

# KAPITEL EINS

*Frühling 1292, Die Highlands von Schottland*

DIESER EINE SCHRITT, diese eine Handlung, die er zu begehen im Begriff war, würde sein Leben ändern – unwiederbringlich.

Marcas Matheson bereitete sich darauf vor, über die Ringmauer zu klettern. Das bedeutete, in die Festung des Ramsay Clans einzudringen, und das war ein Schritt, dessentwegen ihn wahrscheinlich jeder Highland Krieger jagen und verdammen würde, bis er gefasst wäre, doch das war ihm einerlei.

Er musste den Menschen retten, der ihm am wichtigsten war, aber er wusste, dass er damit auch sich selbst retten würde. Sie zu retten würde seinem Leben die Wendung geben, die er sich immer gewünscht hatte, diese eine Sache, auf die er lange gehofft, aber nicht gewusst hatte, wie er sie erreichen sollte.

Ein Schritt nach dem anderen. Was danach folgte, würde kommen. Er kletterte die Mauer hinauf und hielt oben angekommen inne, um die Umgebung der großen Festung in sich aufzunehmen und sich zu versichern, dass er allein war, und nicht erwischt werden würde.

Wenn das geschähe, wusste er, dass der Ruf der Ramsays garantieren würde, dass es für ihn keine Rückkehr nach Black Isle gab. Stattdessen würde sein Kopf wahrscheinlich auf einer Pike aufgespießt an den vorderen Toren prangen. Sein Körper schauderte bei dem Gedanken, aber er durfte sich nicht gestatten, langsamer zu werden.

Erst einmal würde sein Eindringen über die kalten Steinmauern der Festung ihm erlauben, die beste Heilerin der Highlands ausfindig zu machen, um sie zu stehlen, damit sie, wie er betete, das Leben seiner Tochter Kara retten konnte. Kara im zarten Alter von drei Wintern leiden zu sehen, war mehr als er ertragen konnte.

Er hatte versagt, alle anderen von Bedeutung zu retten. Jetzt wandte er sich der Rettung des Lebens einer Unschuldigen zu, die eine der beiden Menschen war, die er mehr als das Leben verehrte, den Nachwirkungen zum Trotz. Er würde das Gleiche über seinen Sohn, Tiernay, sagen, der nun beinahe ein Jahr alt war, doch Tiernay war im Augenblick sicher in seiner Festung geborgen. Kara war ebenfalls dort, aber keineswegs gesund.

Kara brauchte eine Heilerin, unbedingt.

Da er bereits gegenüber seinem Clan versagt hatte, indem er unbeabsichtigterweise den einen Heiler fortgeschickt hatte, den sie vor dem Fluch gehabt hatten, war das Vertrauen der anderen gering in ihn. Aber er würde seine Ehre zurückerobern. Diese Tat war die einzige

Möglichkeit, wie er sich das vorstellen konnte. Er hatte gelobt, die Dinge in seinem Clan zu verbessern und dafür brauchte er einen mächtigen Heiler.

Er betete für seinen Erfolg und den seiner beiden Brüder und dann fluchte er gleich darauf. Warum sollte er zu einem Gott beten, der ihn nicht beachtete? Der Allmächtige hatte sein Heimatland mit einem Fluch belegt, der es beinahe zerstört hatte. Und jetzt war die Position des Lairds die seine, wenn er sie wollte.

Er war nicht sicher, ob er die Rolle übernehmen konnte.

Marcas war als einer der verstohlensten Jäger bekannt, und in der Lage, sich zu bewegen, ohne gesehen oder gehört zu werden, was ihm half in die Anlagen der Ramsay Festung einzudringen, ehe er nach Black Isle zurückkehrte.

Der Black Isle des Todes.

Vom Sims der Ringmauer suchte er den Bereich mit Blicken ab, um dann hinunterzuspringen und lautlos auf dem Gehweg hinter einer Ramsay Wache zu landen. Er packte seinen kurzen, stumpfen Knüppel, eine Waffe, die der extra angefertigt hatte, und schlich sich hinter den Krieger, wobei er den Knüppel in geübtem Bogen schwang, der den Mann ohne einen Laut außer Gefecht setzte.

Wie er diese Waffe liebte. Als die anderen ihm beim Anfertigen gesehen hatten, hatten sie gehöhnt und ihn einen Schwächling genannt. Doch Marcas zog es vor, zu verletzen und nicht zu töten.

Sobald er die Hintertreppe in das dritte Stockwerk des Hauptturms gefunden hatte, trat er in den Aufgang und gewährte seinen Augen ein paar Augenblicke, um sich an die Dunkelheit zu gewöhnen, wobei er seine Waffe noch immer in der Hand hielt. Seine Informationsquelle hatte ihm verraten, wo die Heilerin schlief, also stieg er die Treppe hinauf und den Gang entlang, wobei er in der Dunkelheit der Nacht niemanden aufweckte.

Um den Erfolg seiner Mission zu garantieren, hatte seine Quelle ihm die wertvollste Information überhaupt anvertraut: Die besten Heilerinnen im Land waren Brenna Ramsay und Jenny Cameron.

Er wollte sie beide. Er war hier, um Brenna zu finden, während seine Brüder unterwegs waren, um Jennie aus dem Land der Camerons zu rauben, das ein gutes Stück entfernt lag. Sie würden die gleiche Methode anwenden: sich hinein und wieder herausschleichen, und hoffen, dass der König die Schuldigen nie ausfindig machen könnte. Ein Kichern drang an seine Ohren und starr vor Schreck beugte er sich über die Brüstung, um zu hören von welcher Stelle des Erdgeschosses es zu ihm aufstieg, wo sich die große Halle unter ihm befand.

Seine Quelle hatte ihm berichtet, dass Brenna und Jennie beide große Kammern für die Heilbehandlungen hatten, die von der großen Halle ihm Hauptturm abgingen, was anders war als bei den meisten Clans, bei denen die Heilerinnen ihm Dorf wohnten. Die Schwestern, die in unterschiedlichen Festungen lebten, taten beinahe alles auf gleiche Weise. Aufgrund ihres Talents und dessen Werts würde jeder im Land von ihrer Entführung erfahren, insbesondere da die beiden mit ihren Lairds oder vorhergehenden Anführern ihrer Clans verheiratet waren. Doch es war ihr Bruder, der dafür sorgen würde, dass die Sache nicht unbemerkt blieb. Sowohl Jennie als auch Brenna waren jüngere Schwestern des großen Alexander Grant, vom Grant Clan, der über eintausend Krieger beherbergte. Seine einzige Sorge bestand darin, sicherzustellen, dass er die richtige Frau hatte, was sich in der Dunkelheit der Nacht vielleicht als schwierig erweisen könnte.

Die Grants würden nicht anfangen, die Entführer zu verfolgen, bis ein Tag vergangen war, aber Logan Ramsay, der für seine Fähigkeit als Spurensucher bekannt war, würde die Jagd beginnen, sobald er erfuhr, dass Brenna vermisst wurde. Und die Camerons? Von ihrem Können als Spurensucher wusste Marcas nichts. Er vermutete, dass die Camerons Nachricht an den Ramsay Clan und den Grant Clan schicken würde, um sie um Hilfe zu bitten. Das Verschwinden der beiden Heilerinnen würde nicht unbemerkt bleiben. Er nahm an, dass er eine gewisse Zeit Vorsprung vor den Ramsay Fährtenlesern brauchen würde, um sicher zu sein. Sie hatten einen guten Ruf und der seine war besser.

Er würde nicht erwischt werden. Zu viel hing von seinem Erfolg ab.

Er eilte die Treppe hinunter und schlich sich an die Tür, um eine Unterhaltung zwischen

zwei Frauen zu belauschen, deren Stimmen auf
einen Respekt und eine Kameradschaft schließen
ließen, die viele nie kennenlernen würden. Die
eine sprach von einem Kind, das gerade im Dorf
zur Welt gekommen war. Er vermutete, dass dies
Brenna Ramsays Stimme war. Marcas öffnete die
Tür einen Spalt und versicherte sich rasch, dass nur
zwei Frauen anwesend waren, die beide Utensilien
in einem großen Beutel wiederauffüllten, Tücher
banden und Violen füllten, während sie sich
unterhielten. Beide Frauen waren braunhaarig,
wobei die eine ein bisschen heller in der Farbe
war als die andere und eindeutig unterschiedlich
groß. Er musste nur herausfinden, welche die
Heilerin war. Marcas hatte nicht erwartet, zwei
Frauen vorzufinden. Er hoffte nur, seine Brüder
würden nicht vor demselben Rätsel stehen.
Gleichwohl beide Frauen Heilerinnen sein
konnten, konnte nur eine davon die berühmte
Heilerin sein. Außer, dass sie braunes Haar hatte,
wusste er nichts von der Frau, die zu entführen er
beabsichtigte. Nun, auf der Suche nach weiteren
Anhaltspunkten, schätzte er, dass sie groß sein
könnte, da sie die Schwester von Alex Grant war.

Plötzlich kam ihm ein anderer Gedanke. War
es möglich, dass diese beiden Schwestern sein
konnten? So schnell, wie ihm die Idee gekommen
war, schüttelte er sie auch wieder ab. Seine Quelle
hatte das Land der Camerons gerade verlassen
und behauptet, Jennie sei zu Hause gewesen. Er
würde seine Wahl treffen müssen, doch was wäre,
wenn er sich irrte?

Bei seinem Eintreten erstarrten beide.

»Bist du krank?«, fragte die Größere.

»Nein.« Er packte die junge Frau und hielt ihr sein Messer an die Kehle, während er das Wort an die kleinere der beiden richtete. »Ich brauche dringend eine Heilerin, also werde ich sie mitnehmen. Mach den Beutel zu. Wir nehmen deine Utensilien mit. Keinen Laut«, warnte er sie beide. »Oder ich schlitze ihr die Kehle durch.«

Die kleinere Frau antwortete: »Wir sind beide Heilerinnen. Nimm mich auch mit.«

»Das passt mir gut. Ihr begleitet mich beide.« Er zeigte auf die Kleinere. »Nimm eure Umhänge und den Beutel.«

»Aber —«

»Kein weiteres Aber«, zischte Marcas. »Haltet euren Mund, ihr beide. Ihr werdet später herausfinden, warum ihr gebraucht werdet.«

Die beiden jungen Frauen schauten einander schweigend an, und das war ihr Glück.

Er schob sie auf die Tür zu und flüsterte: »Führt den Weg an, Lady Ramsay.«

Und fort waren sie.

Brigid Ramsay verfluchte im Stillen den Augenblick, in dem sie ihren Fehler gemacht hatte. Warum hatte sie ihm gesagt, sie seien beide Heilerinnen? Sie hätte versuchen sollen, ihn zu überzeugen, sie mitzunehmen und Jennie zurückzulassen. Doch ohne nachzudenken hatte sie die Wahrheit ausgeplaudert. Wie hatte sie solch einen dummen Fehler machen können?

Aber sie wusste, warum, und sie war sich

ziemlich sicher, dass Jennet es auch wusste. Ohne Jennet an ihrer Seite, betrachtete Brigid sich nicht als Heilerin. Sie hatte kurz Angst, dass der Mann nur sie nehmen und Jennet zurücklassen würde und es herauskäme. Stattdessen hatte sie Jennet in ihr Unglück gezerrt.

Jennet würde ihr nie verzeihen.

Von dem überraschenden Überfall erstarrt, tat Jennet, was ihr gesagt wurde. Der Dolch an ihrer Kehle könnte natürlich etwas mit ihrer Fügsamkeit zu tun gehabt haben. Brigid rechnete halb damit, dass Jennet sich weigern würde, mitzukommen, doch in einer weiteren vollkommenen Überraschung, folgte sie willig.

Würde sie ihre Cousine je verstehen?

Solange Brigid zurückdenken konnte, waren sie die besten Freundinnen, und sie hatte mit Jennet viele von Tante Brennas Heilunternehmen begleitet, die sie beide sehr interessant fanden. Doch Jennet war mit ihrem scharfen Verstand weitaus begabter als Brigid. Sie war der Ansicht, ihre Cousine besäße einen stärkeren Geist als viele der Männer, die sie kannten, und sogar der ihres Vaters, wenngleich sie bei dieser Überlegung über die Jahre geschwankt hatte. Gerade jetzt war Brigid überzeugt, dass Jennet klüger war als irgendjemand anderer im Clan.

Wenn sie überhaupt von jemandem übertrumpft werden konnte, dachte Brigid, dann würde das ihre Mutter Brenna sein, aber über kurz oder lang glaubte sie, dass sogar Brennas Intelligenz vor der ihrer Tochter verblassen würde.

Sobald sie durch das hintere Tor hinausgegangen

waren, setzte der Mann Jennet auf ein Pferd, und nahm die Zügel in seine Hände. Dann hob er Brigid auf ein weiteres Pferd und saß hinter ihr auf. Er trieb die Tiere an, und sie ritten vom Ramsay Land weg, weg von der Heimat, die Brigid selten verlassen hatte und von ihrer engsten Familie fort.

Es gab keine Anzeichen, dass irgendjemand ihr Fehlen bemerkt hatte. Brigid sagte ein stilles Gebet, dass ihr Vater von ihrer Abwesenheit Kenntnis bekäme, oder dass jemand an den Toren bald von der Übertretung Wind bekam.

Wie hatte dieser Mann die Wachen der Ramsay Festung umgangen? Sie war dafür bekannt, den besten Trupp ausgebildeter Wachen, neben den Grants weiter oben im Norden, zu haben. Im südlichen Teil der Highlands konnte ihnen jedoch niemand ihrer hervorragenden Güte das Wasser reichen.

Dennoch waren Brigid und ihre Cousine mitten in der Nacht gestohlen worden, genau wie ihre Mutter vor so vielen Jahren.

Brigid schielte zu Jennet hinüber, die starr geradeaus schaute. Ihre geliebte Cousine würde sich etwas ausdenken. Bestimmt würde sie das. Doch andererseits erinnerte sich Brigid auch daran, dass ihre Mutter und ihr Vater sie suchen würden, sobald sie das Verschwinden der beiden jungen Frauen bemerkten. Eine weitere Möglichkeit waren Brigids große Schwester und ihr Ehemann, die beide für die Krone arbeiteten. Diese beiden würden sie ganz bestimmt finden können, wenn ihr Vater scheiterte.

Die Nacht war still und doch schön und das einzige Geräusch war der Atem ihrer Pferde, der dumpfe Schlag ihrer Hufe auf dem vom letzten Regen feuchten Boden und dem gelegentlichen Heulen einer Eule. Es ging kein Wind und es regnete nicht und die Wolken zogen fedrig über den Mond, der genügend Licht spendete, um etwas zu sehen. Brigid vermutete, dass ihr Entführer die Tat für die Vollmondnacht geplant hatte. Denn dies bescherte ihm gerade genug Licht, um sein Vorankommen zu erleichtern.

Eine ganze Zeit lang bewegten sie sich in einem erbarmungslosen Tempo voran. Dann verlangsamte er die Pferde und hielt nach einer Bresche unter den Bäumen Ausschau, der er dann folgte, nachdem er eine gefunden hatte, bis sie auf eine kleine Lichtung stießen. Er saß ab, legte seine Hände um Brigids Taille und hob sie herunter, um dann auf die umliegenden Bäume zu zeigen. »Kümmere dich um deine Bedürfnisse. Du gehst zuerst und dann deine Freundin. Wir werden hier warten, bis zwei weitere Pferde zu uns kommen. Dies ist eure einzige Chance für den Rest der Nacht, also nutzt sie gut.«

Brigid schlug sich in die Büsche und dachte kurz daran, zu fliehen, doch dann verwarf sie den Gedanken. Sie hatte kein Pferd und keine Vorstellung, wo sie sich befand. Und sie konnte Jennet auch nicht im Stich lassen, nachdem sie ihnen beiden aus Dummheit ein trauriges Schicksal beschert hatte.

Als sie fertig war, kam sie zurück auf die Lichtung. Ihr Entführer versetzte Jennet einen kleinen Stoß in den Rücken und meinte: »Du gehst als Nächste.«

Schweigend verschwand Jennet hinter den Büschen, aus denen Brigid gerade erst hervorgetreten war.

»Hast du einen Namen? Ich würde gern wissen, wer mich entführt hat.« Brigid verschränkte die Arme und schaute zu dem Mann auf. Er war gut aussehend, doch das war etwas, worauf sie selten achtete, da ihr Vater jeden Mann umbringen würde, der es wagte, sie anzuschauen. Nie würde sie wie ihre Schwester einen Ehemann finden.

Ihr Entführer antwortete nicht, sondern fischte einen Haferfladen aus seiner Satteltasche, den er unhöflicherweise vor ihren Augen aß. »Was spielt mein Name für eine Rolle?«

Jennet gesellte sich aus den Büschen zu ihnen und antwortete: »Damit wir einen Namen auf dein Grabkreuz schreiben können, nachdem unsere Väter dich bei lebendigem Leibe gehäutet und für die Bussarde liegen gelassen haben, damit sie dir die Augen aushacken können.«

Beinahe musste Brigid über die rüden Beschreibungen ihrer Cousine lächeln, doch sie besann sich auf ein früheres Mal, als sie beide entführt worden waren. Damals waren sie noch viel jünger gewesen. Jennet hatte keine Furcht gezeigt, und stattdessen ihren blitzschnellen Verstand benutzt, um ihre Entführer aufzuregen. Aufgrund der Arbeit ihrer Mutter, hatte Jennet gewusst, dass einer der Mistkerle eine große Angst vor Blut hatte, die so heftig war, dass er häufig beim Anblick der roten Flüssigkeit in Ohnmacht fiel, wenn sie über helle Haut floss.

Also hatte Jennet seine Furcht gegen ihn eingesetzt, um ihre Flucht zu ermöglichen, was

Brigid nie eingefallen wäre. Es war eine brillante Tat gewesen, die häufig gerühmt und wiedererzählt wurde. Jennet behauptete, eine Hexe zu sein mit der Fähigkeit jemanden nur durch einen Blick in Schlaf versetzen zu können. Dann hatte sie sich absichtlich geschnitten, dem Dummkopf ihr Blut gezeigt und im Nu war er zu Boden gesackt.

Konnte Jennet sich jetzt auch etwas ausdenken, das gegen ihren Entführer wirken würde?

Der Mann warf Jennet einen amüsierten Blick zu. »Das ist nur gerecht. Wenn ich gefangen werde, ziehe ich den Tod vor und es wäre mir recht, wenn meine Brüder wüssten, dass ich das bin mit den ausgepickten, leeren Augenhöhlen. Marcas ist mein Name. Ich bin in dieser Gegend nicht bekannt, also wirst du meinen Clan nie erraten.« Er biss von seinem Haferfladen ab und lächelte dann.

»Warum warten wir, *Marcas*?«, fragte Brigid, die seinen Namen dabei in die Länge zog. »Wer wird mit zwei Pferden kommen?«

»Meine Brüder.«

Er sagte nichts weiter, und so ging Jennet außen um die Lichtung herum und betrachtete die Blätter der umstehenden Pflanzen, und zog von einigen die Wurzeln heraus, um sie zu inspizieren.

»Was zum Teufel tust du da?«, fragte Marcas, der einen verärgerten Blick auf sie beide warf.

»Ich suche nach etwas, das ich benutzten kann,

um dich mit einem Fluch zu belegen«, antwortete Jennet grinsend, und seine üble Stimmung ignorierend setzte sie ihre Untersuchung der Pflanzen fort.

Marcas spie mit einem Glucksen beinahe sein Essen wieder aus. »Du glaubst, ich habe Angst vor Hexerei? Das habe ich nicht, also verschwende deine Zeit nicht.«

Jennet starrte ihn an und rollte mit den Augen. »Keinen Verstand .«

Brigid hätte beinahe gelacht, aber sie hielt ihre Heiterkeit zurück. Marcas hatte Jennet überlistet, und genau erraten, wonach sie suchte und warum. Sie kannte nur wenige, die ihre Cousine je überlistet hatten. Aber Brigid glaubte dennoch an sie. Sie wusste, wie scharf und schnell Jennets Verstand arbeitete und wie rasch sie wahrscheinlich mit einer Lösung aufwarten würde, die sie befreite. So wie sie Jennet gut genug kannte, würde sie sich im Augenblick Zeit lassen, während sie über den Zweck ihrer Entführung nachdachte. Sie waren mitten in der Nacht geraubt worden, und bislang war Marcas damit durchgekommen.

Jennet würde so viele Informationen wie möglich sammeln.

Aber sie erhielten keine Gelegenheit, sich lange zu wundern, da das Getrappel von Pferdehufen zu hören war und alle drei zum Schweigen brachte. Marcas Pferd stieß ein kleines Schnauben aus, als Begrüßung zu einem vertrauten Pferd und Marcas lächelte, während er ihm anerkennend – so nahm sie zumindest an, den Widerrist tätschelte. »Aye, ich weiß, wer kommt, aber ich danke dir für die Benachrichtigung.«

Zwei Pferde brachen durch die Bäume. Auf beiden saß ein Mann, und einer mit einer Frau vor ihm.

Es war ihre Cousine – Tara Cameron.

# KAPITEL ZWEI

MARCAS STARRTE SEINE beiden Brüder an und das Mädchen, das mit ihnen ritt. Sie war in der Tat eine Schönheit, Sommersprossen zierten ihre kecke Nase, aber sie sah nicht alt genug aus, um eine Heilerin zu sein. Sie hatte fast die gleiche Haarfarbe wie die Frauen bei ihm, was ihm sagte, dass sie verwandt waren, aber diese neue junge Frau hatte braune Augen, die anders aussahen – als ob Gold darin schimmerte. Er sah die ersten beiden an, die er gefangen hatte und dachte, dass sie beide braunäugig wären.

Aber waren sie das?

Dann hielt er inne und schaute die eine an, deren Augen nun grün wie der Wald aussahen. Sie waren tatsächlich tiefgrün und er hatte es kaum bemerkt. Diese Augen riefen ihn, doch er entschied sich, den Ruf der Sirene zu ignorieren.

Stattdessen machte er sich daran, das Mienenspiel zwischen den drei jungen Frauen zu beobachten, um herauszufinden, ob sie einander kannten. Das würde ihm die Wahrheit der Angelegenheit preisgeben.

Wenn sie wirklich Schwestern waren, wie man

sagte, dann würden sie sich gegenseitig erkennen. Diejenige, von der es hieß, sie sei Jennie, saß vor seinem Bruder Shaw. Ihre Augen weiteten sich, und fast hätte sie etwas gesagt, als sie die Frau erkannte, die Brenna genannt wurde, und auch ihre Freundin, doch sie blieb still.

Eine der Frauen in seiner Obhut schüttelte den Kopf, um Jennie zum Schweigen zu bringen, dann starrten alle drei umgehend auf den Boden.

Sie kannten sich. Diese kleine Kopfbewegung war die einzige Bestätigung, die er brauchte, um sich sicher zu sein, dass sie die Richtigen erwischt hatten. Er überlegte sorgfältig, welche Frage er stellen konnte, doch Ethan blaffte: »Eine Patrouille der Ramsays ist nicht weit von hier. Wir müssen uns sputen.«

Er erkannte ein Grinsen auf Brennas Gesicht, das er allerdings ignorieren musste. Er schubste die beiden Frauen neben sich wieder auf die Pferde und machte sich bereit, in Richtung Black Isle zu reiten. Die Zeit drängte. Seine Tochter war bereits sehr krank, wenn auch nicht so krank, wie die anderen gewesen waren.

Nicht so schlimm wie seine Frau, die er bereits beerdigt hatte, oder der Mann seiner Schwester. Oder seine Mutter und sein Vater.

Sie alle hatten sich so sehr übergeben und so schnell abgebaut, dass er befürchtete, seine Tochter würde bei seiner Rückkehr tot sein. Er wollte gerade auf sein Pferd steigen, als ihn etwas aufhielt. Eine weiße Rose an einem Busch am Rande der Lichtung fiel ihm ins Auge. Sie leuchtete in der Dunkelheit und schien ihn zu rufen. Er schritt zu ihr hin, griff nach ihr und stellte erfreut fest, dass sie nicht allein stand, sondern von anderen Blüten umgeben war, die im Dickicht verborgen waren. Er pflückte zwei davon, kam eilig zurück und verstaute sie in seiner Satteltasche.

Marcas nahm die Blicke wahr, die zwischen den Frauen ausgetauscht wurden, aber er ignorierte sie und richtete das Wort an die Gruppe: »Wir müssen uns beeilen. Trödelt unter keinen Umständen herum. Wir werden rasten, sobald wir in der Nähe unseres eigenen Gebiets sind. Dort werden wir keine Schwierigkeiten haben, sie abzuschütteln.«

Die Reiter schlugen ein brutales Tempo an und flogen über die Landschaft. Die anstrengende Strecke beschied Marcas die Möglichkeit, die junge Frau vor ihm genau in Augenschein zu nehmen.

Er war sich nicht sicher, warum, doch er war der Annahme gewesen, dass Brenna eine alte Frau sei, und viel älter als dieses Mädchen. Es war schon lange her, dass er mit seiner Frau Freda zusammen gewesen war. Für den Großteil ihrer gemeinsamen Zeit war sie ihm eine gute Ehefrau gewesen und eine liebevolle Mutter für ihre Kinder, doch nie hatten sie die Kameradschaft und Verspieltheit vieler Paare erlebt, die er kannte. Andere heirateten aus Liebe, aber ihre Ehe war arrangiert worden, um ihre beiden Clans miteinander zu vereinen. Er hatte Freda sehr gemocht, doch die Gefühle, von denen die anderen schwärmten, hatte er nie gekannt. Es war nicht diese Art von unsterblicher Liebe und

Hingabe, die er sich einmal gewünscht hatte und die ihm nie zuteilgeworden war. Andere hatten ihnen zu Geduld geraten, aber ihre Liebe war nie aufgeblüht. Nur Respekt.

Diese drei jungen Frauen waren alle schön, jede auf ihre Art, doch ganz besonders die Brünette vor ihm. Ihr Haar war nicht geflochten, und die langen, seidigen Strähnen fielen ihr über den Rücken. Er stellte sich vor, wie er sein Gesicht in den dicken Locken vergrub, dann ihren Hals kostete und mit seiner Hand zum Vorderteil ihres Kleides glitt, um die Bänder zu lösen und die beiden Brüste zu befreien, die sie zusammenhielten, und ihnen damit die Freiheit zu schenken, die sie verdienten.

Peinlich berührt von seinen primitiven Sehnsüchten besann er sich darauf, dass er weder mit seiner Frau noch mit einer anderen Frau zusammen gewesen war, seit sie ihren Sohn Tiernay zur Welt gebracht hatte. Ein Jahr ohne Erlösung reichte aus, um ihn für eine Frau in seiner Nähe empfänglich zu machen. Vielleicht sollte er sie für den restlichen Ritt mit Ethan reiten lassen, damit er nicht mit den Versuchungen einer jungen Frau in solcher Nähe konfrontiert wurde.

Aber Ethan mochte nicht von Fremden berührt werden.

Er zwang sich, an etwas anderes als die Frau vor sich auf dem Pferd zu denken, ehe ihm noch etwas passierte, was er bereuen würde, nämlich so steif zu werden, dass sie es bemerken würde.

»Marcas, willst du bitte nicht einmal haltmachen?«, rief Ethan.

»Wie du willst«, rief er zurück. Die halbe Nacht war schon fast um. Er kam zu dem Schluss, dass jeder von ihnen eine Pause gebrauchen konnte, um seinen Bedürfnissen nachzukommen.

Nachdem er sein Pferd zum Halt pariert hatte, winkte er seinen Brüdern, ihm zu folgen. Er wies auf eine Stelle abseits des Hauptweges, und sie führten ihre Pferde in diese Richtung, duckten sich unter Bäumen hindurch und um einen Hügel herum zu einer Stelle, die für niemanden vom Weg aus sichtbar war.

»Du dämlicher Kerl!«, brüllte Ethan.

»Halt die Klappe, Ethan!«, brüllte er zurück, sprang von seinem Pferd und ging auf seinen Bruder los. »Oder willst du mir dein Problem erklären? Du hast immer ein Problem damit, wie ich die Dinge handhabe.«

»Von wegen, aber ich habe ein Problem mit deinen Entscheidungen, wenn du in die falsche Richtung steuerst. Karten waren noch nie deine Stärke, nicht wahr?«

Marcas half der Frau, die er für Brenna hielt, vom Pferd herunter, und dann streckte er die Hände nach dem größeren Mädchen aus und setzte sie ab. »Wovon zum Teufel redest du, Ethan? Das ist der richtige Weg«, entgegnete er und begann sich zu fragen, ob sein Bruder recht hatte. Ethan war normalerweise der beste Pfadfinder, aber Marcas hatte diesen Ritt schon einmal gemacht. War ihm ein Fehler unterlaufen?

»Anstatt euch gegenseitig anzuschreien«, mischte Shaw sich ein, »solltest du ihm lieber deine Meinung sagen, Ethan. Ihn wütend zu machen, bringt überhaupt nichts.«

Die Mädchen waren alle im Gebüsch verschwunden, doch Marcas beachtete sie nicht. Die Gruppe war jetzt zu weit im Norden, als dass sie daran denken konnten, wegzulaufen. »Er hört nicht zu, Shaw.«

Shaw richtete seinen Kommentar an Ethan. »Nach all den Menschen, die er an den Fluch verloren hat, denke ich, dass es verständlich für ihn ist, seinen Kopf mit anderen Dingen voll zu haben. Sag einfach, was du meinst.«

Marcas packte Shaw am Hemd und warnte: »Du wirst meine Probleme nicht allen verkünden. Ich habe den Frauen nur meinen Vornamen genannt. Der Rest ist privat und ich bitte dich mit allem Respekt, es auch dabei bleiben zu lassen.« Dann lenkte er seine Aufmerksamkeit zu Ethan. »Verzeih mir meinen Ausbruch. Sag mir, wo ich mich geirrt habe.«

Ethan, der mittlere Bruder, akzeptierte Marcas' Entschuldigung mit einem Nicken und meinte: »Die Gabelung des Weges vor einer Weile. Wir hätten die andere Richtung einschlagen müssen.«

Die große junge Ramsay Frau mit den braunen Augen kam aus dem Wald und meinte: »Wenn ihr vorhabt, irgendwohin in der Nähe von Inverness zu gelangen, habt ihr ganz bestimmt den falschen Weg genommen. Ihr seid zur Westküste von Schottland unterwegs.«

»Mist!« Marcas schleuderte der Gruppe seinen Ärger entgegen, gleichwohl dieser sich gegen nichts anderes als sich selbst richtete. »Warum habt ihr mich dort nicht aufgehalten?«

»Das habe ich versucht, aber du hast mich ignoriert. Du warst in Gedanken über irgendetwas versunken. Was hat dich so blind für alles gemacht?« Ethan schaute von seinem Bruder zu den Frauen und Marcas wusste, dass sie seinem Bruder Unbehagen bereiteten. Ethan mochte Fremde nicht, was insbesondere Frauen anbelangte. Aber Marcas war froh, dass er Ethan bei sich hatte, denn er war der beste Pfadfinder, wie er gerade wieder bewiesen hatte.

Marcas konnte die Wahrheit der Angelegenheit nicht gestehen, dass dieser weiche runde Hintern der Frau vor ihm der Anlass für seine Ablenkung gewesen war. Und der Duft ihres Haars. Und die Rundung ihres Nackens.

»Du stimmst zu, dass wir nach Nordwesten unterwegs sind?«, fragte er die große junge Frau, denn sie schien die Richtung recht gut zu kennen. Jetzt, da die Sonne aufgegangen war, bemerkte er, dass ihr Haar heller als das der anderen war, und von goldenen Strähnen durchzogen.

»Aye.«

»Dein Name.«

»Jennet.«

»Sag Brenna, sie soll sich beeilen.«

Jennet verschluckte sich an dem Wasser, das sie aus dem Trinkschlauch nahm. »Brenna? Brenna ist meine Mutter und sie ist nicht hier. War sie es, nach der du gesucht hast?«

Marcas fühlte sich, als ob ihn jemand geschlagen hätte. Brenna war ihre Mutter? Das konnte nicht wahr sein. Hier stand zu viel für ihm auf dem Spiel. Er konnte sich nicht geirrt haben! Seine

Hände zitterten beim Gedanken daran, dass er gar keine Heilerin mitgebracht hatte.

Sein Clan würde über seinen Fehler lachen. Manche würden weinen. Er konnte sich nicht geirrt haben. Das konnte einfach nicht sein. Mit den Händen fuhr er sich durchs Haar und zupfte an den Spitzen, als ob er durch das Straffziehen der Locken das Durcheinander vor ihm in Ordnung bringen konnte.

»Gut gemacht, Marcas«, schnaubte Ethan. »Du hast die Falsche erwischt. Es ist gut, dass wir Jennie gefangen haben, damit wir eine Heilerin unter den dreien haben.«

»Jennie?«, fragte Tara. »Welche glaubst du, ist Jennie? Sie ist meine Mutter. Also seid ihr auf meiner Burg hinter ihr her gewesen? Meiner Mutter?«

Mit schockierter Miene starrte Ethan die jungen Frauen an. Shaw fing zu lachen an, und der Klang, der über seine Zunge rollte, sandte die Eichhörnchen über die Bäume, als er sich zu einem Gewittersturm aus Frustration entwickelte. »Haben wir nicht wundervolle Arbeit geleistet? Wir alle drei!« Er zeigte auf die Brünette. »Also, wenn du nicht Brenna bist, wer bist du dann?«

»Brigid.«

Jennet, die Großgewachsene, grinste. »Meine Mutter ist die berühmte Heilerin, Brenna, und ihre Schwester, Jennie, ist die andere berühmte, und ihre Mutter.« Sie zeigte auf die kleinste Cousine mit den Sommersprossen auf der Nase. »Ihr Name ist Tara.«

Marcas fluchte so laut, dass die Vögel von den

Bäumen flogen und ihm einen Fluch zukreischten. »Was zum Teufel machen wir jetzt? Wir sind zu weit entfernt, um sie zurückzubringen.« Er sah zum Himmel auf und fragte sich, wie Gott sich so oft gegen ihn wenden konnte. Als sein Blick jedoch zu der Gruppe zurückkehrte, passierte das Allermerkwürdigste.

Er sah nur *sie*.

Während sie zusammen geritten waren, war etwas mit ihm geschehen. Es war ein Erwachen oder eine Wahrnehmung, die sie von den anderen abhob. Fünf Menschen standen vor ihm, doch seine Augen waren auf sie gerichtet, diese Schönheit, diejenige, deren Aura strahlte. Er hatte gedacht, ihr Name sei Brenna, doch stattdessen war sie Brigid. Ein Name, der viel besser zu ihr passte – nobler, majestätischer, edler. Es war der Name von jemandem, der mit allem fertigwerden konnte, was das Leben ihm entgegensetzte.

Anders als er. In diesem Moment des Scheiterns verspürte er eine verzweifelte Sehnsucht nach so jemandem in seinem Leben.

»Ich werde dir sagen, was zu tun ist. Du nimmst uns jedenfalls mit.« Brigids Blick traf den seinen und ihre grünen Augen zogen ihn magisch an. Wo er Verurteilung und Hass erwartet hatte, stieß er auf die ehrlichsten Augen, die er je gesehen hatte. Nicht nur ehrlich. Ihre Augen waren warm und mitfühlend, und sie hatten die Farbe des Waldlaubs mit goldenen Flecken darin. Ihre Augen bargen ein Versprechen.

Er konnte nicht anders, als einen Schritt näher auf sie zuzugehen. In diesem kurzen Augenblick wusste er, dass er sie nie zurücklassen würde.

Doch was sie als Nächstes sagte, besiegelte ihr Schicksal. »Wir alle sind Heilerinnen.«

Brigid hatte Marcas Unterhaltung mit seinen Brüdern belauscht. »Wen hast du an den Fluch verloren? Und die bessere Frage ist, wen fürchtest du an den Fluch zu verlieren?«

»Du musst auf keine dieser Fragen die Antwort kennen«, gab er zurück, als er die paar Dinge in seiner Satteltasche umpackte. »Du musst meine Fragen beantworten. Gib mir einen guten Grund, euch alle drei mitzunehmen. Ich habe keine Zeit mit Frauenangelegenheiten zu verlieren. Ich kann eine aussuchen, die ich mitnehme und die anderen beiden nach Hause schicken.«

»Frauenangelegenheiten? Von wegen, du arroganter Mistkerl −« Jennet ging auf ihn los und ihre Augen blitzten vor einer Wut, die sie schon lange nicht mehr verspürt hatte.

Brigid legte Jennet eine Hand auf die Schulter und beendete ihre kurze Tirade. »Du nimmst uns mit, Marcas, weil du jetzt drei Heilerinnen anstatt zweien hast.«

Die Hände in die Hüften gestemmt sah er von der einen jungen Frau zu den anderen beiden, als er sie abschätzte. »Wie weiß ich, dass ihr die Wahrheit sagt?«

»Das wirst du nicht, bis du uns bei unserer Berufung siehst, aber Jennet und ich haben mit ihrer Mutter gearbeitet, seit sie sechs Sommer alt war und ich fünf. Wir haben fast alles gesehen.

Wir haben beide gelernt, wie man näht, und wir haben die besten Salben, um das Fieber zu bekämpfen. Glücklicherweise waren wir dabei unsere Beutel mit unseren Heilmitteln zu packen, als du uns geraubt hast, also haben wir einen vollständigen Vorrat von allem, was wir brauchen könnten. Und Tara ist Jennie Camerons Tochter. Sie hat von ihrer Mutter fast ebenso lang gelernt wie wir. Jede Grant Heilerin hat jederzeit reichlich Salben, Heiltränke, Cremes und Nadeln bereit – Tara hat wahrscheinlich ihre eigenen mitgebracht.«

Sie schaute zu ihrer Cousine, die lächelnd nickte. Tara fügte hinzu: »Wir Heilerinnen sind am glücklichsten, wenn wir heilen. Wenn du wirklich Bedarf an unseren Fähigkeiten hast, werden wir dich gern begleiten, solange du uns versprichst, uns wieder zurückzubringen, wenn du uns nicht mehr brauchst.«

Marcas dachte einen Augenblick nach und dann antwortete er: »Damit bin ich einverstanden.«

»Also haben wir den Nachwuchs der beiden besten Heilerinnen. Glaubst du, wir haben so viel Glück, eine Begabte in der Gruppe zu haben?«, fragte Ethan.

»Ich denke, es könnte sich lohnen, das Risiko einzugehen«, antwortete Jennet gedehnt. »Du würdest es schwer haben, meine Mutter dazu zu bewegen, für so lange Zeit ein Pferd zu reiten. Sie ist nicht mehr so jung.«

»Ihr könnt euren Wert unter Beweis stellen, wenn wir dort ankommen. Ihr habt mich überzeugt, euch drei zu behalten, jedenfalls so lange, bis wir herausgefunden haben, wer die Begabteste unter euch ist.« Marcas senkte den Blick und drehte dem Trio den Rücken zu.

»Ich bin die Erfahrenste, wenn ich eine gute Assistentin habe, also wärst du dumm, wenn du irgendeine von uns zurücklassen würdest.«

»Schön. Setzt auf. Wir haben jede Menge Patienten für euch.«

Sie saßen auf und ritten los, wobei sie ihren Weg zurückverfolgten, mit der Hoffnung, am nächsten Abend in Inverness anzukommen.

Brigid konnte nicht anders als sich zu fragen, ob sie mit dem Verraten ihrer Identität einen großen Fehler begangen hatte, doch Tante Brenna hatte stets auf Ehrlichkeit gesetzt. Das hatte ihr Vater niemals getan, aber er befand sich normalerweise auch nicht in dieser Art von Zwickmühle. Er war meist ein Bulle, der ohne nachzudenken handelte und sich stattdessen auf seine Intuition verließ. Sie wünschte, sie würde über solche Kräfte verfügen, doch sie hatte keine Vorstellung, wie sie sie erlangen sollte. Es mangelte ihm auch in einem anderen Aspekt, der ihren beiden Tanten und Cousinen vererbt war.

Logan Ramsay verstand nicht das Bedürfnis eines Heilers zu helfen, wann immer sie konnten, und dass sich nur wenige Heiler von einem kranken Menschen abwenden würden.

Sie hatte Marcas Worte über den Fluch gehört, der Menschen seines Clans getötet hatte. Welcher Clan und wohin waren sie unterwegs? Der Ross Clan war in der Umgebung von Inverness wohlbekannt, doch sie trugen nicht die Farben des Ross Clans oder überhaupt irgendwelche Farben. Stattdessen trugen sie dunkle Kleidung, die ihnen wahrscheinlich helfen sollte, ihre Identität zu verbergen.

Brigid hatte keine Ahnung, wer sie sein konnten.

Den ersten Abend verbrachten sie nicht weit vom Weg entfernt, doch von Vorbeikommenden gut versteckt. Die jungen Frauen kauerten sich vor dem Feuer zusammen, während die Männer jagten. »Ich glaube, ich kenne diese Stelle«, flüsterte Brigid. »Ich denke, wir haben hier auf dem Weg zu den Grants Halt gemacht. Jennet, erkennst du sie?«

Jennet nickte langsam und suchte die Umgebung ab, wobei sie ihr wollenes Gewand enger um die Beine wickelte. »Ich glaube ja. Ich wünschte, ich wäre öfter gereist, aber ich war nur im Sommer bei den Festivals.«

Brigid betrachtete Taras Kleid und bemerkte einige Risse an der Kleidung. »Das war vorher nicht zerrissen.«

Taras Augen leuchteten verschmitzt auf. »Nein. Erinnerst du dich nicht, dass dein Vater der beste Spurensucher von allen ist? Ich habe ihm Hinweise hinterlassen, wo immer wir angehalten haben, und manchmal während wir geritten sind. Wenn ich mich erleichtere, schneide ich mit meinem Dolch ein Stück Stoff heraus und lasse es fallen, wenn wir gehen.«

Jennet machte große Augen, doch sie verbarg ihre Überraschung schnell, falls die Männer zurückkehrten. »Ich habe eine Idee. Erinnerst du dich, als wir mit Bearchun gereist sind, Brigid?«

»Aye, na und?«, fragte Brigid zur Antwort. Sie dachte an die schreckliche Zeit ihrer Entführung zurück, als sie noch jung gewesen waren. Jennet und sie waren von einer wahnsinnigen Gruppe Männern als Vergeltungsschlag gegen ihren Clan gefangen genommen worden. Eine plötzliche Erinnerung tauchte in ihren Gedanken auf – Jennet, die eine Botschaft in einen Baum kratzte. Sie schnappte nach Luft und bedeckte ihren Mund schnell mit der Hand. »Die Baumrinde!«

»Aye«, antwortete Jennet. »Jedes Mal, wenn wir anhalten, musst du mich decken, damit ich dieselbe Botschaft in die Rinde kratzen kann.«

Jennet nickte. »Inverness.«

Sie setzten sich neu zurecht, sodass die Gruppe ein Stück vom Feuer entfernt saß. Jennet saß am Fuße eines Baumes. Sie zog ein kleines Messer hervor, das sie meist zum Aufschneiden von Verbänden benutzte und kratzte in die Rinde. »Tara«, meinte sie. »Du musst ein Stück von deinem Stoff fallen lassen, wenn wir gehen. Nicht vorher.«

Tara nickte und schnitt ein paar weitere Stücke an einer versteckten Stelle, sodass es nicht entdeckt würde. Sie schob sie in eine Innentasche.

Die Stimmen der Männer kamen schnell näher und sie riefen. »Pferde. Steigt auf die Pferde!«

Jennet schnellte hoch und sprang auf ihr Pferd, während Tara zu ihrem rannte, obwohl Brigid keine Ahnung hatte, warum. Brigid war nicht bereit, sich in Bewegung zu setzen, bis sie erfuhr, was die Männer so zum Schreien brachte.

Sie musste nicht lange warten. Augenblicke später kam ein großes Wildschwein direkt auf sie zu galoppiert, und seine Schnauze war schaumbedeckt, als es auf sie losstürmte. Sie schrie und rannte zum Pferd. Sie hätte auf die Warnung hören sollen, anstatt die Männer in Frage zu stellen. Jetzt war es zu spät. Sobald sie erkannte, dass kein Pferd für sie übrig war, änderte sie ihre Taktik und sie rannte zu einem Baum, von dem sie dachte, dass sie ihn schnell erklimmen konnte.

Sie machte einen Satz auf die starke Eiche und hoffte, es auf den ersten Ast zu schaffen, um sich hinaufzuschwingen und darauf zu setzen, wie sie es für ihren Posten als Bogenschützin tat, aber das Vieh versuchte sie aufzuspießen und verpasste sie um Haaresbreite mit seinen Hauern, die kurzzeitig im Baum stecken blieben. Das Wildschwein grunzte und kämpfte wie wild, um sich zu befreien, aber es schüttelte den Baum so heftig, um seinen Hauer zu befreien, dass Brigid ihr Gleichgewicht verlor und zu Boden fiel. Flach auf dem Rücken liegend sah sie nur ein breites fleckiges Gesicht mit geblähten Nüstern, das zu nahe war.

Viel zu nahe.

Sie sprang auf und raste zu einem anderen Baum zurück, aber sie war zu spät. Das Vieh ging auf sie los und erwischte sie von der Seite, um sie durch die Luft zu wirbeln, ehe sie mit einem lauten Knall aufprallte.

So schnell sie konnte, rappelte sie sich wieder auf, und war gerade außerhalb seiner Reichweite, als Marcas das Wildschwein von hinten ansprang und ihm den Dolch in die Kehle rammte, sodass das Blut in alle Richtungen spritzte. Seine Brüder folgten, und Shaw stieß sein Schwert tief in den Leib des Tieres.

Brigid fiel auf ihr Hinterteil, als sie den Schmerz in ihrer Seite letztendlich registrierte. Sie brach auf dem weichen Moos zusammen und gab sich alle Mühe, wieder zu Atem zu kommen, während sich ihr Körper vor Angst hob und senkte. Sobald das Keuchen nachließ, hievte sie sich in eine sitzende Position und ihre Augen schossen in der Gegend herum, um sicherzustellen, dass keine Viecher mehr in ihre Richtung unterwegs waren. Wildschweine waren selten allein unterwegs.

Sie untersuchte ihre Haut auf Blutspuren, konnte aber keine entdecken. Ihr Knöchel war beim Sturz umgeknickt und schwoll bereits an, aber auch hier entdeckte sie keine Anzeichen einer größeren Verletzung.

Ethan und Shaw zerrten das tote Tier weg, während Marcas sich neben sie kniete und ihr die verirrten Haare aus dem Gesicht strich. »Du bist verletzt? Was ist geschehen?«

»Mein Knöchel. Ich bin umgeknickt.« Sie hätte am liebsten geweint und wünschte sich ihre Tante her, um sich von ihr pflegen zu lassen, doch das wäre sehr unwahrscheinlich, dass das passieren würde.

»Ich dachte, es hatte dich in die Seite gestoßen«, bemerkte Marcas, dessen Sorge offensichtlich war.

Brigid schob ihren Umhang von den Schultern zurück und ließ ihn auf den Boden fallen. »Ich entdecke kein Blut, also hat er meine Haut nicht verletzt, aber es ist ein bisschen schmerzhaft.« Wieder berührte sie ihre Seite und schaute darauf, aber immer noch kein Blut.

Jennet sprang vom Pferd hinunter und besah sich Brigids Fuß, ihren verdrehten Stiefel. »Ich ziehe dir den Stiefel aus, um zu sehen, wie es aussieht. Ich sehe kein Blut in der Nähe deines Knöchels. Du etwa?«

Brigid schüttelte den Kopf, und der Schmerz in ihrem Knöchel war jetzt pochend. »Kaltes Wasser. Ich werde zum Bach gehen und ihn in das kaltes Wasser halten, um den Schmerz zu betäuben. Und das Biest von meinem Bein waschen.«

»Nein, du wirst nirgendwo hinlaufen.« Marcas hob sie auf und begann, sie fortzutragen. Jennet folgte ihm, doch er blaffte sie an: »Bleib bei den anderen. Ich werde mich um sie kümmern. Ich will nicht, dass du fliehst, während ich mich um sie kümmere.«

»Ich komme schon zurecht, Jennet. Ich werde den Knöchel selbst untersuchen.«

Marcas fand einen Felsbrocken, auf den er sie setzte, und dann spülte er sich die Hände im Wasser, um ihr dann zu helfen, den Wollstrumpf herunterzurollen. »Ich werde nicht um Erlaubnis fragen, denn wir dürfen keine Zeit mehr verschwenden. Es tut mir leid, wenn du denkst, ich würde deine Würde verletzen, aber das ist notwendig. Bitte nimm es mir nicht übel.«

Brigid ertappte sich, wie sie eine Antwort hervorbrachte, mit der sie nicht gerechnet hatte. »Ich vertraue dir, Marcas.« Sie war nicht sicher, aus welchem Grund, doch nachdem sie es ausgesprochen hatte, fühlte sie genau das.

Marcas sah sie mit hochgezogener Augenbraue an und sein Blick aus den grauen Augen traf den ihren. Der Blick war stahlgrau und darin lag eine Stärke, die ihr versicherte, dass sie sich in seiner Nähe keine Sorgen machen müsste, da er sie beschützen würde. Seine langen Wimpern flatterten, als er sich wieder auf ihren Strumpf konzentrierte, und sie musterte sein Gesicht. Kräftige Wangenknochen verliehen ihm ein markantes Aussehen, und sein Mund war, nun ja, er war zum Küssen einladend. Marcas war ein schöner Mann, dachte sie, und seine braunen Locken fielen in ungeordneten Wellen, was ihm gut zu Gesicht stand.

Als sie ihren Blick auf seinen Lippen verweilen ließ, fragte sie sich, wie es sich anfühlen würde, von diesem Mann geküsst zu werden. Sie stellte sich vor, wie er seine Küsse über ihren Hals und andere Stellen tupfte, die noch kein Mann berührt hatte. Sie war ihm nahe genug, um sich vorzustellen, wie sich seine langen Wimpern hoben, um sie anzuschauen, voller Verlangen und einem Bedürfnis, das so ausdrucksstark war, dass es sie, hätte Marcas ihren Fuß nicht fest im Griff, von der Fußspitze bis ins Mark durchdrungen hätte. Ihre Fantasie geriet außer Rand und Band bei diesem Mann, der ihr vorsichtig den Strumpf auszog, ihren Fuß betrachtete und ihn behutsam drehte.

»Tut das weh?« Seine Stimme hatte einen heiseren Tonfall, der sie aus dem Konzept brachte.

Sie vermutete, dass seine Gedanken zu fast ebenso fleischlichen Wonnen abgedriftet waren wie ihre eigenen. Da sie wenig Erfahrung mit Männern hatte, musste sie sich auf ihre Fantasie verlassen. Ihr Vater hatte eine Art, sie alle zu vertreiben.

Sie wollte nicht, dass er aufhörte. Sie schüttelte den Kopf, um den Schmerz zu leugnen, und war im Moment nicht in der Lage, verständlich zu sprechen, da sie befürchtete, ihre Stimme könnte ihre geheimsten Gedanken verraten.

Ihr Verlangen.

Ihr pures, unbändiges Verlangen, dass dieser Mann sie genauso begehren würde, wie sie ihn.

Er hob sie auf, um sie zum Ufer zu tragen, doch dann hielt er einen Moment inne, als sich etwas Merkliches zwischen ihnen ereignete. Das aufflackernde Bedürfnis auf seinem Gesicht war eindeutig, und die Worte für ihre Gefühle lagen ihr auf der Zunge. Sie beide waren offenbar neugierig, ob das Verlangen angenommen oder zurückgewiesen werden würde. Er heftete seinen Blick auf ihre Lippen und dann auf ihre Augen. Er öffnete den Mund, um etwas zu sagen, und sein Kopf kam ihrem immer näher, bis er so nahe war, dass sie sich wünschte, er würde es beenden und sie küssen, doch das tat er nicht.

»Beeil dich, Marcas«, war Shaw zu hören.

Der Zauber war gebrochen, also setzte er sie auf eine weiche, moosbewachsene Stelle neben dem Wasser und meinte: »Los, tauch ihn ein.«

Sie kam seiner Aufforderung nach, doch schnell zog sie sich mit einem Keuchen zurück, als die Kälte ihre Haut berührte, worauf er aber ihre Wade nahm und den Knöchel wieder unter Wasser tauchte.

»Du wirst dich daran gewöhnen.« Er spritzte das Wasser über ihr Bein unterhalb des Knies und wusch den Schmutz ab, der seinen Weg zwischen das Wollgewebe gefunden hatte.

Sie sehnte sich nach seiner Berührung.

»Ich entschuldige mich bei dir. Ich hätte das nicht zulassen dürfen«, meinte er ernst.

»Man kann ein Wildschwein nicht von einer Attacke abhalten.«

»Aber ich bin der einzige Grund, warum du hier bist. Deshalb bin ich für dich verantwortlich. Wir hätten nicht verweilen sollen. Ich werde Sorge dafür tragen, dass du dir den Knöchel nicht weiter verletzt.«

Sie blickte in seine grauen Augen, in denen sich dunkelblaue Sprenkel mit dem Grau vermischten, und ihr war bewusst, dass er es ernst meinte. Seine aufrichtige Entschuldigung war anders als alles, was sie je gehört hatte. »Ich vergebe dir.« Sie war ihm so nahe, dass sie noch etwas anderes bemerkte. »Du kaust Minzblätter.«

»Das tue ich.« Er bewegte die Lippen, als wollte er noch mehr sagen, doch das würde sie nie erfahren, denn sie waren nicht mehr allein.

Ethan erschien und rief: »Ist sie wohlauf? Ich glaube nämlich nicht, dass wir hier lange in der Nähe des toten Tieres bleiben wollen.«

»Wir sind gleich da.« Was immer zwischen ihnen passiert war, es war vorbei und sein brummiges Äußeres war zurückgekehrt, als er meinte: »Wir kehren besser um.«

Er gab ihr den Strumpf und gestattete ihr einen Augenblick ihn wieder anzuziehen, ehe er sie hochhob und zur Gruppe zurückkehrte. Er setzte sie auf einen Baumstamm und gab ihr Anweisungen: »Zieh deinen Stiefel wieder an und dann reiten wir weiter. Ich möchte nicht hier warten, bis der Blutgeruch andere Tiere anlockt.« Dann drehte er sich zu Ethan. »Lösch das Feuer und wir machen uns auf den Weg. Shaw und ich werden ein Stück Wildschweinfleisch abschneiden, das wir zum Abendessen braten können. Ich werde einen Stock suchen, um es zu transportieren.«

Einige Zeit waren sie auf dem Weg und dieses Mal führte Ethan sie in Richtung Inverness an. Nach einer guten Wegstrecke machten sie Halt und labten sich an dem über einem Feuer gerösteten Wildschweinfleisch, ehe sie einschliefen. Die jungen Frauen hatten sich in der Mitte zusammengekuschelt, während die Männer in einem Kreis außen um sie herumlagen.

Brigid schlief mit Fantasiebildern von starken Schultern und weichen Lippen ein, die sie riefen. Dies könnte das Abenteuer sein, dass sie sich erhofft hatte.

# KAPITEL DREI

NACH EINEM ZERMÜRBENDEN Tag, an dem wenig geredet wurde, machten die Reisenden ein kurzes Stück vor Inverness Halt.

»Wohin sind wir unterwegs, Marcas? Ich weiß, in Richtung Inverness, aber hast du vor, durch die Stadt zu reiten, oder nach Hause?«, fragte Shaw, nachdem er sich erleichtert hatte und auf die Lichtung zurückgekehrt war. Die sechs saßen um das Feuer, nachdem sie fertig gegessen hatten.

»Kannst du uns mehr darüber sagen, wonach wir suchen? Welche Art von Erkrankung hat deinen Clan heimgesucht?«, fragte Brigid.

»Wenn ich das wüsste, bräuchte ich euch nicht. Ihr werdet es herausfinden, wenn die Zeit reif ist«, meinte Marcas, der ihr von der Seite antwortete, ehe er sich zu seinen Brüdern umdrehte. »Der Grund, warum ich zuerst nach Inverness reiten möchte, ist mein Bestreben, die Ramsay Gruppe abzuschütteln, die hinter uns her ist.« Dann griff er in die Satteltasche und warf einige Stoffstücke auf die Erde. »Diese habe ich von einer von euch aufgehoben«, meinte er langsam und betrachtete dabei die jungen Frauen. »Mir ist zu Ohren

gekommen, dass Logan Ramsay ein teuflisch guter
Fährtenleser ist, also habe ich beschlossen, dass es
keinen Grund für euch gibt, ihm Hilfestellung
zu leisten.«

Tara starrte den Stoff an und ihr Blick wurde
schmal. »Du glaubst, du bist so klug, aber nur die
Hälfte der Stoffstücke, die ich zurückgelassen
habe, liegen dort. Onkel Logan wird die anderen
finden.«

Dann drehte sich Marcas zu Shaw. »Glaubst du,
einer von euch könnte anfangen, mir zu vertrauen?
An diesem Punkt müssen wir zusammenhalten.
Wir haben den Clan verlassen, also könnten
andere versuchen, die Festung zu übernehmen.
Wir wissen nicht, wie viele Wachen den Fluch
überlebt haben. Wenn wir zusammenhalten,
haben wir eine bessere Chance, wieder stark zu
werden.«

»Das würden wir vielleicht, wenn du uns bei
deinen Entscheidungen zu Rate ziehst, ehe
du sie triffst. Du hast gerade beschlossen, nach
Inverness zu gehen und jetzt willst du nicht
erklären, warum«, meinte Ethan. »Es ist eine
dumme Entscheidung, denn sie macht unsere
Reise nur länger.«

Marcas fuhr sich mit der Hand übers Gesicht,
um sich davon abzuhalten, seine Brüder zu
verfluchen. Als der Älteste war er es gewöhnt,
Entscheidungen zu treffen, aber Ethan war
besonders sensibel und Shaw besaß eine Weisheit,
von der er abhängig war. Es war Zeit, seine
Gedanken offenzulegen.

»Ich bin zu dem Schluss gekommen, dass

wir eine bessere Chance haben, die Ramsays abzuhängen, wenn wir auf einer Seite in die Stadt reiten auf der anderen wieder heraus. Sie werden nicht wissen, in welche Richtung wir geritten sind.« Dann starrte er Tara an. »Es stimmt, ich habe nicht alle gefunden, aber genügend. Selbst wenn der große Logan Ramsay es fertigbringt uns bis hierher zu verfolgen, wird er uns von hier aus nicht mehr nachstellen können. Wir werden hier schlafen und morgen in die Stadt reiten, um einige Vorräte zu kaufen und dann werden wir sie verlassen. Ich werde nicht lange warten, aber ich dachte, dass es wichtig ist, den Versuch zu unternehmen, das Ramsay Kontingent abzuhängen.«

Shaw wiegte den Kopf von einer Seite zur anderen und kratzte sich über die rauen Bartstoppeln an seinem Kinn. »Es stimmt, dass sie uns bis hierher vielleicht mühelos folgen. Ich stimme deiner Argumentation zu, aber warum du dich nicht mit deinen Brüdern besprichst, ehe du eine Entscheidung triffst, weiß ich nicht. Kannst du deine Strategie nächstes Mal noch einmal überdenken?«

Marcas konnte seinem Bruder nicht widersprechen. In Wahrheit hatte Shaw recht – er neigte dazu, schnell Entscheidungen zu treffen, ohne die Folgen zu bedenken. In der Regel hatte er Glück. Würde das weiter so bleiben? Er war nicht sicher.

»Ich stimme zu, dass du in diesem Punkt recht hast«, meinte er auf dem Baumstamm sitzend. »Ich werde versuchen, mich zu bessern.«

»Wie viele andere seid ihr in der Familie?«, fragte Brigid. »Und von welchem Clan seid ihr?«

Shaw setzte zum Sprechen an, doch Marcas hielt ihn zurück. »Halt den Mund, Shaw. Das müssen sie nicht wissen.«

Shaw erwiderte, »Wenn sie es wüssten, würden sie vielleicht die prekäre Lage verstehen, in der wir uns befinden, und uns bereitwilliger helfen.«

»Er könnte recht haben«, meinte Ethan, der Marcas anschaute und auf seine Antwort wartete. Marcas stand auf und beschrieb einen Kreis um die Gruppe, wobei er Blätter von den Bäumen pflückte und sie in die Luft warf.

Jennet schürzte die Lippen und verschränkte die Arme. »Warum musst du das neue Leben an den Bäumen zerstören?«

»Was?« Marcas war stehen geblieben und starrte sie an. »Bist du dämlich, oder was?«

»Nein, ich bin weit von dämlich. Ich bin intelligenter als du, möchte ich wetten.« Jennet reckte das Kinn eine Spur und ihr Blick zu ihm war herausfordernd. »Es ist Frühling, wenn die Bäume bereit sind, auszutreiben und die hellgrünen, lebendigen Schattierungen zeigen dir, wie jung und zart das Blattwerk ist, dass du gerade so grob abgerissen und auf den Boden geworfen hast.«

»Es sind *Blätter*.« Marcas´ Stimme wurde lauter, als er auf einen Ast des Baums zeigte, den er malträtiert hatte.

»Zurück zum Thema. Ich denke, wenn du uns sagst, was das für ein Fluch ist, könnten wir bei unserer Ankunft vielleicht besser vorbereitet sein, um dir zu helfen.« Für einen Augenblick verband Jennet ihren Blick mit Marcas und war ganz eindeutig nicht eingeschüchtert von ihm.

»Ich erkenne die Notwendigkeit nicht, dir irgendetwas vorzeitig zu erzählen.« Marcas legte die Hände auf die schmalen Hüften, als er seinen Rundgang fortsetzte.

Shaw griff das Thema wieder auf. »Ich erkenne nicht, wie das schaden könnte, Bruder. Wir brauchen Hilfe. Du hast sie bis hierher gebracht und wir haben es nicht mehr weit. Ich bezweifle, dass sie in naher Zukunft davonlaufen, da sie keine Pferde haben, auf denen sie zurückkehren könnten.«

»Marcas«, ergriff Brigid das Wort. »Wenn du etwas über Heiler wüsstest, dann wüsstest du, dass du unser Interesse wahrscheinlich eher noch anregen würdest, wenn du es uns erzählst. Wir alle fühlen in uns den Wunsch, zu helfen, insbesondere, wenn es darum geht, Krankheiten zu behandeln und Heilmethoden zu entwickeln. Taras Mutter besitzt ein wunderschönes Buch, das zeigt, wo das Blut durch den Körper fließt, es ist ein virtuelles Abbild dessen, wie dein Inneres aussieht. Wir alle haben es studiert.«

»Sie versucht, dir auf nette Art zu sagen, dass wir eher bereit sind, bei euch zu bleiben, wenn du preisgibst, was du weißt«, erklärte Tara. »Dies ist wie ein Rätsel für uns. Und die Möglichkeit zu haben, dieses Rätsel mit meinen beiden Cousinen anzugehen, ist eine Art von Belohnung.«

»Ich stimme ihr zu«, warf Shaw ein. Ethan nickte neben ihm. »Sag es ihnen. Ich will nicht sterben.«

Marcas warf die Hände in die Luft. Seine Brüder standen nun beide auf der Seite der Heilerinnen und gleichwohl sie alle auf ihre eigene Art Schönheiten waren, und eine Tapferkeit an den Tag legten, die viele Männer in den Schatten stellte, verstand er, warum seine Brüder sich zu ihnen hingezogen fühlten.

Und er konnte auch nicht leugnen, wie sehr er sich zu Brigid hingezogen fühlte. Er schaute zu ihr und endlich nickte er, nachdem er gründlich über die Sache nachgedacht hatte. Shaw hatte recht. Was konnte es schaden, ihnen zu berichten, was sein Clan erlitten hatte?

»Wenn wir besondere Kräuter brauchen, können wir sie vielleicht im Wald oder in Inverness finden«, fügte Brigid hinzu.

»Schleppt ihr nicht die ganze Zeit besondere Kräuter mit euch herum? Ich dachte, alle Heiler tun das.« Er wollte nicht zugeben, wie nahe er dran gewesen war, die Wahrheit zu sagen, ehe die Cameron Frau das Wort ergriffen hatte.

»Wir tragen kleine Mengen von allem bei uns, aber es ist eher wahrscheinlich, dass wir große Mengen dessen brauchen, was immer erforderlich ist, da euer gesamter Clan betroffen ist. Und einige Kräuter sind im Frühling schwierig zu finden.«

Sie hatte ihm gerade das bislang stärkste Argument geliefert. Er sank auf die nächste freie Stelle auf dem Baumstamm und – die Hände vor sich verschränkt – starrte er in die sterbenden Flammen des Feuers und überdachte seine Worte sorgfältig. »Sie leiden an Erbrechen. Alle. Sie erbrechen und erbrechen sich, bis sie nichts mehr in sich haben. Dann kommt Blut. Sie verlieren Körperflüssigkeit aus jeder Körperöffnung, die sie haben. Das macht es so schwierig, sie zu pflegen.«

»Ach«, meinte Jennet. »Niemand hat es gern, wenn man sich übergibt, nicht wahr?«

»Genau das ist das Problem. Also was löst das Erbrechen aus? Und warum haben sie alle es?«

»Haben sie alle zur gleichen Zeit angefangen, sich zu übergeben?«, fragte Jennet.

Die drei Männer sahen einander an und dachten über die Frage nach, ehe sie antworteten.

»Und noch ein paar Fragen, während ihr darüber nachdenkt«, fuhr Jennet fort. »Sind die Leute in Schüben erkrankt? Erst fünf und dann am nächsten Tag acht weitere und dann zehn am folgenden Tag? Sind die Zahlen auf diese Weise angestiegen? Sind alle betroffen? Krieger? Kinder? Die Ältesten aus eurem Clan? Männer und Frauen in gleicher Weise?«

Ethan sprang von seinem Baumstamm und trat zurück. »Zu viele. Zu viele Fragen. Ich kann nicht so schnell antworten. Eine nach der anderen.«

Marcas stand auf und stellte sich neben seinen Bruder. »Mach dir keine Sorgen, Ethan. Shaw und ich können die meisten Fragen beantworten.«

»Ich möchte antworten, aber nicht alle Fragen auf einmal. Das ist zu viel.« Er knetete die Hände vor dem Körper und schaute zu Marcas hoch.

Marcas klopfte seinem Bruder auf die Schulter, was diesen häufig beschwichtigte. Ethan ließ sich leicht übermannen. Wahrscheinlich war er der Schnellste von ihnen allen, aber es fiel ihm schwer, nicht aus dem Konzept zu geraten, wenn er sich bedroht fühlte. Es war ihm lieber, wenn alles in geordneten Bahnen verlief. Nicht, dass zu viele Fragen stets eine Bedrohung darstellten, doch in diesem Moment waren sie das in seinen Augen. So viel verstand Marcas. »Du denkst über eine der Fragen nach, und Shaw und ich werden die anderen beantworten.«

»Ich danke dir«, meinte Ethan und stieß die Luft aus. »Welche Frage soll ich beantworten?«

»Du überlegst, wie viele jeden Tag an dem Leiden erkrankt sind und ob es in Schüben auftrat. Schaffst du das?«

Ethans Augen leuchteten auf, und nickend setzte er sich wieder. Zahlen taten ihm immer gut. Er blühte in ihnen auf. Ethan zählte alles, was er konnte.

Marcas ließ sich neben seinem Bruder nieder und saß damit Brigid gegenüber. »Also, das ist die Lage. Wir haben zuerst unsere beiden Eltern verloren, dann wurde meine Frau mit unserem Sohn krank. Unsere Eltern und meine Frau starben innerhalb einer Woche, aber mein Sohn, der jünger als ein Jahr ist, überlebte. Meine Tochter, die drei Winter alt ist, war kurz vor unserer Abreise erkrankt. Sie ist der Hauptgrund, warum wir euch geholt haben. Ich konnte nicht tatenlos zusehen, wie sie stirbt. Ich musste einen Heiler für sie finden. Und ich kann nicht noch jemanden verlieren. Die Antwort auf deine Frage ist, dass diesem Fluch das Alter seines Opfers egal ist, und auch, ob es ein Junge oder ein Mädchen ist. Er hat fast alle krank gemacht.«

»Kinder? Die noch von ihrer Mutter gestillt wurden?«, fragte Brigid.

Marcas seufzte und sagte: »Ja, unser Sohn war erst zehn Monde alt, und er hatte nichts als die Milch seiner Mutter bekommen. Aber er ist genesen, und sie nicht.«

»Und ihr drei?«, fragte Jennet.

»Ich habe es zusammen mit Shaw überstanden. Ethan hat es noch nicht gehabt. Er hat sich nicht angesteckt.«

»Wahrhaftig? Das ist sehr ungewöhnlich«, entgegnete Brigid. »Darüber müssen wir nachdenken.«

»Also dann sollten wir alle uns ein wenig ausruhen. Bitte denkt sorgfältig darüber nach.« Marcas schürte das Feuer, um die Flammen in Gang zu halten, und warf zwei weitere große Äste ins Feuer.

»Aber was ist mit meiner Antwort?«, fragte Ethan. »Interessiert sie euch nicht mehr?«

»Doch«, antwortete Tara ihm. »Wir sind interessiert. Erzähl uns, was du weißt.«

»Es waren fünf am ersten Tag nach unseren Eltern, drei Männer und zwei Frauen. Am zweiten Tag waren zehn weitere krank, vier Männer, vier Frauen, ein Mädchen und ein kleiner Junge. Tag drei, zehn weitere. Drei Männer, zwei Frauen, drei Mädchen, zwei Jungen. Tag vier und fünf, keine neuen. Dann ging es am sechsten Tag wieder los. Sieben Männer, vier Jungen …«

»Gut gemacht, Ethan«, lobte Jennet. »Du hast uns wertvolle Informationen geliefert, aber das reicht für den Moment. Wir werden vielleicht morgen mehr fragen. Das war sehr hilfreich.«

Ethan lächelte, dann suchte er sich einen Platz im Gras und schlief schnell ein.

Marcas sagte zu den jungen Frauen: »Er ist übermüdet. Ihr schlaft dort, Shaw auf der einen Seite und ich auf der anderen.«

Was würde er bei ihrer Rückkehr vorfinden? Würde seine Tochter noch am Leben sein? Seine Schwester? Eine der verbliebenen Wachen?

Oder gar niemand?

# KAPITEL VIER

BRIGID SCHLIEF RASCH ein, doch nach einiger Zeit wachte sie wieder auf. Sie sah zu ihren Cousinen und war nicht überrascht, zu sehen, dass Jennet wach war, und zu den Sternen über ihnen aufschaute.

»Was meinst du, Jennet?«, fragte sie so leise wie möglich, denn sie wollte die anderen nicht aufwecken.

»Es ist nicht von den Vorräten.« Jennet kaute auf einem Grashalm. »Oder einem Krug Wein.«

»Es könnte eine dieser Krankheiten sein, die sich von einer Person auf die andere übertragen. Wenn das der Fall ist, gibt es wenig, was wir tun können, und wir müssen uns selbst beschützen.«

Jennet rollte sich auf die Seite und stützte sich auf ihren Ellbogen. »Wir müssen das Wasser abkochen. Und ihren Brunnen inspizieren.«

»Und mit ihrer Köchin reden. Es könnte eine neue Köchin sein, die die Ziegenmilch zu lange stehen lässt«, meinte Tara und rieb sich die Augen, als sie sich aufsetzte. »Mama besteht immer darauf, gute Ziegenmilch nach kurzer Zeit wegzuschütten.«

»Etwas anderes gibt mir zu denken. Warum nicht Ethan?«, fragte Brigid.

»Das ist eine gute Frage. Wir müssen ihn sorgfältig im Auge behalten. Er hat eine andere Art, die Dinge zu betrachten«, meinte Jennet. Ihr Tonfall senkte sich zu einem Flüstern. »Davon abgesehen, finde ich ihn sehr interessant. Er ist sowohl schlau als auch verschroben und das ist etwas, das ich bewundere. Sein Haar ist dunkel und seine grauen Augen scheinen direkt durch mich hindurch zu sehen.«

»Ich denke, Shaw ist gut aussehend und amüsant«, bemerkte Tara. »Sein Haar hat diesen dunklen Rotton, der mir so gefällt und einfach in seiner Nähe zu sein, bringt mich zum Lächeln.« Sie kicherte. Tara hatte sanfte, braune Augen, die perfekt mit ihrer Haarfarbe harmonierten, aber sie war ein wenig rundlicher als ihre beiden gertenschlanken Cousinen. »Wie geht es deinem Knöchel, Brigid? Die Schwellung sieht viel besser aus. Es schien noch nicht einmal, als ob du ihn schonen würdest.«

»Es ist viel besser. Das kalte Wasser hat die Schwellung recht schnell gestoppt. Durch das Reiten hat sie sich beruhigen können. Es tut nur ein bisschen weh, gleichwohl meine Seiten immer noch wund sind.« Brigid sah jeden der drei Männer an und vergewisserte sich, dass die schliefen, und einem jeden ein leises Schnarchen entfuhr. »Also sind wir uns einig, dass wir bleiben und helfen?«

»Freilich«, antwortete Jennet. »Es ist unsere Pflicht, Hilfestellung zu leisten. Abgesehen davon habe ich Freude daran, solch ein wundervolles Rätsel zu lösen.«

Tara seufzte. »Ich habe keine Ahnung, wie wir von hier nach Hause kommen. Noch nie bin ich so weit in den Norden gelangt. Nichts ist mir bekannt. Wir müssten ihre Pferde stehlen, um davonzukommen, aber ich bezweifle, dass wir weit kommen würden.«

Brigid legte sich wieder hin und blickte zu den Sternen auf. »Sie würden Pferde in Inverness besorgen und uns verfolgen. Haben sie den Namen ihres Clans schon gesagt? Habe ich ihn verpasst?«

»Nein, ich habe ihn noch nicht gehört«, gab Tara zurück und schaute zu Jennet. »Du?«

»Nein.«

»Dann stimmen wir überein, dass wir willig gehen, und unser Bestes tun, um zu sehen, ob wir es aufhalten können?«

»Aye«, antwortete Jennet. »Aber wir müssen sehr vorsichtig sein, oder wir werden es auch bekommen. Ich möchte keine von euch beiden verlieren. Die Regeln unserer Mamas gelten für alles. Alle Flüssigkeiten abkochen, die wir aufnehmen und nichts mit anderen teilen. Unsere Hände waschen. Viel Flüssigkeit für die Kranken. Den Kräutertrank trinken, den Tante Jennie benutzt, um uns zu schützen. Hast du welchen, Tara? Kennst du das Rezept gut genug?«

»Aye«, antwortete Tara, die sich wieder auf den Rücken legte. »Wir werden das schon schaffen.«

»Und wir werden unsere Mamas stolz machen, wenn sie herkommen«, setzte Brigid hinzu. »Weil du weißt, dass meine Mama bald hier sein wird. Es ist mir egal, an welchem Ende wir Inverness verlassen. Mama und Papa werden uns finden, auch wenn sie die Stadt von einem Ende zum anderen zerstören müssen.«

»Ich kann es kaum erwarten, welche Wirkung deine Mutter auf diese drei hier haben wird«, bemerkte Jennet. »Die Wartezeit wird sich lohnen. Sie haben keine Ahnung, wozu Tante Gwyneth fähig ist, wenn es darum geht, ihre Kinder zu beschützen.«

Brigid lachte. Ihre Cousine hatte so recht.

Die Gruppe lenkte die Pferde durch den größten Teil von Inverness, um herauszufinden, wie aktiv der Markt war, und ob es Heiler gab, die Waren verkauften. Marcas bemerkte zwei von ihnen am Ende des geschäftigsten Bereichs und wies die jungen Frauen auf sie hin. »Ihr solltet hier finden können, was ihr braucht.« Sie machten bei den Stallungen am Rande der Stadt Halt und Marcas half Brigid vom Pferd, während die anderen absaßen.

»Kannst du auf deinem Knöchel laufen?«

»Ja, es geht mir gut.«

Er führte sie durch die Stadt zum nächstgelegenen Gasthaus und dann richtete er das Wort an die Gruppe. »Wir werden heute Abend hier schlafen. Ich werde eine große Kammer mieten.«

Marcas wusste, dass es wahrscheinlich falsch war, doch er wusste nicht, was er sonst tun sollte. Er konnte nicht riskieren, dass diese drei Frauen sich zusammenschlossen und die Flucht ergriffen. Sie betraten das Gasthaus und waren überrascht, die Schankstube wegen des Mittagsmahls voller Menschen zu sehen.

»Ich werde Ihre größte Kammer mit sechs Pritschen nehmen.«

Der Wirt musterte die Gruppe und fragte: »Ihr wollt nicht drei große Pritschen?«

»Nein, meine Frau schläft lieber allein und die anderen auch.«

Der Wirt nickte und entgegnete. »Sie wird in einer Weile bereitstehen. Esst etwas oder kommt später wieder.«

»Wir werden den Marktplatz besuchen.«

Sie gingen und keiner sagte etwas. Was konnten sie auch sagen? Marcas wusste, dass der Wirt sie nicht für eine Gruppe verheirateter Paare gehalten hatte, aber dankenswerterweise hatte er nichts gesagt. »Wir werden Fleischpasteten von den Verkäufern erstehen. Ihr könnt beim Kräuterhändler und den Straßenverkäufern nachsehen, ob es irgendetwas gibt, was ihr braucht.«

Sie machten sich zum Markt auf, wo die farbenfrohen Banner im Wind flatterten, aber eine Stimme hielt ihn auf. »Matheson, halt!«

Die drei Männer drehten sich beim Klang des Namens ihres Clans um und waren überrascht, eine ihrer Wachen auf sich zulaufen zu sehen. Der Wachmann deutete auf einen abseits gelegenen Bereich im Freien, wo sie reden konnten, und die jungen Frauen folgten ihnen. Marcas wusste, dass sie ihn wahrscheinlich seinen Namen hatten rufen hören, doch sie würden ihn ohnehin bald genug erfahren.

»Torcall«, rief Marcas aus. »Wie geht es dir? Warum bist du in Inverness?« Torcall war einer ihrer besten Männer und seinem Vater stets loyal und treu ergeben gewesen. Würde Torcall das ebenso sein, wenn Marcas Laird würde? Zum Zeitpunkt ihres Aufbruchs war noch nichts sicher entschieden gewesen, denn es hatte zu viel Arbeit und Sorge gegeben, um darüber zu reden. Er wusste es nicht und er war noch nicht einmal sicher, ob er die Führung des Clans annehmen würde, gleichwohl sein Vater ihm sagen würde, dass es seine Pflicht war. Die Schwierigkeit, jedermanns Erwartungen zu erfüllen, lastete schwer auf ihm.

Tatsächlich, daran zu denken, dass er die Stelle seines Vaters als Laird übernehmen sollte, war schmerzhafter, als er erwartet hatte. Er wusste, dass dieser Posten sein rechtmäßiges Erbe und seine Pflicht waren. Konnte er ihn allerdings zufriedenstellend bekleiden? Er wusste es nicht, und hatte noch keine Zeit, darüber nachzudenken. Er schritt voran, in Gedanken bei seiner Tochter, und ob er sie lebend und wohlauf finden würde.

»Laird«, ergriff Torcall das Wort, der vor der Gruppe zu einem raschen Halt kam. »Wo seid Ihr gewesen? Alle haben gedacht, dass Ihr die Festung aufgegeben habt. Die umliegenden Clans warten, dass der Fluch ein Ende hat, um unsere Burg zu übernehmen.«

Marcas sah seine Brüder an und dann richtete er den Blick wieder auf Torcall zurück. »Wir hatten wichtige Angelegenheiten zu erledigen, aber da du ein Wachmann bist und wir dir die Bewachung der Festung übertragen hatten, warum bist du dann hier? Hatten wir nicht mehrere von euch mit Befehlen zurückgelassen? Unsere Anzahl mindert sich. Ich hatte von allen verbleibenden Wachleuten erwartet, dass sie bleiben und an Schutz aufbieten, was in ihrer Macht steht, bis wir zurückkehren.«

»Aye, es sind noch etwa zehn übrig, aber viele sind gegangen. Wir hatten keine Ahnung, was Euch dreien passiert war, oder ob Ihr zurückkehren würdet. Selbst Gisela weiß nicht, wohin Ihr gereist seid. Sie war krank, als Ihr aufgebrochen seid, und erinnert sich nicht mehr. Aber Euch geht es gut?« Argwöhnisch nahm der Mann die drei jungen Frauen in Augenschein, ohne allerdings ihre Anwesenheit zu kommentieren. Er war einer ihrer kräftigsten Wachen, noch jung und unverheiratet mit genügend Zeit, um sie dem Schutz des Matheson Lands zu widmen.

»Wir haben drei Heilerinnen mitgebracht, um dem Fluch ein Ende zu machen, also besteht keine Notwendigkeit für irgendjemanden, unsere Festung zu übernehmen. Wir werden Vorräte besorgen und uns morgen auf den Weg machen. Kehrst du mit uns zurück oder bist du zu einem anderen Clan unterwegs?«

»Nein, nein. Ich habe Dinge für Nonie zu besorgen. Welcher von Euch wird den Posten als Laird annehmen? Gisela sagt, Ihr hättet noch nichts entschieden.« Torcall sah von Marcas zu Ethan zu Shaw und dann wieder zurück zu Marcas. »Es wird erwartet, dass Ihr das seid, Marcas.«

»Und das werde ich«, antwortete Marcas, ohne seine Brüder zu konsultieren. Ethan würde damit nicht fertigwerden können, und Shaw war wahrscheinlich nicht interessiert, da er gerade erst über zwanzig war, also fiel ihm die Rolle zu. Letztendlich war er auch der Älteste. Es bestand wirklich kein Grund, darüber zu diskutieren. Vor langer Zeit hatte er seinem Vater versprochen, die Führung zu übernehmen, wenn es notwendig würde. Nie hätte er gedacht, dass das so bald der Fall sein könnte. Er war erst fünfundzwanzig und vier Jahre trennten die drei Brüder. Ethan war dreiundzwanzig und Shaw zwei Jahre jünger. Gisela war ein Jahr jünger als Shaw.

Keiner von ihnen hatte erwartet, dass ihr mächtiger Vater an Erbrechen sterben würde. Er war zu groß, zu lärmend, zu stark. Ihn dahinwelken zu sehen, war eine schreckliche Erfahrung. Es war zwei Tage später gewesen, als Alvery, sein treuer Krieger und stellvertretender Kommandeur, die drei Brüder schließlich mit der Frage konfrontiert hatte, wer Laird sein sollte.

Alle drei hatten einander angestarrt und dann hatten seine beiden Brüder die Aufmerksamkeit auf ihn gelenkt, wobei Shaw die Augenbrauen fragend anhob. Er hatte angenommen, womit das Gespräch beendet gewesen war. Gleichwohl er sich mehr als alles wünschte, Alvery zu sagen, dass sie alle erst trauern mussten, ehe jemand die Position ihres Vaters im Clan einnahm, verstand er, dass der Clan Erwartungen hatte. Marcas wusste jetzt, dass er die Führung übernehmen und sein rechtmäßiges Erbe beanspruchen musste, aber wenn ihm dies nicht gut gelang, würde er die Position rasch an Shaw übergeben.

»Wie geht es den anderen? Gisela? Kara? Meinem kleinen Jungen?« Beim Anblick von Torcalls Gesicht wusste er gleich, dass die Antwort nicht die war, die er hören wollte. Aber er musste es wissen.

Torcalls Stottern war wie ein Pfeil, der sich in seine Brust bohrte. »Gisela geht es besser. Sie hat sich tagelang erbrochen und wir dachten, dass sie sterben würde, aber sie hat überlebt. Ihr Fieber ist geschwunden, aber sie hat keine Kraft. Sie kann kaum laufen und schafft es gerade mal zum Abort. Nonie geht es besser und sie kümmert sich um deinen Sohn, Tiernay. Er wird leben.«

Zum Teufel. Er wollte die nächste Frage nicht stellen, aber er musste. »Und Kara?«

Torcall blickte auf den Boden. »Sie wird vermisst.«

»Was zum Teufel soll das bedeuten?«, blaffte Ethan. »Wie kann ein kleines Mädchen abhandenkommen?«

»Es bedeutet, dass wir alle so krank waren und damit beschäftigt, anderen zu helfen und zu versuchen, so viele wie möglich am Leben zu erhalten, und als wir eines Morgens aufgewacht sind, war Kara fort. Sie ist mitten in der Nacht verschwunden. Wir haben überall gesucht.«

»Keiner hat ihren Körper gefunden?«, fragte Marcas, in dessen Herzen ein Hoffnungsschimmer aufkeimte.

»Nein, wir haben überall gesucht.« Torcall hielt inne, doch dann meinte er: »Wir brauchen Euch, mein Laird. Wir sind froh, Euch zurückzuhaben und mit Eurer Führung bin ich sicher, dass wir das Mädchen finden werden. Vielleicht können die Heilerinnen helfen, dass sich alle wieder besser fühlen. Es ist niemand mehr übrig, der es nicht gehabt hat. Außer dir, Ethan.«

»Wir danken dir für die Information, Torcall. Finde, wofür du hergekommen bist und reite morgen mit uns zurück. Wir brechen im Morgengrauen auf. Wir wohnen im Gasthaus am Ende dieser Straße. Schließe dich uns an oder wir treffen uns morgen früh.« Marcas konnte die Anspannung in seinem Bauch nicht lockerlassen, und ein schreckliches Gefühl nahm ihn in Besitz, als er an all die Dinge dachte, die seiner Tochter zugestoßen sein mochten. Sie war diejenige, deren Lächeln die gesamte Festung erhellen konnte.

Torcall nickte und deutete eine leichte Verbeugung an, ehe er wegtrat, doch dann wirbelte er herum und richtete das Wort an die jungen Frauen: »Seid alle willkommen.« Dann wirbelte er auf dem Absatz herum und verschwand.

Shaw legte seinem Bruder die Hand auf die Schulter. »Sie haben sie noch nicht gefunden, also hat sich vielleicht jemand von einem anderen Clan ihrer angenommen und versucht, sie zu retten. Du kannst noch nicht sicher sein, Marcas. Und dein Sohn braucht dich, also müssen wir zurückeilen.«

Er rieb sich die Augen und antwortete. »Stimmt. Ich werde keine Ruhe geben, bis ich sie selbst gesucht habe. Ich werde alle Wege hier in Inverness absuchen, während wir hier sind.«

»Gute Idee«, meinte Brigid. »Ich könnte mir jemanden vorstellen, der sie von einem Fluch fortbringt, in der Hoffnung, ein unschuldiges Kind zu retten. Es ist sicher möglich, dass du sie findest. In der Zwischenzeit würden wir gern den Stand des Kräuterhändlers aufsuchen. Hoffentlich gibt es hier noch mehrere, die ihre Waren feilbieten.«

Sie zeigte die Straße entlang und Marcas konnte nur nicken. »Macht, was ihr wollt. Und hier ist Geld, um zu kaufen, was ihr braucht. Kauft, was immer ihr benötigt und handelt nicht groß herum. Wir brauchen die Heilmittel.«

Innerlich ganz krank, drehte Marcas sich weg. Er wusste nicht, was er denken sollte, außer dass er ganz Inverness absuchen würde, um zu sehen, ob er seine geliebte Kara fand. Sie war erst drei Winter alt. Sie konnte nicht auf sich selbst aufpassen. Sie musste jemanden haben, der sich um sie kümmerte.

»Wartet, bitte«, rief er, aus einem plötzlichen Drang heraus, jedermanns Meinung zu hören.

Die drei jungen Frauen drehten sich mit Ethan und Shaw um, um zu sehen, was Marcas wollte. »Ich könnte eure Meinung gebrauchen. Ich weiß nicht, ob ich mir jede Situation ausmalen kann, also bitte helft mir, alle Möglichkeiten zu erkennen. Welche unterschiedlichen Gründe könnte es geben, warum Kara vielleicht entführt worden ist? Gehen wir davon aus, dass sie mitten in der Nacht nicht allein losgezogen ist, was ich für unwahrscheinlich halte, muss sie entführt worden sein. Irgendwelche Ideen?«

Ethan, der Analytischste, meinte: »Für ein Lösegeld entführt.«

»Mehr Ethan, bitte. Warum Lösegeld?«

»Um dich im Austausch für sie zu zwingen, deine Festung herzugeben.«

»Gute Idee. Andere?«

»Fredas Mutter hat sie genommen, weil sie ihre Tochter vermisst««, schlug Shaw vor.

Er dachte einen Moment über die Möglichkeit nach. »Möglich, aber unwahrscheinlich. Ich kann mir nicht vorstellen, dass sie das heimlich gemacht hätte, ohne Nonie oder Gisela zu informieren. Andere Einfälle?«

»Jemand könnte sie gestohlen haben, weil er sich eine Tochter wünscht, und Freda ist jetzt tot, also ist sie weniger beschützt«, meinte Tara.

Brigid schlug den Blick nieder und dann hob sie ihn. »Oder weil sie ihre eigene Tochter an das Erbrechen verloren hat und nicht damit fertigwird.«

»Ausgezeichnet Cousine«, lobte Jennet. »Jemand könnte den Clan verlassen haben, um dem Erbrechen zu entgehen, und weil Kara ihre Mutter verloren hat, war sie ein leichtes Ziel für eine trauernde Mutter, um sie zu rauben und als ihre eigene Tochter auszugeben. Sie könnten nach Inverness gegangen sein und sich unters Volk gemischt haben. Niemand würde etwas wissen.«

Das hatte Marcas nicht bedacht, und er war nicht sicher, ob er es verstand. »Aber sie würde überhaupt nicht wie ihre Tochter aussehen.«

»Wenn eine Frau ihr Kind, welchen Alters auch immer, verliert, büßt sie dabei ein Stück ihrer Seele ein. Einige werden alles tun, damit der Schmerz verschwindet, und sogar so etwas Gräuliches tun, wie ein Kind entführen, das nicht ihr eigenes ist. Und in ihrem Herzen könnte sie sogar glauben, dass dieses Kind ihr eigenes ist, und sie könnte sogar den Namen des Kindes in den Namen des verstorbenen Kindes ändern.«

Vielleicht musste er die Gegend gründlich absuchen, erkannte Marcas – gründlicher, als er gedacht hatte.

»Es ist möglich, Marcas«, meldete sich Ethan zu Wort, »aber ich würde wetten, dass sie Black Isle überquert und versucht haben, sich dort unters Volk zu mischen. Zu viele Menschen in Inverness kennen den Matheson Clan.«

Er konnte gegen Ethans Einwand nichts vorbringen. »Vielen Dank für eure Vorschläge. Bitte fühlt euch frei, zu tun, was ihr wollt, und seid in einer Weile wieder hier.«

Seine geliebte Kara war bei seinem Aufbruch krank gewesen, aber nicht so krank wie die anderen. Seine kleine Süße mit den langen, dunklen Locken hatte ihn nur angeschaut, ihre Haut wächsern, die Augen rot-umrandet, und sie hatte immer wieder nur das Gleiche sagen können. »Mama. Wo ist Mama? Papa, ich will meine Mama.«

Er hatte sie fest umarmt und ihr gesagt, er

würde für kurze Zeit fortgehen und dann wieder zurückkommen. Er hatte gedacht, dass diese Reise vier Tage in Anspruch nehmen würde, und doch war heute bereits der fünfte. Aber sie hatten die Heilerinnen. Würden sie bei ihrer Rückkehr auf jemanden treffen, der geheilt werden musste, oder wären sie zu spät?

Es waren gute Neuigkeiten, dass Tiernay, den er nach seinem Vater genannt hatte, am Leben war. Sein Sohn war nach dem Tode seiner Frau mit Ziegenmilch gefüttert worden, da keine andere Frau in der Lage war, die Bedürfnisse des Kindes zu stillen. Von den beiden anderen Frauen im Clan, die Säuglinge hatten, war die eine gestorben und die andere war zu ihrem eigenen Clan in Cromarty zurückgekehrt.

Aber Nonie hatte für Freda übernommen und es zu ihrer Mission gemacht, dass der kleine Junge, der Erbe des Lairds, überleben würde. Ihre Dienstmagd hatte Tiernay so fürsorglich behandelt, und Marcas betete, das er lebte. Ein Gebet war beantwortet worden. Oder zwei. Gisela lebte – zusammen mit Nonie und Tiernay.

Doch was war mit der süßen Kara?

## KAPITEL FÜNF

BRIGID SPRACH ZU ihren Cousinen. »Ich hatte gehen müssen. Ich konnte seine Trauer über seine Tochter nicht mitansehen. Wie schrecklich.«

»Was immer es ist, müssen wir sehr vorsichtig sein«, antwortete Tara. »Wir dürfen uns nicht anstecken. Ich könnte es nicht ertragen, eine von euch zu verlieren. Denkt genau über alle Mittel nach, die wir brauchen werden.«

Jennet zählte an ihrem Finger ab. »Minze, Salbei, Thymian …««

»Thymian? Warum? Ich stimme dir bei den anderen beiden zu, weil Mama beides bei Magenbeschwerden benutzt, aber nicht Thymian.«

»Thymian wirkt gegen den Geruch von Krankheit, und nachdem alle krank gewesen waren, könnte der Geruch in der Festung ekelhaft sein. Vermutlich werden wir eine ganze Menge saubermachen müssen, also werden wir Lavendel brauchen. Koriander für das Fieber, Kamille gegen Kopfschmerzen. Sie scheinen alle miteinander zu harmonieren. Wir haben ein bisschen von allem in unseren Heilbeuteln, aber nicht viel.« Wieder dachte Jennet nach. »Was noch, Brigid?«

»Vielleicht Borretsch und Pfefferkraut.«

»Guter Einfall. Mama benutzt beides«, fügte Tara hinzu. Sie fanden zwei Händler, die Kräuter feilboten und waren überrascht, dass die Buden mit fast allem vollgestopft waren, was sie sich wünschten.

»Du hast deine Meinung nicht darüber geändert, uns aus dem Staub zu machen?«, fragte Tara und sah dabei vorsichtig über ihre Schulter, ob sie belauscht würden. »Dies wäre unsere Gelegenheit zur Flucht. Du hast Geld, um Pferde zu bezahlen, obwohl ich nicht weiß, wie viele wir kaufen könnten.«

Jennet schaute zu Brigid, die mit ernster Miene den Kopf schüttelte. »Ich kann ihn so nicht zurücklassen.«

»Ihn?« fragte Tara. »Ist es nicht *sie*?«

»Sie alle, aye, aber hauptsächlich, weil ich das Gefühl habe, wir müssen uns um Marcas Kind kümmern und ihre Schwester, und jetzt brauchen sie Hilfe, um seine Tochter zu finden. Ich würde mir Gedanken darüber machen, was ihr zugestoßen ist, wenn ich nie die Wahrheit erfahren würde.« Brigid verstaute die Kräuter in ihrem Beutel. »Zumindest wissen wir jetzt den Namen des Clans. Papa wird bald hier sein. Bis dahin würde ich vorschlagen, dass wir bleiben und helfen.«

Tara kaute auf ihrer Lippe. »Clan Matheson. Habt ihr vorher schon einmal etwas von ihnen gehört?«

Zusammen mit Brigid schüttelte Jennet den Kopf.

Einer der Verkäufer richtete das Wort an sie. »Ihr müsst Heilerinnen sein. haltet euch vom Matheson Clan auf Black Isle fern. Man sagt, er sei verflucht. So viele sind tot. Man fürchtet, der Fluch könnte ganz Black Isle befallen.«

Beinahe ließ Brigid das Päckchen mit der Minze fallen, das sie in der Hand hielt. »So schlimm steht es? Wir haben nichts davon gehört.« Sie dachte, dass es wohl am besten wäre, herauszufinden, was sie konnten. »Was hat den Fluch verursacht? Hexerei?«

»Das weiß niemand, aber die Hälfte des Clans ist tot. Es ist zweifelslos eine traurige Situation. Niemand wagt es, sich ihnen zu nähern. Wir haben gehört, dass der Laird und seine Frau gestorben sind, und alle Söhne sind fort.« Der Verkäufer schüttelte einfach nur mit dem Kopf. »Sie sagen, der Älteste wollte nicht die Führung übernehmen, und dass der Matheson Clan bald nicht mehr existieren wird. Die drei Jungen sind mit Sicherheit verflucht.«

»Vielen Dank für Eure Hilfe.« Brigid hob blind die mit Zwirn gebundenen Päckchen, von denen sie einige Jennet gab, als sie sich umdrehte, und sich auf den Rückweg zum Gasthaus machte. Mehr wollte sie nicht hören. Die Angehörigen des Clans waren in ernster Bedrängnis und dennoch zerriss sich jedermann in Inverness die Zunge über die Schwierigkeiten des Clans. »Glaubst du ihm?«

»Dass die Söhne verflucht sind?«, fragte Jennet

mit einem leichten Schnauben. »Nein, es gibt keine Flüche.«

»Meine Schwester würde etwas anderes sagen. Sie hat ungewöhnliche Fähigkeiten, wie du weißt. Riley ist Seherin und sie glaubt daran, den Toten zu helfen, hinüberzugehen. Ich bin froh, dass sie nicht hier ist. Es wäre zu viel für ihre empfindliche Natur, in der Nähe von so vielen kürzlich Verstorbenen zu sein.«

»Riley könnte ihnen helfen.«

»Vielleicht zu einem späteren Zeitpunkt«, ergänzte Tara und schüttelte den Kopf, als müsste sie die anderen überzeugen. »Aber glaubt ihr, dass Marcas vielleicht nicht führen will? Dass sie vielleicht den Clan auflösen wollen? Er sagte, er wäre der Laird, als wir den Krieger getroffen haben, nicht wahr? Habe ich ihn richtig verstanden?«

Brigid hielt inne, um nachzudenken. »Marcas sagte so etwas, als der Krieger die drei fragte. Er sagte, er würde der Laird sein.« Sie ging den Weg entlang und gab sich jede Mühe, allen aus dem Weg zu bleiben. Die meisten ignorierten sie vollkommen, so in Gedanken versunken waren sie, als ob die Frau nicht existierte. »Aber bemerkst du etwas Komisches in Inverness? Hast du je eine Gruppe von Menschen gesehen, die so traurig, so still und so nachdenklich war?«

»Es gibt eine sehr einfache Erklärung«, flüsterte Tara. »Sie alle haben Angst, dass der Fluch außerhalb des Matheson Clans um sich greifen wird.« Sie blickte über ihre Schulter, um zu sehen, ob irgendjemand sie belauscht hatte. »Die

Schotten glauben an Flüche.«

»Ich glaube, du hast recht«, meinte Jennet. »Ethan geht voraus, und alle weichen ihm aus.«

»Ich habe es bemerkt, als Torcall fortging. Alle passten auf, dass sie ebenfalls von ihm weggingen. Die Situation muss schrecklich sein.« Die Frauen kamen aus dem Bereich der Stände und Waren heraus und gingen auf das Ende des Weges zu, an dem das Gasthaus in einer der weniger bevölkerten Gegenden der Stadt lag. Mit Gasthäusern und privaten Herrenhäusern gesäumt, war die Straße, in die sie zurückkehrten, friedlich und sie spendete Brigids innerem Aufruhr ein bisschen Trost.

Die Frauen kehrten zu den Männern zurück, die in einem kleinen Hof neben dem Gasthaus auf einem Baumstamm sitzend Fleischpasteten verzehrten. Als sie näherkamen, führte Marcas die Gruppe zu einer Stelle, wo niemand sie belästigen würde und die nicht weit vom Fjord entfernt lag, wo sie im Gras sitzen konnten. Er hielt zwei Fleischpasteten hoch. »Hammel oder Rind?«

Brigid nahm eine Hammelpastete und kaute langsam. »Dies ist ein großer Hafen. Viele Schiffe auf dem Wasser. Mein Cousin hat seine Ehefrau hier kennengelernt und gesagt, es sei einer der geschäftigsten Häfen. Was transportieren sie auf den großen Schiffen?«

»Hauptsächlich Wolle und Felle. Dies sind reiche Fischgründe und es gibt viel Holz für den Schiffbau. Das Geschäft floriert hier. Wir können fast alles bekommen, was wir uns wünschen, wenn die Schiffe eintreffen. Gewürze mögen wir am liebsten. Da die Stadt am Ness Fluss liegt, können die Schiffe auch Güter nach Schottland transportieren.«

Die anderen nahmen sich eine Fleischpastete. Brigid genoss die ihre. Sie war köstlich und weit besser als die Kost, die sie genossen hatten und sie fragte sich, ob es in der Festung Lebensmittel gab. »Habt ihr Vorräte eingekauft? Wie gut wart ihr ausgestattet, ehe dies hier begonnen hat? Vielleicht solltet ihr frisches Gemüse besorgen, das wir mitnehmen können. Zumindest könnten wir eine gute Brühe für die Kranken kochen. Dampfende Brühe ist das Beste und Sicherste. Kein Fleisch am Anfang.«

»Wir jagen das meiste, was wir essen. Ich habe Hafer und Gerste und auch einiges Wurzelgemüse und Zwiebeln gekauft. Genug für die Anzahl an Menschen, die wir noch haben. Ich weiß nicht, wie oft ich dort sein werde oder wie lange es dauert, bis ich meine Tochter finde«, sagte Marcas. »Andere werden mich auf meiner Suche begleiten und auf unserem Weg werden wir jagen.«

Brigid richtete den Blick in die Ferne und das reflektierende Wasser schimmerte zwischen den Bäumen. »Was ist das? Ein Fjord oder ein See?«

»Komm«, forderte Marcas sie auf. »Ich werde es dir zeigen. Wir können am Ufer essen, wenn du willst.«

»Wir bleiben hier«, widersprach Ethan. »Du weißt, dass ich den Fjord nicht mag. Aber das tust du auch nicht, Marcas.«

»Ich werde nicht schwimmen. Mach dir um mich keine Sorgen. Mir wird nichts zustoßen.«

Ethans Sorge schien zu schwinden, und Brigid beschloss, dass sie die Landschaft sehen wollte.

Sie sah zu Tara und Jennet, die ihr kurz zunickten, um sie zu ermuntern, mit Marcas zu gehen. Ihr Vater hatte sie gelehrt, so viel wie möglich über ihre Umgebung in Erfahrung zu bringen, und dies schien eine wichtige Gelegenheit zu sein. »Ich habe etwas von der Black Isle gehört. Sind wir dorthin unterwegs?«

»Komm und ich zeige es dir.« Er führte sie ein ganzes Stück den Weg entlang, ehe er eine Stelle unter einem Baum oberhalb des Wassers gefunden hatte. »Setz dich hierhin und schau direkt hinüber.«

Er deutete auf eine weiche Stelle auf der Erde. Sie zog ihr Wollgewand unter sich zurecht und setzte sich mit gekreuzten Beinen, ohne sich Gedanken zu machen, ob sie besonders ordnungsgemäß aussah, da sie Strumpfhosen darunter trug. Es waren wundervolle Strumpfhosen, von der gleichen Art, wie ihre Mutter sie für alle weiblichen Angehörigen des Clans machte.

Der Tag war bewölkt, aber es lag nur wenig Nebel in der Luft, was ihr eine klare Sicht auf das Wasser im Fjord ermöglichte. Funken tanzten über die Oberfläche, wann immer die Sonne ein klein wenig durch die Wolken schien. Über das Wasser hinweg erspähte sie eine große ausgedehnte Fläche und Hügel in der Ferne bildeten den Hintergrund der langen Küstenlinie, die mit Fischerbooten und kleinen Gebäuden gesprenkelt war. Sie waren höher, als sie gedacht hatte, was ihr einen wunderbaren Blick ermöglichte, wenn sie von der kleinen Klippe aus auf die zerklüfteten Felsen unter ihren Füßen hinabblickte. Es würde sich als schwierig erweisen, von ihrer Stelle aus zum Wasser zu gelangen.

»Du schaust auf ganz Black Isle. Aber es ist nicht wirklich eine Insel, weil es von drei Fjorden umgeben ist. Cromarty, Moray und dies ist Beauly. In Wahrheit ist es eine Halbinsel, würde ich von meinen Erkundungstouren hier in der Umgebung sagen. Wir sind in den Highlands, aber es ist anders.«

»In welcher Weise ist Black Isle anders?«

»Der reichhaltige Boden. Der Matheson Clan hat den besten Boden. Mir wurde berichtet, dass die Highlands unfruchtbar sind, wenn es um den Anbau von Ackerfrüchten geht, aber wir haben keine Schwierigkeiten. Wir sind nah beim Meer und den Handelsbooten von Inverness, wie ich gesagt habe. Hier können wir innerhalb kurzer Zeit alles bekommen, was wir uns wünschen.«

»Es ist sehr schön, von hier aus gesehen. Gibt es viele Clans? Viele Dörfer?«

Er setzte sich neben sie und lehnte sich zurück, wobei er seine Hände flach auf dem Boden aufstützte. »Unsere Burg liegt gut versteckt in den Wäldern von Gallow Hill, und dennoch nahe bei der Küste, weshalb alle sie haben wollen. Wir haben die reichhaltigsten Felder, wir sind dicht beim Wasser und können im Watt fischen, wenn Ebbe herrscht. Es gibt andere Dörfer an der Küste, aber wenige im Inland. Dies ist ein gutes Leben. Dies *war* ein gutes Leben, bis der Fluch uns heimgesucht hat. Wir wissen nicht, ob irgendwelche anderen Clans krank geworden sind, aber ich habe Ethan am Anfang mit einigen Wachen losgeschickt, was wahrscheinlich einer der Gründe war, warum er nie krank geworden ist. Ich habe ihn nach North Kessoch, Munlocky und Avoch geschickt. Niemand sonst außer uns war verflucht. Wir haben bei Beauly haltgemacht, als wir aufgebrochen sind, um euch zu holen, aber dort war auch niemand erkrankt.«

»Das ist überaus merkwürdig.«

»Warum?«

»Weil Tante Brenna immer sagt, wenn eine Krankheit von einer Person auf die andere übertragen wird, sind andere außerhalb deiner Festung ebenfalls betroffen. Die Menschen reisen und übertragen es auf andere. Aber wenn niemand es hat, könnte es vielleicht etwas Verdorbenes sein. Fleisch oder eine kranke Ziege. Ein schlecht zubereiteter Bottich von Ale. Wir müssen die Vorräte inspizieren, den Brunnen und sogar eure Tiere. Aber wir werden die Wahrheit herausfinden, denke ich. Wir haben ähnliche Umstände gesehen.«

»Und was hat es beim letzten Mal verursacht?«, fragte er, und starrte mit einem merkwürdigen Blick auf ihre Lippen, der tief in ihrem Inneren ein Flattern auslöste.

»Ein schlechter Bottich Ale. Es war ein Riss im Fass, den keiner gesehen hatte, also ist es schlecht geworden. Es hat alle krank gemacht, aber ich glaube nicht, dass so etwas bei euch der Fall sein könnte. Das Ale ist am Ende sauer geworden, also konnten die Leute beweisen, dass es der Verursacher war. Wie lange liegt die erste Erkrankung zurück?«

»Zwei Monde.«

»Ach du liebe Güte. Wir werden ernsthafte Nachforschungen betreiben müssen.«

»Was meinst du?«

»Kann ich es dir erklären, sobald wir bei deiner Burg angekommen sind? Dann wird es einfacher sein.« Sie blickte über das Wasser zurück und dachte an alles, was er erlitten hatte. »Es tut mir leid, dass du deine Frau verloren hast.«

»Das muss es nicht«, antwortete er und setzte ich abrupt aufrecht. »Verzeih mir. Ich hätte nicht so herausplatzen sollen. Es tut mir leid, dass meine Kinder ihre Mutter verloren haben und obwohl wir keine starken Gefühle füreinander hegten, hatte sie so ein kurzes Leben nicht verdient.«

Brigid würde ihn gern mehr fragen, doch das tat sie nicht. Sie hoffte, dass wenn sie wartete und ihm Zeit zum Nachdenken gab, würde er ihr mehr erzählen. Was konnte einen Ehemann dazu bringen, über den Tod seiner Frau nicht aus Fassung zu sein?

»Wir hatten Probleme. Wir waren eine Abmachung, kein Liebespaar. Sie war von Avoch und es war eine gute Verbindung, um Frieden zu halten. Da war keine Liebe. Und ich fand vor etwa sechs Monden heraus, dass sie nach Tiernays Geburt angefangen hatte, sich mit einem Mann in Avoch zu treffen. Jemand, den sie vor langer Zeit geliebt hatte.«

»Es tut mir leid«, meinte Brigid leise. »Das muss eine schwere Entdeckung gewesen sein. Er ist zu deiner Burg gekommen?«

»Das hatte er zu anfangs nie getan, aber sie ist mit den beiden Kindern in ihre Heimat gereist und hat zwei Wochen bei ihren Eltern verbracht, um dann zurückzukehren. Kurze Zeit später war er einmal oder zweimal zu Besuch gekommen, wovon ich nichts ahnte, und brachte Geschenke von seinem Clan für unseren. Er achtete genau darauf, zu kommen, wenn ich mit unseren Männern auf den Übungsplätzen beschäftigt war. Ich habe die Affäre auf andere Weise aufgedeckt, doch Freda war unglücklich, dass sie erwischt worden war, und hat mich angefleht, ihren Eltern nichts zu sagen.«

»Hast du ihr verziehen?«

»Nein. Wir waren nie verliebt, aber wir haben einander respektiert. Ich habe für sie gesorgt. Sie war unseren Kindern eine gute Mutter, aber nachdem ich es herausgefunden hatte, konnte ich nicht mehr mit ihr schlafen. Sie hat mich gebeten, ihr Geheimnis zu wahren.« Er stieß die Luft aus. »Ich habe zu viel gesagt. Verzeih mir für mein Geplapper. Ich denke, wir sollten umkehren.« Dann stand er abrupt auf und hielt seine Hand Brigid hin, um ihr aufzuhelfen. Sie stand auf. Doch er ließ sie nicht gleich los und ihre Blicke verbanden sich.

Eine Hitze wallte zwischen ihnen auf, die ihr die Haut versengte, als würden sie sich über ihre Hände hinaus berühren. Es war die eigentümlichste Erfahrung, die sie je mit einem Mann gehabt hatte.

»Brigid, ich wäre dir dankbar, wenn du nicht

wiederholen würdest, was ich dir gesagt habe. Ich bin zu weit gegangen … was Freda anbelangt. Der Rest ist in Ordnung, über Black Isle und unsere Burg in Gallow Hill zu reden, aber ich sollte nicht auf diese Weise von den Toten sprechen.«

Er ließ von ihrer Hand ab und machte ihr ein Zeichen, dass sie durch die Bäume zurückkehren sollten.

Sie setzte sich in Bewegung, um ihm zu folgen. Als sie einherschritten, dachte sie still über seine Worte nach. Ihr Herz setzte einen Schlag aus, als ihr aufging, dass er seine Frau nicht geliebt hatte. Warum?

## KAPITEL SECHS

DIE COUSINEN UND Brüder saßen um einen Tisch in ihrer Kammer und verzehrten eine zweite Mahlzeit aus Hammeleintopf und knusprigem dunklem Brot. Marcas hatte auf spezielle Umstände verwiesen, da alle sie auf dem Marktplatz angesehen hatten. Ethan und er hatten beide bemerkt, wie alle Abstand zu ihnen gehalten hatten.

Sie reagierten auf den mutmaßlichen Fluch von Black Isle. Er würde die jungen Frauen nicht dieser Grobheit aussetzen.

Doch etwas anderes hatte seinen Verstand beherrscht, was sogar über die Fakten der Reaktionen seitens der Stadtbewohner von Inverness und seinem Kummer über Karas Verschwinden hinausging. Marcas konnte sein schlechtes Gewissen darüber nicht beruhigen, was er Brigid gestanden hatte. Wie konnte er ihr alles anvertraut haben?

Nun, fast alles.

»Darf ich eine Frage stellen und eine ehrliche Antwort erwarten?«, fragte er.

Brigid nickte und warf einen Blick zu ihren

beiden Cousinen, die entsprechend zustimmten.

»Ist dein Vater derjenige mit dem Ruf, ein exzellenter Fährtenleser zu sein?«

»Aye. Er ist einer der allerbesten.«

»Ist er wirklich so ein guter Fährtenleser? Wird er euch in einer Woche oder zweien hierher folgen? Ich versuche herauszufinden, wie lange wir diesen Vorteil eurer Fähigkeiten als Heilerinnen nutzen können, ehe er mit einer Armee anrückt und euch wegnimmt.«

Jennet sah ebenso perplex wie die anderen beiden aus. Zu Brigid gewandt meinte sie: »Hat er gesagt eine Woche? Zwei Wochen?«

Brigid sah die Männer an und versuchte, ihr Grinsen zu verbergen.

Tara schmunzelte und verschluckte sich kurz an einem Stück Brot. »Onkel Logan wird innerhalb eines Tages hier sein. Zwei, wenn es hoch kommt. Wenn es strikt von meinem Vater oder Jennets abhinge, würden sie vielleicht mehrere Tage brauchen, aber nicht Brigids Vater. Er wird zuerst, vor der großen Streitmacht kommen, aber ich möchte wetten, dass sie alle hinter ihm folgen werden.«

Jennet fuhr mit einer weiteren lässigen Bemerkung fort, die Taras Kommentar unterstützte, gleichwohl es Brigid klar war, dass sie versuchte, ihre Belustigung zurückzuhalten. »Wenngleich Onkel Logan andere Mädchen adoptiert hat und sie ebenso liebt wie Brigid, ist sie immer noch sein kleines Mädchen, seine Jüngste vor den Adoptionen. Er wird nicht viele Krieger mitbringen, aber wenn er es als nötig empfindet, wird er beim Grant Clan haltmachen, der unser engster Verbündeter ist und zwei- oder dreihundert Krieger mitbringen. Das könnte ihn einen Tag aufhalten.«

Die drei Männer wurden blass. »Der Grant Clan?«, flüsterte Ethan. »Hast du Grant Clan gesagt, der über eintausend Krieger befehligt? Der größte Clan im ganzen Land?« Sein Blick wanderte von einem Gesicht zum nächsten, doch niemand sagte etwas, um ihn zu beschwichtigen.

»Was um alles in der Welt hast du getan, Marcas?«, fragte Shaw ihn. »Obwohl es kein Problem darstellen wird, wenn sie Krieger mitbringen – es ist keiner mehr da, um sie zu bekämpfen, außer vielleicht zehn Mann. Wir werden alle tot sein – und diejenigen, die den Teufel und den Fluch überlebt haben, werden am Ende von einer Grant Klinge in den Tod geschickt.«

Ethan stotterte: »Unter diesen Umständen werden wir schnell aufgeben.« Er schoss einen Blick zu seinen Brüdern, als er einen weiteren schüchternen Bissen von seinem Eintopf aß.

Eine ganze Weile sagte niemand ein Wort und alle sechs waren damit beschäftigt, ihr Essen zu vertilgen.

Marcas musste tun, was er konnte, um seinen Clan und seine Burg zu beschützen. »Und was sagst du, Brigid? Wenn dein Vater ankommt und du mit ihm sprichst, wirst du ihm dann sagen er solle angreifen?«

Mit großen Augen lehnte Ethan sich in seinem Stuhl vor. »Wird er deinen Rat annehmen, was immer du ihm sagst?«

»Mein Vater wird auf mich hören. Wenn wir drei ihm sagen, dass wir helfen wollten, und es einen Fluch gibt, der uns alle dahinraffen könnte, wenn wir die Ursache nicht finden, wird er mehr als bereit sein, zuzuhören. Er wird tun, was immer er kann, um zu helfen.«

»Glaubst du, er wird beim Grant Clan haltmachen?«, fragte Tara.

Brigid schüttelte den Kopf. »Das wird er nicht, denn er könnte die Spur verlieren, doch wenn er es tut, bin ich sicher, dass es nicht für lange ist. Manchmal macht er halt, um sich zu informieren. Er könnte sogar erwägen, dass Alex´ Söhne die Gegend besser kennen, da Connor seine Frau in Inverness kennengelernt hat.«

»Er weiß nicht, dass wir euch nach Inverness bringen«, schnaubte Shaw.

Tara beugte sich näher zu ihm. »Aye, das tut er.«

»Wie um alles in der Welt sollte er das wissen?«

Brigid sah zu Jennet hinüber. »Weil eine von uns Hinweise hinterlassen hat.«

Die drei Männer blickten sich gleichermaßen verwirrt an. Ethan fragte: »Was für eine Art von Hinweise?«

»Jennet hat Buchstaben in die Bäume geritzt, und ihm so gesagt, wohin wir unterwegs sind.«

Shaw gaffte sie an. »Und du glaubst, euer Vater ist so ein guter Fährtenleser, dass er eure Minibuchstaben findet? In einer Million von Bäumen in den Highlands, wird er genau wissen, nach welchem er suchen soll?«

Alle drei Mädchen hatten selbstgefällige Mienen aufgesetzt und dann brachen sie in Gelächter aus.

»Du kennst meinen Vater nicht«, meinte Brigid. »Oder meine Mutter. Sie machen das schon seit langer Zeit. Das ist auch ein Grund, warum sie nicht lange auf Grant Land bleiben. *Wenn* sie dort haltmachen.«

»Warum sollten sie nicht anhalten?«, fragte Marcas in der Hoffnung, dass die Frauen sich irrten. Er konnte einen extra Tag gebrauchen, ehe sie von einem wildgewordenen Vater attackiert würden.

»Manchmal ist die Spur nur für einen Tag deutlich sichtbar. Sobald es regnet oder schneit, verlieren sich eine Menge Spuren. Er brauchte ein paar Tage, um uns zu finden, als wir früher schon einmal entführt worden waren, aber das Wetter hatte die Suche kompliziert gemacht.«

Shaw stieß seinen Stuhl zurück. »Ihr seid schon einmal von zuhause entführt worden?«

»Vor einiger Zeit«, antwortete Brigid. »Als wir noch Kinder waren, mit sechs oder sieben, waren Jennet und ich mitten in der Nacht gestohlen worden. Ich habe es nicht gut verkraftet, aber Jennet, sie wandte einen der besten Tricks an, den ich je gesehen habe.«

»Und was war das?«, fragte Marcas.

Brigid schaute zu ihrer Cousine hinüber, die kurz mit dem Kopf schüttelte. »Vielleicht ist es besser, wenn wir einige Geheimnisse wahren, Mylord. Aber es könnte euch vielleicht freuen, über meinen Vater zu hören, und wenn er in seinem Element ist.«

»Nur zu. Das würde ich liebend gern hören«, bat Marcas, der ein weiteres Stück Brot abbrach.

»Meine Eltern und meine adoptierte Schwester Molly, zusammen mit Tormod, der jetzt ihr Ehemann ist, hatten uns aufgespürt. Meine Mutter hatte ihnen beim Spurensuchen geholfen, aber sie war verletzt, und so oblag es Molly, herauszufinden, wo wir versteckt waren. Die arme Jennet wurde mit einem Dolch an der Kehle festgehalten, während ein anderer Mann mich packte und hinter das Gebäude zerrte. Molly hat gegen ihn gekämpft und mir geholfen, wieder zu Jennet zurückzukommen. Schließlich kam unser Vater an und tat, was er am besten kann.«

»Und was ist das?«, fragte Marcas, doch dann meinte er. »Ich bin mir allerdings bewusst, dass du mir womöglich eine glatte Lüge auftischst.«

»Mein Vater ist ein Virtuose beim Tricksen und er bringt dich dazu, etwas zu glauben, während er etwas anderes tut. Ich beobachtete ihn, während ich hinter einem Baum versteckt war. Mein Vater hatte sich selbst als Zielscheibe angeboten und sich perfekt in Position gebracht, während er den Mistkerl provoziert hat und Molly das Ziel hinter ihm von einem Baum anvisieren konnte, um den Schurken mit einem Pfeil niederzustrecken. Der Hundesohn war mit dem Messer an Jennets Kehle und damit, meinen Vater im Auge zu behalten, so abgelenkt, dass er Molly hinter sich nicht gesehen hat. Papa wusste, dass sie ihn mühelos treffen konnte. Sie ist eine der besten Bogenschützinnen überhaupt, aber sie brauchte eine klare Schusslinie, damit sie Jennet nicht verletzen würde. Doch als Papa weiterhin zu unserem Entführer sprach, konnte der den dämlichen Mann dazu bringen, sich genau richtig zu drehen, um Molly das Ziel zu bieten, das sie brauchte. Sobald mein Vater ihn genau richtig in Position gebracht hatte, schoss Molly und traf ihn direkt in seine Seite, an der tödlichen Stelle, womit sie ihn umbrachte. Als er zusammenbrach, waren seine Hände um Jennet geschlossen und es hat ewig gedauert, sie zu befreien, aber sie ist ruhig geblieben. Anders als ich.

»Du warst nicht ruhig? Du bist jetzt so gefasst, wie du nur sein kannst«, meinte Shaw.

»Nicht mit sechs Sommern. Ich habe geweint und geschrien, bis unser Entführer mich ohnmächtig schlagen wollte. Jennet ist der einzige Grund, wie ich es geschafft habe, zu überleben. Immer schon war sie die stärkste Person, die ich kannte, weshalb …«

»Weshalb was?«, fragte Jennet, und drehte sich, um Brigid mit einem merkwürdigen Ausdruck auf dem Gesicht anzuschauen.

Brigids Gesicht errötete, aber sie machte keinen Rückzieher. »Deshalb schulde ich ihr eine Entschuldigung, Cousine. Ich hätte nicht sagen sollen, dass du eine Heilerin bist, als Marcas in unsere Festung gekommen ist. Es wäre besser gewesen, wenn ich die Einzige gewesen wäre, die sie mitgenommen hätten. Entschuldigung.«

»Du musst dich nicht entschuldigen, denn ob du etwas gesagt hättest oder nicht, wäre ich mitgekommen und dir sogar gefolgt.« Jennet aß weiter und zeigte keine Emotion auf ihrem hübschen Gesicht, während Brigid den Tränen nahe war.

Warum fühlte Marcas sich so zu ihr hingezogen? Wenn er gekonnt hätte, hätte er sie auf seinen Schoß genommen, sie auf die Stirn geküsst und ihren Nacken gestreichelt, um sie zu beruhigen. Sie war zu stark zum Weinen. In seinem Herzen glaubte er das wirklich.

Aber andererseits hatte Gisela ihm auch oft gesagt, dass Weinen keine Schwäche sei.

Brigid drückte ihrer Cousine die Schulter und meinte: »Ich konnte immer auf dich zählen, nicht wahr?«

»Ich fühle mich geehrt, mit euch beiden zusammen zu sein«, mischte Tara sich ein. »Das wird ein großes Abenteuer. Mein Vater wird schockiert sein zu hören, dass ich zusammen mit den Ramsays entführt worden bin.« Sie lächelte und Marcas bemerkte, dass Brigid mit ihr lachte.

Brigid war über ihren Fehler verlegen gewesen, Jennet in ihre Reise einzubeziehen, aber ihre Cousinen hatten getan, was sie konnten, damit sie sich besser fühlte. Ihre Bemühungen schienen von Erfolg gekrönt und ihre warmen, grünen Augen waren lächelnd auf die anderen beiden Mädchen gerichtet.

Seine Brüder und er hatten sich nie zusammen so verhalten. Vielleicht wäre es klug zu versuchen von den Frauen zu lernen.

Logan stand auf der Lichtung und schaute zu den Bäumen auf, ehe er am Rande entlangschritt und nach Hinweisen Ausschau hielt. »Gwynie, ich habe seit langer Zeit nicht mehr solche Furcht gehabt.«

Seine Frau tröstete ihn. »Ich weiß, Logan, aber wir werden sie finden. Wenn sie genügend Hinweise für uns hinterlassen konnten, als sie sechs waren, bin ich sicher, dass sie auch auf dieser Reise Hinweise hinterlassen haben.«

Kyle Maule, der Anführer der Ramsay Krieger, gesellte sich zu den beiden und saß ab. »Ich würde sagen, sie waren eindeutig hier. Wir haben Spuren von drei oder vier Pferden gefunden, aber die andere Sache, die mich überzeugt hat, war dies.« Er führte sie zu einem Bereich unter den Bäumen, wo das Gebüsch dichter war. »Schau.« Er zeigte auf den Boden, wo offensichtlich jemand gegraben hatte.

»Ich stimme zu, was die Pferde anbelangt, aber was zum Teufel bedeutet ein Loch im Boden, Kyle? Mir gefällt mein erster Gedanke nicht, der damit einhergeht. Was zum Teufel haben sie hier getan? Haben sie versucht, jemanden zu begraben?« Logan, dessen lange hellbraunen Locken im Wind wehten, visierte Kyle mit dem einschüchternden Blick, von dem er wusste, dass er nicht funktionierte. Logan hatte das Gefühl, als ob er ihn praktizieren müsste, denn er wusste nicht, was kommen würde. Und es missfiel ihm eindeutig, wenn er keine Kontrolle hatte.

»Heiler, Logan. Sie graben nach Wurzeln und Kräutern. Jennet und Brigid sind Heilerinnen. Ich denke, sie waren hier.«

Das war Logan noch nicht einmal eingefallen. Er kratzte sich an den Stoppeln seines Kinns und kam zu dem Schluss, dass Kyle recht haben könnte. »Gut gemacht, Maule. Lass deine Männer nach Hinweisen suchen.« Für die Suche nach den Mädchen hatten sie zwanzig Ramsay Krieger mitgebracht.

Logan und Gwyneths einziger Sohn, Gavin, meinte: »Papa, du hast die Stoffstücke, die sie für dich zurückgelassen haben. Sie waren hier.«

»Aber sie passen zu nichts von ihrer Kleidung«, blaffte ihre Mutter. Wir haben keine Gewebe wie dieses. Ich weiß, dass ich es gesehen habe, aber ich kann mich nicht erinnern. Ich hasse es, älter zu werden. Ich kann nicht mehr so gut sehen und ich kann mich nicht erinnern wie sonst. Gut, dass wir Merewen mitgebracht haben, um die Mistkerle an meiner Stelle in die Hoden zu schießen.« Dann sah sie zu Sorcha, die gerade aus dem Wald hinter ihnen auftauchte, mit ihrem Ehemann, Cailean, auf den Fersen. »Sorcha, du wirst die Hundesöhne in die Hoden schießen, wenn Merewen nicht tut, was ich sage.«

Merewen erbleichte. »Du bittest mich, was zu tun, Gwyneth?«

»Unwichtig. Wenn die Zeit kommt, werde ich es dir erklären.« Gwyneth ging im Kreis umher und starrte auf die Büsche, dann auf den Boden und versuchte, alles aufzunehmen, was sie erblickte. »Wir haben seit einer ganzen Weile keines dieser Stoffstücke mehr gesehen.« Sie wirbelte herum, richtete den Blick auf Logan und ihr Gesicht hellte sich auf. »Ich weiß, wer dieses Gewebe hat!«

»Wer? Zum Teufel noch mal, sag es, Gwynie.«

Logan blieb stehen, und die Hände fest in die Hüften gestemmt wartete er ihre Antwort ab.

»Jennie. Dies ist mit Sicherheit ein Cameron Gewebe.«

»Warum würden sie Tante Jennie wollen?«, fraget Gavin.

Logan seufzte, denn ihm dämmerte die volle Wahrheit. »Nicht Jennie. Tara. Sie haben die drei Heilerinnen gestohlen.«

»Ich glaube nicht, dass irgendjemand Tara und Brigid als Heilerinnen erachtet. Jennet möglicherweise, aber nicht Brigid.«

»Also, was sagst du? Warum würden sie die drei von zuhause stehlen?«

»Sie alle sind jung. Vielleicht haben sie sie als Bräute gestohlen.«

»An dieser Unterstellung könnte etwas dran sein, wenn sie sie aus einer Festung gestohlen hätten, aber sie sind zu zwei verschiedenen gegangen. Und so weit entfernten? Nein. Das Einzige, was die Cameron und die Ramsay Mädchen gemeinsam haben, besteht in ihrer Berufung als Heilerinnen.« Logan ging umher und versuchte, sich genau auszumalen, was passiert war.

Sorcha erwähnte, »Kurz bevor sie entführt worden waren, haben Jennet und Brigid ein Kind auf die Welt geholt. Hast du das gewusst?«

Logan wirbelte herum. »Das könnten die Schurken vielleicht gewusst haben. Könnten sie es erfahren haben, und den Heilerinnen dann zurück zur Festung gefolgt sein? Wenn dem so ist, dann sind sie ganz bestimmt hinter Heilerinnen her.«

Gwyneth spielte mit ihrem langen Zopf und warf ihn in ihrer Hand hin und her. »Glaubst du ...«

»Was, Gwynie? Sag es einfach.«

»Logan, was wenn sie dachten, sie würden Brenna und Jennie stehlen? Wenn das ihre Absicht war, sind sie vielleicht nicht allein gewesen. Das ist ein Cameron Gewebe. Ich wette, Tara ist bei ihnen.«

»Ich werde nicht sagen, dass du dich irrst, Gwynie«, entgegnete er und ging wieder umher.

»Sie sind zu dritt – bei dem Gedanken beruhige ich mich, Logan«, murmelte Gwynie, die immer noch in Gedanken über irgendetwas verloren war. »Glaubst du, Aedan ist dort draußen und sucht?«

»Wir werden die Nacht auf Grant Castle verbringen. Sie ist nur ein Stück weit von hier entfernt und ich würde gern erfahren, was Alex darüber weiß, ob neue Marodeure in der Gegend sind. Ich glaube nicht, dass es gewöhnliche Gauner sind, die die Mädchen gestohlen haben. Dies waren Männer mit einer Absicht. Vielleicht weiß Alex etwas darüber, was in den Highlands passiert. Keiner unserer Nachbarn ist schlau genug, um in unsere Festung einzudringen. Und das ist auch keiner von den Grant Nachbarn. Wenn wir dorthin gelangen, werde ich Grant bitten, einen Boten zu den Camerons zu schicken um mich zu vergewissern.«

Logan kratzte sich am Kopf und wünschte, ihm würde etwas Nützlicheres einfallen. Er schaute zu seiner Frau, die in ihren Strumpfhosen und der Tunika ebenso schön aussah, wie an dem Tag, als sie geheiratet hatten. »Was macht dir solche Sorgen?«, fragte Logan. »Da gibt es noch etwas mehr, was du mir nicht sagen willst. Ich kenne deinen berechnenden Verstand. Er ist exzellent, insbesondere, wenn es um deine Kinder geht.«

»Als sie vor Jahren entführt wurden - von Bearchun −, gab es eine andere Art und Weise, wie die Mädchen uns Hinweise hinterlassen hatten. Was war das, Logan?« Wieder ging sie umher, mit ihrem braunen Haar, das nun von grauen Strähnen durchsetzt war, und das an ihrem Kopf zurückgenommen und geflochten über ihren Rücken fiel. »Die Richtung, in die sie unterwegs waren. Irgendwie haben wir das von ihren Spuren herausgefunden. Denk, Logan. Denk! Was um alles in der Welt war das? Wir sind noch nicht so alt.«

»Es tut mir leid, Gwynie, aber ich erinnere mich nicht.«

Gwyneth kaute auf ihrer Lippe, während die anderen drei weiterhin die Gegend durchsuchten, nachdem Kyle zu seinen Männern zurückkehrte. Dann sprang sie plötzlich auf und rannte zu den Bäumen, lief von einem zum nächsten, wobei sie auf den Fuß der Bäume blickte.

»Was um alles in der Welt tust du jetzt, Frau?«

»Kerben!«, keuchte sie. »Ich erinnere mich jetzt. Jennet hatte Nachrichten in die Baumstämme gekerbt. Ich suche nach Kerben.« Die fünf sprangen auf, um den Bereich abzusuchen und hielten nach dieser neuen Art von Hinweis Ausschau, dass die Mädchen hier gewesen waren.

Als sie die Bäume absuchten, eine scheinbar endlosen Aufgabe in den Wäldern der Highlands, war Gwyneth froh, dass dies eine Lichtung war und die Anzahl der Bäume somit beschränkt war, zu denen die Mädchen Zugang hatten. »Es gibt genügend andere Zeichen, dass sie hier waren, und wir sollten alle Bäume absuchen«, meinte Gwynie, die gerade einen Baum umkreiste und sich vorbeugte um den untersteten Teil der Rinde anzustarren.

»Wie dies?«, rief Merewen, die auf den Ansatz von einer Eiche zeigte. Gavin rannte an ihre Seite und kniete sich neben sie.

Sorcha schaute über Gavins Schulter. »Mama, du hast recht. Hier ist es. Merewen hat es gefunden.«

»Was hat das zu bedeuten? Was?« Gwynie trommelte auf Gavins Schulter und spähte darüber hinweg.

»Ich denke, es ist ein H.« Merewen und Gavin beugten sich näher.

Logan betrachtete es ebenfalls und dachte, es könnte ein H sein. »Das hat nichts zu sagen. Und was um alles in der Welt hat ein H zu bedeuten? Hast du mir nicht vorher erzählt, dass Jennet ein S für Süden oder so etwas eingekerbt hatte? H ist keine Richtung. Was zum Teufel könnte das bedeuten?« Himmel, er würde das ganze Gras plattgetrampelt haben, ehe er fertig war.

»Kein H, aber ein I. Ich denke, dann ein N und dann ein V. Dann noch ein Buchstabe, der ein E sein könnte und dann nichts. Vielleicht ist sie unterbrochen worden.«

Gavin saß auf seinen Fersen und dachte über

die Buchstaben nach, aber plötzlich fiel Logan die Antwort ein. »Inverness. Sie reiten nach Inverness.« Er packte seine Frau und küsste sie fest auf den Mund. »Alle Achtung, Jennet ist eine ganz Schlaue. Gute Arbeit, Gwynie.«

Logan bewegte sich zur Außenseite der Lichtung und blaffte. »Maule, sammle die Männer. Wir übernachten bei den Grants und dann reiten wir nach Inverness.«

## KAPITEL SIEBEN

BRIGID KAUERTE SICH in ihren Umhang, als sie sich am nächsten Nachmittag dem Eddirdale Castle näherten, dem Heim der Mathesons. Sie ritt glücklicherweise wieder mit Marcas. Sie hatte sich an seinen warmen Körper zurückgelehnt und es hatte ihm scheinbar überhaupt nichts ausgemacht. Jetzt, da sie beinahe bei ihm zuhause waren, verspürte sie das Bedürfnis, sich aufrecht zu setzen und ihn nicht zu berühren.

Er hatte vor kurzem erst seine Frau verloren, auch wenn sie mit einem anderen eine Affäre gehabt hatte. Brigid konnte nicht anders, als sich zu fragen, ob sein Clan über die Indiskretion Bescheid gewusst hatte. Nicht, dass es etwas ausmachen würde. Marcas war dennoch der Laird. Wenn sie es gewusst hatten, hätten die anderen sie womöglich gesteinigt oder etwas anderes weniger Offensichtliches, um sie über ihre Gefühle aufzuklären.

Die Nacht war ereignislos verlaufen. Sie hatten Porridge und Honig im Speisesaal im unteren Stockwerk verzehrt, sobald sie alle auf waren und hatten still an der Mahlzeit teilgenommen, da noch einige andere anwesend gewesen waren. Gleich, nachdem sie fertig waren, waren sie wieder aufgebrochen.

Ein kleiner Teil von ihr fürchtete sich nun, zu sehen, was sie herausfinden würden. Wäre die Festung verwaist? Von anderen eingenommen, welche die Abwesenheit der Brüder zu ihrem Vorteil genutzt hatten? In ihrem Magen rumorte es, je näher sie kamen. Gleichwohl ihre Vernunft ihr sagte, dass ihre Tanten beide gute Heilerinnen waren, deren Lehrmethoden, die Cousinen vor Krankheit bewahren würden, wusste sie, dass eine kleine Angst weiter in ihrem Verstand harren würde, bis sie überhaupt erst genau wussten, was diese Krankheit ausgelöst hatte.

Würde sie krank werden? Würde sie eine oder beide ihrer Cousinen verlieren?

Ein plötzliches Bedürfnis nach Trost von ihrer Mutter und Tante Brenna übermannte sie und sie fühlte sich verwaist. Entschlossen zu leben und wenn auch nur, um ihre Eltern wiederzusehen, strengte sie sich an, ihre Ängste zu unterdrücken und gelobte sich, die Probleme in der Matheson Festung aufzudecken.

Und zu tun, was sie konnte, um zum Wiederfinden von Marcas´ Tochter beizutragen.

Die Tore waren offen und eine Wache stand bei der Mauer. »Marcas? Bist du das wirklich? Du bist zurückgekehrt?«

Torcall war mit ihnen zurückgeritten und er rief: »Ich habe sie alle in Inverness gefunden.«

»Und wer sind die drei Mädchen? Ihr habt sie

nicht wegen des Fluchs hergebracht, nicht wahr? Ihr habt es ihnen erzählt?«

»Aye, Alvery«, meinte Marcas, als sie auf die Ringmauer zukamen. Er brachte sein Pferd an der Stelle zum Stehen, an der Alvery stand. »Dies sind die drei Heilerinnen, die ich mitgebracht habe, damit alles wieder gut wird. Zwei sind die Töchter und eine ist die Nichte der berühmtesten Heilerinnen in den Highlands. Dies ist Lady Brigid, die hellhaarige ist Lady Jennet und die andere, die mit Shaw reitet, ist Lady Tara.«

»Willkommen Ladys. Es haben nicht viele von uns überlebt, aber diejenigen, die es überlebt haben sind ungemein zäh.« Alvery war ein älterer Mann, doch er hatte freundliche Augen und breite Schultern, was bewies, dass er immer noch ein Schwert schwingen konnte.

»Habt ihr Kara schon gefunden?«

»Nein, wir haben wieder einen Suchtrupp losgeschickt.«

Marcas versteckte seine Enttäuschung darüber nicht, dass seine Tochter bei seiner Rückkehr noch immer vermisst wurde. »Tiernay und meine Schwester?«

»Beiden geht es gut.«

»Bevor wir zum Hauptturm gehen, sag mir bitte, wie viele noch übrig sind, Alvery.«

»Ein Dutzend denke ich bei der letzten Zählung. Nonie, Gisela, Tiernay, Jinny und sechs Wachen. Und jetzt ihr drei.«

»Ist im Augenblick jemand krank?«

»Nein. Welcher von euch ist Laird? Wenn ich fragen darf.« Alvery sah eindeutig unbehaglich aus, aber es war eine berechtigte Frage.

»Ich werde das Amt des Lairds übernehmen«, meinte Marcas.

Alvery fuhr fort: »Ich bin erfreut, das zu hören, Chef. Im Augenblick ist niemand krank, aber vier der Wachen hatten einen kleinen Ausbruch, gleich nachdem Ihr gegangen seid. Gleichwohl sie nicht so krank waren, wie zuvor. Sie waren in zwei Tagen geheilt.«

Brigid gefiel nicht, wie das klang. Sie sah zu Jennet hinüber, um zu sehen, ob sie zuhörte, und das hatte sie eindeutig. Ihre liebe Cousine hatte eine Art ihre Augenlider zu verengen, wann immer sie eine Situation analysierte, und genauso sah sie gerade aus.

Sie gingen auf die Stallungen zu, und ein Bursche kam heraus, der ihnen die Pferde abnahm. »Seid gegrüßt, Chief«, meinte er, wobei er von einem zum anderen schaute, als ob er nicht sicher war, an wen er diesen Kommentar richten sollte.

»Geht es dir besser, Timm?«, fragte Marcas, der absaß und Brigid herunterhob und sie vorsichtig auf den Boden stellte.

»Aye, viel besser. Ich werde mich um die Pferde kümmern, Anführer.«

»Brigid, kannst du laufen, oder brauchst du Hilfe?«

»Nein, meinem Fußgelenk geht es besser. Ich werde kein Wettrennen veranstalten, aber ich kann aus eigener Kraft zur Burg laufen. Vielen Dank.« Himmel, der Mann sah morgens noch besser aus.

Alvery nickte. »Ach, ich hatte den Jungen vergessen. Zähle Timm noch dazu. Wir wachsen wieder, Jungs.«

»Alvery ist seit Jahren beim Matheson Clan und unserem Vater. Jedes männliche Wesen wird von ihm als Junge bezeichnet. Ich bin froh, dass es euch beiden besser geht. Ich werde die jungen Frauen nach drinnen begleiten und dann zurückkehren und mir von allen ausführlich berichten lassen.«

Marcas führte sie über den Hof und der Bereich war so still, dass Brigid tatsächlich das Zwitschern der Vögel hören konnte. Das Geräusch war etwas, was sie nie innerhalb der Burgmauern der Ramsays hören würde. Sie entdeckte einen Burgbrunnen etwas abseits am Rande des Innenhofes, mit mehreren Eimern daneben. Die Burg war wie die meisten Burgen aus Stein errichtet, mit einer quadratischen Sektion in der Mitte und zwei angrenzenden Teilen, die an jeder Seite angefügt waren. Eine Hütte für den Schmied befand sich am Rande des Hofs, die Vorratskammer lag daneben und der Waffenschmied befand sich jenseits der Vorratskammer. In einer größeren Hütte auf der gegenüberliegenden Seite vermutete sie die Behausung der Weber.

Doch alles war still, als ob niemand hier wäre.

Dieser Gedanke brachte ihr eine Traurigkeit, die sie nicht abschütteln konnte, solch eine Leere an einer Stelle, die voller Leben sein sollte … dem Leben eines Clans, das für ein gemeinsames Ziel zusammenarbeitete und wo man die Gesellschaft der anderen genoss, während man auf den Feldern arbeitete. Stattdessen überkam sie etwas Unheimliches und ein leichter Schauder durchfuhr ihren Körper, obwohl sie ihr Bestes tat, um ihn zu ignorieren.

Sie gingen die Stufen hinauf und Marcas hielt die Tür für die drei jungen Frauen auf, durch die sie eintraten. Shaw und Ethan folgten ihnen.

Die große Halle war beinahe verwaist, außer einem Feuer, vor dem ein Kleinkind in sicherem Abstand auf einer Decke spielte, während eine ältere Frau sich über eine Waschschüssel beugte und eine weitere Frau Teig auf einem Tisch knetete.

Die beiden Frauen starrten das fremde weibliche Trio an, doch als ihr Blick auf Marcas und seine Brüder fiel, brachen ihre Gesichter in ein Lächeln aus. Die Frau, die gerade Kleidung wusch, trocknete ihre Hände ab und lächelte, um dann das pausbäckige Kind hochzuheben, das auf einem geknoteten Stoffstück kaute.

»Sei gegrüßt, Nonie.« Das sagte Marcas zu der Frau, die das Kind hielt. Er griff nach seinem Sohn und erntete ein breites Lächeln, das die neuen unteren Zähne zeigte, ehe er dem Kind einen leichten Kuss auf die Stirn drückte. »Dies sind Heilerinnen, die ich hergebracht habe, damit sie uns helfen, Die Ladys sind Brigid, Jennet und Tara.«

Nonie machte einen kleinen Knicks vor den dreien. Ihr Haar war zu einem Zopf zurückgenommen, aus dem sich Strähnen gelöst hatten, die frei um ihr Gesicht flogen. Sie hatte eine durchschnittliche Größe und ihr Gesicht war angespannt.

»Und dies ist Jinny, unsere Köchin. Sie ist eine gute Köchin, wenn die Dinge so laufen, wie sie sollten.« Wie so viele Köche war Jinny voller um die Hüften, und ihre Augen waren freundlich. Sie war eindeutig eine harte Arbeiterin.

Jinny begrüßte die Ladys schüchtern, aber mit einem Lächeln. Marcas beugte sich vor und atmete den Duft des Kindes in seinen Armen ein. »Süßer Tiernay. Du bist so ein kräftiger Bursche.« Der Junge belohnte ihn mit einem strahlenden Lächeln.

Brigid fand, dass Tiernay ein wunderschöner kleiner Junge war, mit braunem Haar, das seinen Kopf bedeckte, und dessen Spitzen gerade bis an seine Ohren reichten. Noch immer hielt er das Stoffstück und biss darauf, währen er seinen Vater angrinste.

»Immer noch keine Nachricht von Kara?« Marcas schaute vom Gesicht einer Frau zur anderen, aber sie schüttelten verneinend mit dem Kopf.

»Marcas! Brüder! Ihr seid alle heil nach Hause gekommen. Gott sei Dank.« Eine schöne Frau kam die Treppe auf der linken Seite der Tür heruntergeflogen. Ihr Haar fiel in dicken, braunen Wellen über ihren Rücken. In ihrer Kleidung sah sie dünn aus, aber Brigid glaubte, dass sie wahrscheinlich durch die Krankheit einiges an Gewicht verloren hatte. Sie rannte hinüber und umarmte jeden ihrer Brüder kurz, ehe sie sich zu den drei jungen Frauen umwandte.

Shaw stellte sie Gisela vor, doch dann sagte er

nur ein Wort: »Kara?«

Sofort füllten sich Giselas Augen mit Tränen und sie schüttelte den Kopf. »Es tut mir so leid. Sie hatte mit mir auf der Pritsche vor dem Feuer geschlafen, aber als ich aufwachte, war sie fort. Wir haben überall gesucht. Ich verstehe es nicht. Ich glaube wirklich nicht, dass sie von selbst gegangen wäre.«

»Kara ist nicht imstande, die Tür selbst zu öffnen. Sie ist mit jemandem gegangen«, wandte Ethan ein.

Gisela beruhigte sich sogleich und schaute ihren Bruder an. »Wirklich, aber deine Weisheit wird hier sehr gebraucht, Ethan. Du hast absolut recht. Und sie war viel schwächer als vorher, also könnte sie sie niemals aufbekommen.« Sie schaute zur Tür und verarbeitete in Gedanken diese neue Entwicklung.

»Entschuldigt meine Einmischung, aber sie müsste für ein nur drei Sommer altes Kind sehr groß sein, um den Griff zu erreichen.«

Gisela schaute sie an. »Ihr seid Lady Jennet? Ihr sprecht wie Ethan und Ihr erkennt Dinge, die ich hätte erkennen müssen, aber übersehen habe. Nein, ich besinne mich, dass sie dies eines Tages versucht hatte, und sagte, sie wolle ihren Vater suchen, aber sie konnte kaum den Ansatz des Griffs erreichen. Und die Tür ist für ihre zarte Gestalt zu schwer. Jemand muss ihr nach draußen geholfen haben. Ich bin es wieder und wieder durchgegangen, so viele Male, und dennoch fällt mir nichts ein, das mir helfen würde, es zu verstehen. Das Mädchen konnte nicht von selbst hinausgekommen sein, nicht wahr?«

»Wir werden ein Treffen für alle einberufen, sobald die Wachen von der Patrouille zurückkehren. Ich möchte in Erfahrung bringen, dass es niemand aus dieser Festung war, der die Tür für sie geöffnet hat«, meinte Marcas. »Wenn es euch nichts ausmacht, werde ich euch Ladys hier drinnen lassen, damit ihr euch aufwärmen könnt, während wir drei wieder nach draußen gehen, um die Situation einzuschätzen, und zu sehen, was wir noch in Erfahrung bringen können.« Er gab Tiernay an Nonie zurück, wobei er dem Jungen einen flüchtigen Kuss auf den Kopf gab.

In dem Moment zog innerlich etwas an Brigid, das sie nicht erkannte, ein Gefühl von Bewunderung, das tiefer ging als ihre Reaktion auf einen guten Bogenschützen oder Schwertkämpfer. Nein, dies war anders. Sie verspürte den plötzlichen Wunsch, ihn zu küssen, und zu sehen, wie es sich anfühlen würde, seine Arme um sich zu spüren.

Vor einigen Jahren, hatte sie Sehnsucht und sogar Begierde für ein paar Jungen aus ihrem Clan verspürt, aber der Ruf ihres Vaters hatte sie stets vertrieben. Doch niemand hier kannte ihren Vater. Bislang fürchtete noch niemand Logan Ramsay. Ihre sofortige Reaktion hätte zuhause darin bestanden, jegliche Gefühle von Interesse an einen Mann sofort zu unterdrücken, aber hier im Gebiet der Mathesons musste sie das nicht tun.

»Gewiss«, antwortete Gisela. Ich werde euch einen Becher warmer Brühe holen. Bitte wärmt euch beim Feuer.«

Marcas und Ethan legten die beiden Beutel der Heilerinnen zusammen mit ihren Einkäufen aus Inverness auf dem Tisch ab.

»Ist die Brühe gut erhitzt worden?«, fragte Jennet.

»Aye, Mylady«, entgegnete Jinny. »Ich koche Knochenbrühe immer für geraume Zeit.«

»Dann hätte ich liebend gern einen Becher«, meinte Jennet. »Vielen Dank.«

»Und etwas Brot und Käse?«

»Aye, das wäre wunderbar«, antwortete Tara, und ein Lächeln erhellte ihre Augen.

Die drei Frauen nahmen auf Stühlen nahe des Feuers Platz und hängten ihre Umhänge auf Haken in der Nähe des Kamins. Brigid stand nicht lange vor der Wärmequelle und schlang dabei die Arme um sich, um die Wärme durch ihren Körper strömen zu lassen, was ihr ein Seufzen entlockte, wobei es ihr egal war, wer sie hörte.

Nonie war gerade im Begriff Tiernay abzusetzen, aber Brigid fragte schnell: »Darf ich ihn halten?«

»Natürlich«, antwortete Nonie. »Er ist sehr lieb.« Sie gab das Kind an Brigid und meinte dann: »Ich werde Gisela mit dem Essen helfen.«

Brigid hatte sich immer zu Kindern hingezogen gefühlt, zumindest bis sie zu laufen anfingen und sich in Schwierigkeiten bringen konnten. Dieser kleine Junge würde glücklich auf ihrem Schoß sitzen, jedenfalls hoffte sie das. Gisela, Jinny und Nonie waren alle in die Küche gegangen und hatten die drei Cousinen allein gelassen.

Schnell meinte Jennet: »Wir müssen uns einig sein, dass wir nichts Ungekochtes essen. Das ist Mamas goldene Regel, wenn eine Krankheit umgeht. Und auch kein Ale.«

»Und wir werden anfangen, das Wasser abzukochen«, fügte Tara hinzu. »Selbst das Wasser, das ich morgens benutze, um mein Gesicht zu säubern, und meinen Mund zu erfrischen. Mama sagt immer wieder Hitze, und nochmals Hitze, wenn jemand krank ist.« Dann blickte sie finster, als ob sie sich an etwas erinnerte. »Außer den Fenstern. Mama liebt frische Luft.«

»Wie auch Tante Brenna.«

Tiernay hörte einen Augenblick mit dem Beißen auf, und schaute zu Brigid zurück. »Mama?«, gurrte er.

Brigid dachte, ihr würde garantiert das Herz zergehen. Aber Jennet erinnerte sie schnell daran, warum sich ihr Verstand schnell wieder fangen musste. »Hör auf, darüber aus der Fassung zu geraten, Brigid. Wahrscheinlich ruft er alles und jeden Mama.«

Wie auf ein Stichwort drehte sich Tiernay zu Tara um und wiederholte sich. »Mama.« Dann hielt er ihr das Stoffspielzeug hin, als ob er es teilen wollte. Prompt verkündete er: »Mama.«

»Ach«, meint Brigid. »Er ist wirklich ein Süßer, nicht wahr?«

»Das sind sie alle für dich, Brigid«, meinte Jennet langgezogen.

Tara kicherte. »Ich empfinde dasselbe, Brigid. Er ist anbetungswürdig. Ich liebe es, wie er lächelt.

Er hat Glück, dass er sich nicht daran erinnert, seine Mutter verloren zu haben.« Sie senkte ihre Stimme zu einem Flüstern. »Was glaubst du, was Kara passiert sein könnte?«

»Da gibt es keine Vermutungen. Jemand hat sie ganz bestimmt weggebracht. Das einzige Geheimnis besteht in der Frage, wer das getan haben könnte. Marcas muss ein Treffen abhalten, und alle befragen. Er muss herausfinden, wer hier war und wer nicht.«

»Und auch wir brauchen ein Treffen, um unsere Fragen zu stellen.« Brigid legte das Kind gegen ihre Brust zurück, während er den Stoff schüttelte, ehe er wieder hineinbiss. »Er muss zahnen.«

»Schau dir seinen Sabber an.« Tara konnte die Augen nicht von ihm nehmen, also lächelte sie ihn weiter an.

»Wir werden uns in einer Kammer zusammensetzen, unsere Pläne machen und um ein Treffen für morgen früh mit allen bitten. Das ist mein Vorschlag. Hoffentlich werden wir die Chance bekommen, ihnen Fragen zu stellen, ehe dein Vater ankommt, Brigid.« Sie zuckte mit den Schultern. »Papa wird uns nicht davon abhalten, ihnen in dieser tragischen Zeit zu helfen. Du wirst sehen.«

»Nur wenn er deine Mutter mitbringt. Sie ist diejenige mit dem weichen Herz.« Tara griff hinüber und strich dem Kind über den Kopf, womit sie sich ein Lächeln eroberte.

»Und Mama wird Gavin und Merewen nur wegen ihrer Fähigkeiten als Bogenschützer mitbringen.«

»Darin stimme ich dir zu. Da Linnet schwanger ist, wird Gregor nicht mitkommen, aber ich würde wetten, dass Gavin und Merewen dabei sind.«

Jennet starrte auf die Flammen und sagte kein Wort.

Brigid war im Begriff zu fragen, was ihren Verstand so in Bann schlug, aber Gisela kehrte zurück. »Hier bitte schön. Ich habe jeder von euch einen Becher Brühe gebracht und Nonie bereitet einen Teller mit Brot und Käse vor. Ich kann es kaum erwarten, alles über euch drei zu erfahren und meinen tiefsten Dank auszudrücken, dass ihr willens seid, uns zu helfen.«

Jennet verdrehte die Augen.

## KAPITEL ACHT

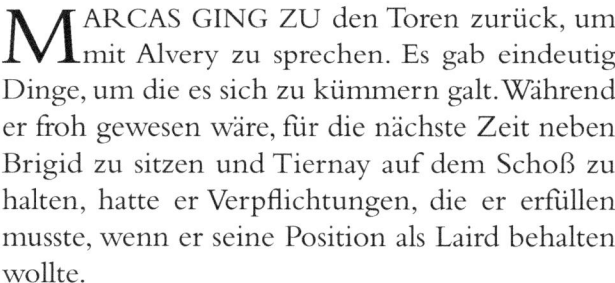

MARCAS GING ZU den Toren zurück, um mit Alvery zu sprechen. Es gab eindeutig Dinge, um die es sich zu kümmern galt. Während er froh gewesen wäre, für die nächste Zeit neben Brigid zu sitzen und Tiernay auf dem Schoß zu halten, hatte er Verpflichtungen, die er erfüllen musste, wenn er seine Position als Laird behalten wollte.

Er hoffte, seine Sache gut genug zu machen, um sich den Respekt der Angehörigen seines Clans zu verdienen.

Sein Vater hatte Marcas auf den Tag vorbereitet, an dem er übernehmen würde, aber der Mann, der für mehr als zwei Jahrzehnte ihr Laird gewesen war, war so stark wie ein Pferd gewesen und niemand hätte gedacht, in den nächsten zehn Jahren einen Ersatz für ihn finden zu müssen. Und Marcas hatte auch nicht gedacht, dass er es überstehen könnte, seine beiden Eltern gleichzeitig zu verlieren.

Der Clan hatte von ihm erwartet, dass er der neue Laird würde, sobald seine Eltern verstorben waren, aber ein kleiner Teil unter ihnen bezweifelte, dass er es tun konnte. Letztendlich war Marcas derjenige gewesen, der die Heilerin so aufgebracht hatte, dass diese den Clan verlassen hatte, was kurz vor dem Zeitpunkt passiert war, als sie von dem Fluch heimgesucht worden waren. Er hatte eingewendet, dass er einen guten Grund gehabt hatte, für die Art und Weise, wie er sich ihr gegenüber verhalten hatte, aber er hatte diesen Grund keinem mitgeteilt. Und das würde er auch nicht. Die gesamte Situation war zu beschämend.

Und somit war er zu einem verhassten Mann geworden, als der Fluch gekommen war. Er hatte seine Eltern verloren, dann seine Frau und viele andere. Die meisten aus dem Clan klagten ihn an. Das verstand er. Aber selbst, nachdem er die Vorwürfe und Anschuldigungen auf sich genommen hatte, hatte er darauf beharrt, dass er die Heilerin nicht weggeschickt hatte. Sie hatte ihre eigene Wahl getroffen. Es gab allerdings einen geheimen Aspekt für ihre Abreise, den er für sich behielt und über den er nie eine Erklärung bot, was passiert war, oder warum. Er plante, es dabei zu belassen.

»Ethan schau nach dem kleinen Timm und sieh nach, wie er zurechtkommt. Zähl bitte auch unsere Pferde. Dann berichtest du mir am Torhaus.«

Ethan ging in Richtung Stallungen davon, um mit Timm zu sprechen.

Shaw meinte: »Zumindest haben wir Gisela und Tiernay. Gisela sieht viel besser aus und der kleine Junge macht den Eindruck, als sei er nie krank gewesen.«

»Aye, da will ich nicht widersprechen.« Marcas trat in eine kleine Hütte neben der Ringmauer, um mit Alvery zu sprechen. Torcall war immer noch drinnen. »Alvery, einen Situationsbericht bitte. Sprich, wenn du Informationen hinzuzufügen hast, Torcall. Du warst auch hier. Was ist mit den Toten? Wie viele? Und wie viele haben den Clan verlassen?«

Alvery setzte sich auf seinen Schemel. »Laird, wir haben alle Leichname auf einem Feld hinter Gallow Hill Woods vergraben. Wir haben Beauly Priory in der Hoffnung informiert, dass sie einen Priester oder einen Mönch schicken, um den neuen Friedhof zu segnen. Wir wollten sie in der Nähe begraben, aber einige der Anwohner bestanden darauf, dass sie weit entfernt von uns bleiben sollten. Wie auch immer, sind viele dieser Menschen gestorben, also vermute ich, dass es nichts ausgemacht hätte.«

»Auf einem Feld ist in Ordnung. Wie viele waren es bei der letzten Zählung?«

»Dreiunddreißig, einschließlich Eurer Eltern. Weitere zwanzig sind zu den benachbarten Clans geflohen. Ich hatte erwartet, dass einige zurückgeschickt würden, aber die meisten sind aufgenommen worden. Einige sind zum Ross Clan gegangen, einige zu MacHeth und wieder andere zum Milton Clan.« Er zuckte mit den Schultern. »Ich konnte sie nicht aufhalten.«

»Wir werden uns bald wieder vergrößern. Sobald wir den Grund kennen und die Kunde umgeht, werden wir sie zurücklocken und noch andere.

Wir haben jetzt innerhalb der Burgmauern leere Häuschen und hinter dem Ringwall im Dorf stehen jetzt die meisten leer. Wir haben einige der fruchtbarsten Felder von ganz Black Isle. Unsere Wurzelgemüse sind reichlich und wir haben viele Obstbäume. Die Anwohner, die gegangen sind, werden zurückkehren, sobald sie hören, dass der Fluch vorüber ist, und die Heilerinnen werden die Ursache finden und eliminieren. Ist das Vieh erkrankt? Hunde?«

»Nein, es geht allen gut. In Eurer Abwesenheit sind vier Kälber auf die Welt gekommen. Und drei Ziegen, glaube ich – es sind so viele, dass wir sie selten zählen. Alles Gesindel in der Gegend hält Abstand zu uns. Für eine Weile wird uns noch niemand bestehlen.«

Marcas sah seinen treuen Wachmann mit hochgezogener Augenbraue an. »Noch?«

Alvery seufzte tief und dann schaute er zu ihm auf. »Es gibt Gerede, dass zwei Clans vorhaben, die Burg zu übernehmen, sobald sie entdecken, dass der Fluch vorüber ist.«

»Tatsächlich?«

»Aye, ein paar Wachen, die uns verlassen hatten, sind nach ihrem Jagdausflug in die Wälder zurückgekehrt, und haben uns gewarnt. Sie hatten ein schlechtes Gewissen, dass sie uns verlassen hatten, vermute ich, also haben sie haltgemacht, um uns mitzuteilen, was sie erfahren hatten. Ich habe ihnen gedankt und sie eingeladen, zurückzukehren, aber sie sagten noch nicht.«

»Welche Clans waren darauf aus, einzudringen.«

»Milton und MacHeth.«

»Ich glaube nicht, das MacHeth uns angreifen würde. Ich werde gehen und mit ihrem Oberhaupt sprechen. Sein Vater war gut mit unserem Vater befreundet. Er würde das nicht tun, sage ich dir.« Marcas schaute Shaw an, um zu sehen, ob er zustimmte.

»Wahrscheinlich wäre es eine gute Idee, sie zu besuchen, Marcas. Wir werden sie informieren, dass wir Heilerinnen hier haben und es keine neuen Toten gibt. Ihn wissen lassen, dass wir nicht vorhaben, so leicht aufzugeben.«

Ethan gesellte sich zu ihnen und meinte: »Wir haben jede Menge Pferde und drei sind so weit, ihr Fohlen zur Welt zu bringen. Hat niemand Pferde genommen, als sie aufgebrochen sind?«

»Nein, die meisten nicht. Sie fürchteten, sie wären verflucht. Diejenigen, die gegangen sind, haben nur ihre Habseligkeiten mitgenommen.«

Der Klang von Hufgetrappel auf dem Weg trug zu ihnen herüber. Marcas schaute auf und erkannte, dass seine Patrouille zurückkehrte. Er trat hinaus, um sie zu begrüßen und die anderen folgten ihm. Sein prüfender Blick schweifte über jeden Wachmann, und suchte nach Hinweisen auf seine Dreijährige. Er entdeckte keine. Er schloss die Augen und fragte sich, was um alles in der Welt passiert sein könnte.

Die vier Männer saßen ab und führten ihre Pferde in den Stall, in dem Timm sie erwartete. Der Wachmann, der Mundi hieß, trat vor und meinte: »Willkommen zurück, Marcas. Oder ist es Laird?«

»Ich werde das Amt des Lairds übernehmen.

Irgendwelche Anzeichen von meiner Tochter?«

Mundi schüttelte den Kopf und der Ausdruck auf seinem Gesicht gab Marcas zu verstehen, dass dies auch seinen Clan verletzte. »Nein. Aber wir haben etwas herausgefunden. Wir haben einen alten Mann getroffen, der sagte, er hätte eine Frau gesehen, die mit einem Kleinkind unterwegs gewesen wäre und das Kleinkind hätte sich keineswegs kooperativ gezeigt. Immer wieder sagte sie, sie wolle nach Hause. Er meinte, sie seien in östliche Richtung unterwegs gewesen. Sie könnten zu irgendeinem von vier Clans gegangen sein.«

»Wie viele von unseren Frauen sind gegangen?«, fragte Shaw.

»Ich wünschte, ich wäre nicht krank gewesen und könnte es Euch sagen. Ich habe einfach den Überblick verloren, wie viele es genau waren, aber es sind einige gegangen«, antwortete Alvery.

»Wie viele haben ihr Kind an den Fluch verloren?«, erkundigte Ethan sich. »Es scheint, als könnte eine Frau schnell dazu neigen, ein anderes Kind zu stehlen, wenn sie ihr eigenes verloren hat, wie Brigid gemeint hat.«

Bei diesem Gedanken schaute Marcas seinen Bruder verblüfft an. »Ethan, ich wette, dass du recht hast. Diese Antwort ist die schlüssigste.«

»Aye«, meldete sich Shaw zu Wort. »Jemand muss die Tür aufgemacht haben. Sie müssen hereingekrochen sein, als Gisela krank war und geschlafen hat. Dann haben sie das Kind entführt und sind zu einem anderen Clan gegangen. Wenn du dieser Schlussfolgerung zustimmst, Marcas, hat das wichtige Konsequenzen.«

»Was?« Ihm fielen selbst viele ein, aber er wollte sie zuerst von seinem Bruder hören.

»Kara lebt – wir müssen sie nur finden.«

»Du wirst sie nicht in der Nacht finden«, fügte Ethan hinzu. »Die beste Zeit, zu den Clans zu reisen, wäre, wenn die Sonne hoch steht und die Angehörigen des Clans arbeiten. Vielleicht wenn sie am Bach Wäsche waschen. Du wirst kein kleines Mädchen in der Nacht draußen sehen.«

Marcas musste seinen Brüdern zustimmen. Er musste genau herausfinden, wann seine Wachleute auf Patrouille gewesen waren und nicht nur wo. »Berichtet mir alles über die Bereiche, die ihr patrouilliert habt. Wo, wann, alles.«

»Anführer, wir haben jeden Bereich in der Nähe mindestens dreimal abgesucht. Weiter weg haben wir zweimal alles abgesucht. Meistens in der morgendlichen Frühe. In der ersten Nacht haben wir die Wälder gründlich abgesucht, weil wir befürchtet hatten, dass sie verloren gegangen sei. Sie ist nicht hier. Euer Vorschlag klingt für mich allerdings plausibel. Ich wette, eine der Frauen hat sie gestohlen. Wir haben einige Kinder verloren.«

»Keine Patrouille diesen Abend. Wir alle werden zusammen ein gemeinsames Mahl mit den Heilerinnen einnehmen, die ich mitgebracht habe, damit sie euch allen Fragen stellen können. Shaw, du übernimmst die Verantwortung für die Männer. Plane morgen zu den Clans zu gehen und sie bezüglich Neuankömmlingen zu befragen.«

»Du möchtest nicht gehen? Und wenn wir gehen, könnten sie vielleicht bekannt geben, dass Heilerinnen hier sind, und die Clans können ihren Angriff planen.« Alvery schaute von einem Bruder zum anderen. »Wie werden wir sie bekämpfen? Es sind weniger als ein Dutzend Männer übrig.«

Darüber lächelte Marcas. »Nein, es werden mehr sein. Wahrscheinlich später am morgigen oder am darauffolgenden Tag. Aber ich verspreche euch, dass wir genügend Männer haben, die uns helfen werden, die Burg zu verteidigen. Wir werden dreißig hart kämpfende Krieger haben.«

»Ich stimme zu«, meinte Ethan.

»Wo wollt ihr bis dahin so viele kämpfende Männer finden, Anführer?«, fragt Mundi.

»Ich muss sie nicht finden. Sie werden uns finden und uns helfen. Das verspreche ich.«

»Er ist verrückt geworden«, sagte Alvery zu sich selbst. »Das ist, als würde er sich einen Stern herbeiwünschen.«

»Nein, das tut er nicht«, entgegnete Ethan. »Ich stimme ihm zu.«

»Wer wird kommen und einem verfluchten Clan helfen?«, fragte Torcall. »Sie sind alle vor uns davongelaufen.«

»Die Ramsays. Der Ramsay Clan wird in weniger als zwei Tagen die besten Krieger und Bogenschützen hier haben.« Marcas spürte einen plötzlichen Ausbruch der Hoffnung in seinem Herzen. Kara war am Leben und die Heilerinnen würden den Fluch beenden.

Er musste Logan Ramsay nur davon überzeugen,
ihm zu helfen.

Gisela schaute Jennet an und fragte an die
Gruppe gewandt. »Hat sie gerade mit den Augen
gerollt?«

»Wahrscheinlich«, antwortete Brigid. »Das
tut sie oft, wenn sie mit einer Aussage nicht
einverstanden ist.«

Gisela richtete ihren nächsten Kommentar an
Jennet. »Warum seid Ihr nicht einverstanden,
Lady Jennet?«

»Weil wir nicht freiwillig hier sind, um zu
helfen.« Jennet schürzte die Lippen, ohne ihren
Blick zu Gisela zu heben, und blickte stattdessen
in den Becher, aus dem sie trank. Sie schwenkte
die Flüssigkeit in kleinen, rhythmischen Kreisen,
ohne einen Tropfen zu verschütten. »Und du
musst nicht so formell mit uns sein. Keine Titel,
bitte.«

»Aber wir sind jetzt bereit, euch zu helfen«,
fügte Brigid hinzu und starrte Jennet an.

»Ich verstehe nicht.«

Brigid räusperte sich und fuhr fort, nachdem
sie einen weiteren schnellen Blick zu Jennet
geworfen hatte. »Wir sind mitten in der Nacht
entführt worden. Marcas hat Jennet und mich
gestohlen. Ethan und Shaw haben Tara geraubt.
Sie dachten, sie würden unsere Mütter stehlen,
die beide als die besten Heilerinnen im Land
bekannt sind.«

»Der Cameron Clan und der Ramsay Clan?

Meine Brüder haben euch alle drei von diesen Clans entführt?« Gisela erblasste und erhob sich von ihrem Stuhl, um umherzulaufen. »Dann werden eure Clans uns bald angreifen. Wir haben keine Krieger mehr. Es sind nur noch sechs, bestenfalls zehn. Wir sind dem Untergang geweiht.« Sie sank in ihren Stuhl zurück.

»Nein. Mach dir keine Sorgen. Ich bin Brigid Ramsay und meine Eltern sind Logan und Gwyneth. Sie sind diejenigen, die uns hierher folgen werden und die mich zuerst finden. Sobald sie die Situation verstehen, werden sie euch helfen, so wie auch wir helfen werden. Aber verlasst euch darauf, dass sie bald hier sein werden.«

Jinny und Nonie gesellten sich zu ihnen und Jinny trug einen Korb mit Obst und Käse. »Warum zeigen wir euch nicht eure Kammer? Ihr drei könnt in der gleichen Kammer schlafen, nicht wahr? Wir haben eine, die wir gerade gereinigt haben, mit mehreren Pritschen. Alles Bettzeug ist gewechselt worden.«

»Das wäre wundervoll«, antwortete Tara. »Ich könnte eine Ruhepause gebrauchen. Ich habe nicht gut geschlafen. Das tue ich normalerweise nicht, wenn ich reise.«

Brigid gab Tiernay an seine Tante zurück, die er anlächelte und dabei »Mama« murmelte.

Nonie führte die drei mit ihren Habseligkeiten nach oben. Brigid war dankbar, dass sie nach ihrem letzten Einsatz gerade ihre Beutel gepackt hatten und sie eine extra Strumpfhose dabei hatte, die sie tragen konnte. Ihre Mutter hatte sie gut geschult.

Habe immer eine zusätzliche Strumpfhose dabei! Sie hatte auch gerade zwei zusammengerollte wollene Tuniken in ihrem Beutel verstaut, als sie unterbrochen worden waren.

Nonie führte sie den Gang entlang und trug den Korb, den sie von Jinny bekommen hatte, während sie alles auf dem Weg erklärte. »Wir haben reichlich Nahrungsmittel, gleichwohl wir jegliches Essen wegwerfen, von dem wir glauben, dass es verdorben ist. Ruht euch aus und wir werden heute Abend einen schönen Eintopf genießen. Er kocht gerade nebenbei in der Küche, mit einer Fülle von Gemüse und Rindfleisch. Wir haben heute Morgen frisches Brot gebacken und einen kleinen Laib für euch in den Korb gepackt, den ihr euch teilen könnt. Und wir können euch später eine Wanne heraufbringen lassen, wenn ihr mögt.«

»Aye, vor dem Essen, das wäre wundervoll«, meinte Brigid.

»Wir werden sie für euch bereithaben. Gebt uns nur in der Küche Bescheid.«

Als Nonie die Tür zu der großen Kammer öffnete, ging sie sofort zum Fenster hinüber und zog die Vorhänge aus Fell zurück. »Es ist ein wunderschöner Tag. Lasst die frische Luft herein, während ihr esst und ruht euch dann aus. Uns ist gesagt worden, dass sich alle, die überlebt haben, heute Abend zusammenfinden, um eure Fragen beim Nachtmahl zu beantworten. Unser Laird hat uns angewiesen, das zu tun. Wir werden das Essen in einer Weile fertig haben. Ruht euch bis dahin aus. Wir werden die Wanne in Kürze hochschicken.«

»Vielen Dank für eure großzügige Gastfreundschaft, Nonie«, meinte Tara.

»Und hier ist ein Krug Wein aus London, den der Laird und seine Frau im Keller versteckt hatten. Er kann nicht kontaminiert sein, also trinkt mit Genuss. Es gibt so viele Krüge hier. Die Frau des Lairds hat ihre Weine geliebt.«

Dann ging sie mit einem kleinen Knicks und machte die Tür hinter sich zu.

Brigid fiel auf das Bett und meinte: »Ich bin müde, aber ich bin auch hungrig. Ihr solltet jeder ein großes Stück Brot nehmen oder ich werde alles essen.«

Jennet griff sich schnell ein Stück und gab es Tara. Sie saßen beieinander und kauten eine Weile, und dann füllten sie jeder einen Becher mit dem offenen Krug Wein. Brigid trank nach ihrem letzten Bissen Brot einen großen Schluck, und streckte die Hand nach dem Käse aus. »Was sagst du, Jennet? Ich weiß, dass du in Gedanken alle Fragen durchgehst. Hast du einige Ideen?«

Jennet kaute langsam aus und richtete den Blick durch das geöffnete Fenster. »Ich bin nicht sicher. Die Krankheit war lange Zeit hier. Von den Zahlen, die Ethan genannt hat, glaube ich nicht, dass es von einer Person auf die andere übertragen wird.«

»Was ist mit dem Brunnen?«

»Wir müssen ihn überprüfen.«

»Und kontrollieren, wie sie die Ziegenmilch behandeln.«

»Nach dem Ale fragen und die Vorratskammer

nach schlechten Erzeugnissen untersuchen.«

»Wir müssen schauen, wie sie ihre Mahlzeiten zubereiten.«

Die Gehirne der drei begabten Frauen bewegten sich wie Lichtblitze, als sie einander ihre Gedanken mitteilten.

Jennet fiel Taras letzte Frage ein und sie antwortete: »Wenn Jinny immer schon die Köchin gewesen ist, dann nein. Wir werden wahrscheinlich nicht sehen müssen, wie sie ihre Mahlzeiten zubereiten. Wenn sie aber erst seit einigen Monden kocht, dann aye. Es ist ein großartiger Einfall, dass ein Wechsel der Köchin die insgesamten Konditionen eines Clans beeinträchtigen kann. Einige Köche versuchen, verdorbenes Essen zu verwerten, in dem sie es in einer Brühe verarbeiten, und glauben, dass niemand es bemerken wird, aber wenn das Erzeugnis sehr verdorben ist, kann keine Brühe es retten.«

»Ich habe den Eindruck, als würde Jinny seit langer Zeit kochen«, verkündete Brigid.

»Warum?«, fragten Jennet und Tara gleichzeitig.

»Weil dieses Brot köstlich ist. Ich glaube nicht, dass eine neue Köchin schon so erfolgreich wäre.«

»Ich denke, du hast recht, aber wir werden trotzdem fragen. Und wir müssen alle Symptome kennen«, meinte Jennet. »Ich bin müde. Ich werde ein Schläfchen machen.« Sie strebte auf die nächstgelegene Pritsche am Fenster zu, zog ihre Stiefel aus und kuschelte sich unter den Decken zusammen. »Dieses Bettzeug ist frisch.«

Brigid lehnte sich auf dem Bett zurück, auf

dem sie lag, worauf ihr Kopf auf einem weichen Kissen landete, und sie stöhnte vor Behaglichkeit. »Besser als das Gasthaus.«

»Und der blanke Erdboden für zwei Nächte.« Tara machte es sich ebenfalls auf einer Pritsche bequem. »Ich habe auf der Erde nicht viel geschlafen. Ich bin bei jedem Eulenruf wach geworden.«

Brigid stand auf und hakte die Felle fest über dem Fenster ein, ehe sie fragte: »Was hältst du von Marcas? Ist er stark genug, um seinen Clan anzuführen?«

Tara rollte sich auf den Rücken und meinte: »Aye. Warum fragst du das?«

»Weil er so jung ist.«

»Aber schau dir Jake und Jamie Grant an. Sie haben übernommen, als sie sehr jung waren. Wie auch Torrian.«

»Aber sie alle hatten ihre Väter, die ihnen geholfen haben«, fügte Jennet hinzu. »Du bist von ihm eingenommen, Brigid. Wie ist das so schnell passiert, wenn er dich von deinem Heim gestohlen hat?«

Brigid seufzte und schlang die Arme um ihren Leib, als sie sich wieder auf ihr Bett zurücklegte. »Ich weiß es nicht sicher.«

»Solange es nicht ist, weil du Mitleid mit ihm hast.« Tara legte die Hände hinter ihren Kopf und starrte an die Decke. »Aber ich verstehe teilweise, wie du dich fühlst. Es ist das erste Mal, dass jemand Interesse ausgedrückt hat, und ich muss mir keine Sorgen machen, das der ganze Clan zuschaut.«

Jennet setzte sich auf und drehte sich zu Tara um. »Du bist auch von Marcas entzückt?«

»Nein. Shaw. Ich mag Shaw. Vielleicht liegt es daran, dass ich ihm auf seinem Pferd so nahe war. Was sagst du, Brigid?«

»Es hat einfach angefangen. Ich weiß nicht, warum ich diese Anziehung fühle. Weil er anders ist, weil mein Vater nicht zuschaut, wegen der Art und Weise, wie sich sein Haar an den Spitzen kräuselt, oder weil er immer nach Minzblättern riecht …«

Tara kicherte. »Du verliebst dich in ihn. Er ist ein gut aussehender Mann. Ich mache dir keinen Vorwurf. Ich verstehe all deine Gründe.«

Jennet lehnte sich zurück und faltete die Hände über ihrem Bauch. »Ich verstehe überhaupt nichts davon. Geht schlafen.«

Keine sagte mehr ein Wort, aber Tara zwinkerte Brigid zu. Brigid seufzte. Zumindest war sie nicht allein in ihrer Hingezogenheit zu diesen neuen Männern in ihren Leben. Trotz der Tatsache, dass sie die drei Frauen entführt hatten. Aber Brigid hatte die Festigkeit von Marcas Brust gefühlt, die Stärke seiner Arme, als er sie zum Bach getragen hatte, seinen Duft nach Minze und Kiefer.

Sie schloss die Augen und dachte an einen Mann mit langen, dunklen und welligen Haaren und grauen Augen. Brigid schlief innerhalb kürzester Zeit ein und verspürte ein fremdartiges Bedürfnis tief in ihrem Bauch, etwas, das sie vorher nicht getan hatte.

Brigid wünschte sich Marcas´ Aufmerksamkeit.

## KAPITEL NEUN

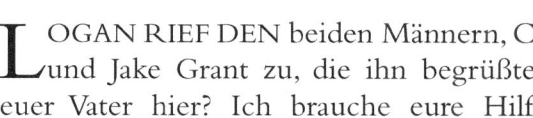

LOGAN RIEF DEN beiden Männern, Connor und Jake Grant zu, die ihn begrüßten. »Ist euer Vater hier? Ich brauche eure Hilfe.« Es würde sich als kluger Schachzug erweisen, zum Grant Castle gekommen zu sein, um sich die Weisheit der Grant Lairds zunutze zu machen, dessen war er sicher.

»Er ist hier, Onkel. Und Onkel Aedan ist gerade angekommen. Ihr habt davon gehört, dass Tara in der Nacht entführt worden ist?«

»Das vermutete ich, denn das wurden Brigid und Jennet ebenfalls. Das ist genau der Grund, warum wir hier haltgemacht haben. Ich wollte weitere Informationen. Ich hoffte, die Nacht hier zu verbringen, wenn ihr uns aufnehmt, ehe wir nach Inverness aufbrechen.«

»Natürlich seid ihr willkommen. Genau zur rechten Zeit für das Nachtmahl. Wildragout.« Jake war zusammen mit seinem Zwillingsbruder Jamie Anführer. Connor, der größte von ihnen, war allerdings der Jüngste der Familie.

Sorcha flüsterte mit Merewen. »Und Obstkuchen, hoffe ich. Ihre Köchin macht die besten.«

»Hör auf, dir genüsslich die Lippen zu lecken, Frau. Du wirst mich in Verlegenheit bringen.«

Logan saß direkt vor den Stallungen ab und streckte die Hand nach Gwynie aus, die direkt hinter ihm war. »Geh hinein und ruh dich aus. Ich weiß, dass diese Reisen für dich schwieriger sind als früher.«

Gwynie schnaubte, und das war ein Klang, den er immer noch liebte. Er war von ihrem Sarkasmus fasziniert. Sie hielt sich ein bisschen länger als nötig an seinen Schultern fest, und ließ ihn damit wissen, dass sie nicht mehr so stark war wie zu der Zeit, als sie sich kennengelernt hatten. Dann straffte sie sich stolz auf und verkündete: »Ich werde für einen Moment hineingehen, um alle zu begrüßen und etwas zu essen. Wenn du dann mit Alex und seinen Söhnen in der Kabinettstube fertig bist, wirst du mich auf ihrem Bogenschießplatz finden.«

»Du hast ihren Platz immer gemocht. Mehr als unseren?«

»Nein, aber in den Highlands ist er mit dem Ausblick auf die Berge in der Ferne sehr schön.« Sie seufzte hörbar. Dann fasste sie ihren Ehemann bei der Hand und kehrte zu ihrem ernsthafteren Selbst zurück. »Ich muss vorbereitetet sein. Dies ist unsere Jüngste, von der wir sprechen, Logan. Ich werde den Mistkerl umbringen, der gewagt hat, sie anzufassen.«

Er beugte sich zu ihr und liebkostete seiner Frau den Nacken. »Das ist mein Mädchen.«

Prompt schnaubte Gwynie. »Mädchen. Logan,

du verblödest.«

Sie würde ihm widersprechen, doch noch immer genoss sie seine Komplimente.

Als sie hineinging, wurde sie von Maddie, Alex´ Ehefrau, und Kyla, ihrer ältesten Tochter, begrüßt. Alex´ donnernde Stimme erscholl aus dem Hintergrund der Halle, als er aus seiner Schlafkammer trat. »Irgendetwas stimmt nicht. Aedan ist hier und nun du. Was ist passiert?«

»Irgendein Mistkerl hat mein Kind und meine Nichte aus ihren Betten geraubt. Genau das ist passiert.«

»Du meinst, genauso, wie Brenna vor Jahren entführt worden ist?«

»Aye, und es hatte sich zum Besten gewendet, also belästige mich nicht mit etwas, das sich vor so langer Zeit ereignet hat, alter Mann. Was hast du gehört?« Die beiden waren die allerbesten Freunde, aber sie liebten es, sich gegenseitig herauszufordern.

Aedan kam die Treppe herunter und sein Sohn Brin folgte ihm. »Ich höre.«

In dem Moment, in dem Jake und Connor mit dem Rest der Ramsay Gruppe eintraten, zeigte Alex auf die Kabinettstube. Aber Logan war noch nicht bereit, den Raum schon zu betreten. Er nahm sich ein Ale, beobachtete die Versammlung und bedeutete Alex, dass er in wenigen Augenblicken folgen würde.

Logan hatte es immer genossen, die große Halle der Grants zu betreten, die voller Menschen war, die er ins Herz geschlossen hatte. Es freute ihn ganz besonders zu sehen, wie nahe die Cousins sich standen - Kyla und Sorcha, Gavin und Connor. Er wartete und schaute zu, einfach weil es ihm die Befriedigung gab, zu sehen, was er, seine Brüder und Alex Grant über die Jahre aufgebaut hatten.

Sie waren die größten Verbündeten und konnten stets darauf zählen, dass sie sich gegenseitig unterstützten, egal was das Problem war. Und diese Unterstützung gab es in vielen Formen – Krieger, Bogenschützen, Geld und sogar Nahrungsmittel. Es freute ihn, dass diese Allianz fest zusammenhielt.

Maddie kam auf Alex zu und meinte: »Geh mit Aedan und Logan in die Kabinettstube. Ich werde den anderen Essen bringen und die Kammern richten lassen. Das Nachtmahl ist vorbei, aber ich bin sicher, dass ihr alle hungrig seid. Ich werde ein Tablett mit Speisen hereinschicken.«

Sie umarmte Logan und Gwyneth kurz und dann wandte sie sich zum Gehen, als Alex meinte: »Mir wäre es lieber, wenn du das Tablett hereinbringst, bitte.«

Sie nickte und dann besprach sie sich mit Gwynie, Kyla und den Neuankömmlingen, als Logan mit Aedan im Schlepptau Alex in die Kabinettstube folge.

»Bring mich auf den neuesten Stand, Logan«, meinte Aedan. »Tara wird vermisst und ich habe ein Dutzend Wachen mitgebracht.« Jake kam hinter der Gruppe herein und schloss die Tür.

»Jemand hat Jennet und Brigid aus ihrer Kammer entführt«, fügte Logan hinzu. »Eigentlich aus unserer Kammer für Heilbehandlungen, aber nichtsdestotrotz direkt aus unserer Festung. Wir haben keine Ahnung, wer es war, aber wir haben sie nach Norden verfolgt und wir glauben, dass Tara bei ihnen ist.«

»Ich hoffe, du sagst die Wahrheit, denn ich fühle mich besser, wenn Tara nicht allein wäre. Irgendeine Idee, wer es sein könnte?« Aedan setzte sich hin und sein Gesicht war verhärmt, was Logan selten bei ihm sah. Der Mann hatte ein ruhiges Wesen und war nicht oft erschüttert, obwohl sein Clan die in der Nähe gelegene Lochluin Abbey beschützte.

»Nein«, bemerkte Logan und stand auf, um umherzugehen. »Wir haben die Spuren von vier Pferden ausgemacht und wir haben Stoffstücke gefunden, die wie eine Spur platziert waren. All unsere Mädchen würden wissen, wie sie das tun müssen, aber es war ein Gewebe, das uns nicht bekannt war. Gwynie hat es als ein Cameron Gewebe erkannt.«

»Warum Norden?«, fragte Alex. »Ihr müsst euren Verdacht haben, wer der Schuldige ist, wenn sie nach Norden unterwegs sind.«

»Nein, aber wenn du dich erinnerst, hatte Jennet uns eine Nachricht hinterlassen, als Bearchun sie vor so langer Zeit entführt hatte, also haben wir auf einer Lichtung gesucht, von der wir wussten, dass sie dort waren. Sorcha hat Einkerbungen in der Rinde gefunden, die wie ein I und ein N, ein V und der Teil eines E ausgesehen haben.«

Alex´ Augen hellten sich auf, als er diese Information rasch verarbeitete. »Sie sind nach Inverness unterwegs.«

»Inverness?«, fragte Aedan. »Warum? Welche Clans sind so weit im Norden?«

»So einige«, antwortete Jake. »Ross ist der Größte, aber es gibt dort Zweige der MacKenzies, MacHeths, Mathesons und Miltons. Aber ich kann mir nicht vorstellen, warum jemand unsere drei Mädchen entführen sollte. Dies ist ein sonderbares Arrangement.«

»Heilerinnen. Sie brauchten aus irgendeinem Grund Heilerinnen. Wie sie diejenigen ausfindig gemacht haben, die sie entführen wollten, weiß ich nicht. Aber Brigid und Jennet waren gerade von der Entbindung eines Kindes zurückgekehrt, was der Grund gewesen sein könnte, warum sie entführt worden sind. Wie sie gewusst haben, dass Tara eine Heilerin ist, weiß ich wirklich nicht«, meinte Logan.

»Ich muss dir zustimmen, Ramsay. Ich weiß nicht, warum sonst jemand die drei Mädchen auswählen sollte. Alles andere ist ein zu großer Zufall, außer dem Bedarf für Heilerinnen. Die einzige Frage, die sich stellt, ist warum?«, meinte Alex, der mit den Fingern auf dem Tisch trommelte. »Egal. Wie viele Krieger hast du, Ramsay?«

»Zwanzig und weitere zwanzig, die uns folgen. Maule ist hier und einige Bogenschützen. Weitere Krieger sind unterwegs.«

»Ich biete dir so viele an, wie du brauchst.«

»Vielleicht werde ich nach Nordwesten zu den Bradens gehen. Um herauszufinden, ob dort eine Nachricht vorliegt. Ich denke, das Beste wäre, wenn wir eine gründliche Suche veranstalten.«

Logan setzte sich und gab der Erschöpfung seines Körpers nach. Er wurde zu alt für so etwas, insbesondere auf dem Boden zu schlafen, aber er musste die kleine Brigie finden. Er zwang sich, nicht an die Dinge zu denken, die den drei jungen wunderschönen Frauen zugestoßen sein könnten. »Ich glaube nicht, dass wir mehr brauchen werden, aber wenn ich einen Boten schicke, schicke die Krieger schnell auf den Weg. Wie du weißt, Grant, besteht normalerweise ein dringender Bedarf, wenn Heilerinnen entführt werden. Ich werde mir zuerst ein Urteil bilden, ehe ich den Mistkerl umbringe, der Brigid entführt hat.«

»Wann brichst du auf?«

»Ich werde mich morgen mit meiner Gruppe beim ersten Tageslicht auf den Weg machen. Und wer immer diese dämlichen Mistkerle sind, sollten sie besser hoffen, dass ich sie zuerst finde. Es wird nicht schön für sie sein, wenn Gwynie mir bei ihnen zuvorkommt.

# KAPITEL ZEHN

MITTEN AM NACHMITTAG betrat Marcas den Hauptturm und war überrascht, ihn leer vorzufinden. Tiernay machte um diese Zeit oft ein Nickerchen, aber wo waren die anderen?

Er vernahm das Geräusch leichter Fußtritte, die die Treppe herabkamen und drehte sich, um zu sehen, wer es was. Dann erstarrte er. Brigid kam die Treppe in einer hübschen, eng anliegenden Hose herunter, die ihre schönen Beine zur Geltung brachte, und eine Tunika bedeckte ihre Hüften.

Der Aufzug war skandalös und machte Brigid zum erotischsten Anblick, den er je gesehen hatte. Ihr Haar war verwuschelt, als wäre sie gerade aus dem Bett gestiegen, und ihre Wangen waren von Hitze gerötet. Sie war die schönste Frau, die er je gesehen hatte.

Was um alles in der Welt passierte mit ihm? Diese junge Frau war eine Sirene, und so anders als alle anderen, die er vorher kennengelernt hatte.

»Brigid? Ist alles in Ordnung?« Er wusste nicht, was er sonst sagen sollte.

»Aye. Ich hoffe, es macht dir nichts aus, dass ich die Strumpfhose trage, die meine Mutter für alle weiblichen Mitglieder im Clan gemacht hat, aber du hast uns nicht erlaubt, weitere Kleidung einzupacken.«

»Ich bin sicher, dass wir irgendwo ein paar zusätzliche Kleider für dich haben, aber wenn du dies gern tragen möchtest, werde ich es erlauben.«

Sie trat direkt vor ihn und grinste. »Du erlaubst es? Wäre es dir lieber, wenn ich gar nichts anhätte?« Ihre Stimme war zu einem heiseren Flüstern geworden, das ihm direkt in die Lenden fuhr.

»Nein«, murmelte er. »Eine Strumpfhose ist in Ordnung. Niemand wird dich sehen. Ich habe nur niemals zuvor so etwas an einer Frau gesehen.« Die Strumpfhose, wie sie das Beinkleid nannte, war suggestiv, erotisch, verlockend und sie entsprach allem, was ihm gefiel, doch er konnte kaum etwas davon sagen.

»Meine Mutter wird dir sicher etwas entgegnen, wenn du dies je vor ihr wiederholst.«

»Was wiederhole?« Sie trug ein breites Lächeln zu Schau, was sie sogar noch schöner wirken ließ.

»Dass du es *erlauben* wirst. Meine Mutter ist recht ungewöhnlich und sie glaubt, dass Frauen ebenso begabt sind wie Männer. In Wahrheit glaubt sie, dass sie sogar noch talentierter sind.« Sie reckte ihr Kinn, als ob dies eine Herausforderung wäre.

Er würde ihr nicht widersprechen, gleichwohl sie, die Hose und die darauffolgenden Kommentare das Empörendste im ganzen Land waren. Er hatte eine plötzliche Eingebung, dass er gerade ein Trio von Frauen getroffen hatte, dass ihn diesen Gedanken und viele andere in Frage stellen lassen würde.

Insbesondere Brigid. Sein Blick traf auf ihren und sie standen eine Weile, ohne dass einer das Wort ergriff. Er wollte sie nur berühren, sie an sich ziehen und diese köstlichen Rundungen an seinen Körper geschmiegt fühlen.

Aber er konnte nicht.

»Mama hat die Strumpfhose erfunden, damit sie von allen getragen werden kann, die Bogenschützen sind. Sie gestatten uns, besser zu schießen.«

»Du bist eine Bogenschützin?« Würde diese Frau je aufhören, ihn zu überraschen? Er tat sein Möglichstes, um seinen Schock zu verbergen, doch er bezweifelte, dass er damit Erfolg hatte. Aber eine begabte Bogenschützin? Vielleicht hatten sie es ein bisschen versucht, vermutete er. Gleichwohl er vor vielen Jahren in Inverness etwas über eine weibliche Bogenschützin gehört hatte. Könnte das ihre Mutter gewesen sein?

»Aye, ich werde ehrlich sein und sagen, dass ich eine gute Bogenschützin bin. Mama hat darauf bestanden. Zu dumm, dass du mir nicht gestattet hast, meinen Bogen mitzubringen.« Ihre langen Wimpern flatterten, als sie ihr Haar zurückwarf. »Ich muss mein Haar neu flechten. Entschuldigung.«

Es machte ihm überhaupt nichts aus. Es gefiel ihm nicht, wenn Mädchen ihr Haar immerzu flochten. Er fand Haare viel anziehender, wenn sie offen getragen wurden. Die Art und Weise, wie Brigids Haar in welligen Locken über ihren Rücken fiel, weckte in ihm einen so starken Wunsch, die seidigen Strähnen zu berühren, dass er sich zwang, einen Schritt zurückzutreten. Vielleicht gab es einen Grund, warum so viele Mädchen ihr Haar flochten. »Das ist in Ordnung. Wirst du mit mir spazieren gehen? Ich habe dir eine wichtige Frage zu stellen.«

»Natürlich.«

Er ging zur Tür und nahm ihren Umhang vom Haken dort und half ihr hinein, ehe er die Tür öffnete und ihr den Vortritt ließ.

»Wohin bringst du mich?«

»Das werde ich dir zeigen. Gallow Hill Woods. Es ist wunderschön dort, wenn die Blätter auskeimen. Dort gibt es einen wunderschönen Wasserfall, den meine Ehefrau immer gemocht hat. Aber ich bringe dich dorthin, weil die Frage, die ich dir stellen will, privat ist. Ich möchte nicht, dass uns jemand belauscht.«

»In Ordnung.«

Er führte sie über den Hof und zur Tür hinaus in einer Seite der Ringmauer. »Sind deine Cousinen auch Bogenschützinnen?«

»Nein, nur ich. Zumindest glaube ich nicht, dass Tara eine ist. Jennet ist definitiv keine Bogenschützin. Sie hat wahrscheinlich den schärfsten Verstand von allen, die ich kenne, aber sie hasst das Bogenschießen. Sie hat gelernt, mit einem Dolch umzugehen.«

»Wirklich? Mädchen müssen nicht lernen, mit einem Bogen umzugehen oder einen Dolch zu benutzen.« Sie überquerten eine Schlucht und gingen an einer Gruppe von Hütten vorbei, die größtenteils leer waren, und tauchten in das Dickicht der Tannenbäume. Hier erblickten sie Eichenhaine, und sporadische Ulmen und Eschen.

Brigids Blick verharrte auf den leeren Hütten. »Hier liegt euer Dorf? Dies sind leere Hütten der Mathesons?«

»Aye, und wir haben sie hier gebaut, weil die dahinter liegenden Felder die fruchtbarsten sind. Die Dorfbewohner bestellen die Felder, pflücken das Obst im Herbst und bauen Wurzelgemüse und etwas Gerste an. Wir haben auch Schäfer, die in die Mitte der Insel wandern.«

»Eure Felder liegen brach?«

»Das Wurzelgemüse ist angepflanzt worden, aber nicht die Gerste. Wir hatten Glück, dass der Fluch uns erst danach heimgesucht hat. Wie hatten Regen, also sollten die Pflanzen wachsen. Ethan kümmert sich gern um die Pflanzungen.«

»Also sind keine eurer Frauen Bogenschützinnen? Keine sind mit dem Dolch trainiert?«

»Die Frauen gebären Kinder und ziehen sie auf. Sie kochen und weben.«

»Sie sind zu anderen Dingen fähig, wenn ihr es versuchen würdet. Vielleicht könntet ihr Bogenschützinnen haben.«

»Wir haben *keine* Bogenschützen. Die einzigen beiden, die wir hatten, haben wir an den Fluch verloren. Das sollte etwas sein, das wir ändern müssen. Vielleicht könnte ich dich überzeugen, hierzubleiben und einige meiner Männer auszubilden.« Er warf ihr einen Seitenblick zu, um ihre Reaktion auf seinen Kommentar einzuschätzen.

»Aber nicht eure jungen Frauen?«

»Frauen müssen keine Bogenschützinnen sein.« Irgendwie wusste er, dass er im Begriff war von Brigid eine starke Reaktion über seinen Kommentar zu bekommen, doch das war sein Ziel. Er könnte ihr immerzu lauschen. Ihre Ansichten waren anders, intelligent und erhellend. Wenn sein Vater hier wäre, würde er ihn bitten, Bogenschützinnen auszubilden.

»Aber mein Vater würde dir widersprechen. Alle Frauen müssen in der Lage sein, sich selbst zu verteidigen. Dass meine Mutter und meine Schwester die Rollen der beiden besten Bogenschützinnen in ganz Schottland innehaben, hat ihm natürlich geholfen, das zu erkennen.«

»Du meinst, sie sind die Besten unter den Frauen.«

Sie lachte. »Du wirst es genießen, meine Eltern kennenzulernen. Sie sind ganz anders. Meine Mutter und meine Schwester sind beide bessere Bogenschützen als mein Vater, also nein, ich meine nicht unter den Frauen. Meine Mutter war jahrelang die Beste im Land gewesen, gleichwohl ihre Sehkraft jetzt ein bisschen schwächelt.«

»Pass auf, wo du hintrittst«, warnte er und zeigte auf einen Baumstamm, der quer über ihrem Weg lag. Er trat als Erster hinüber und dann bot er ihr seine Hand an. Zu seiner Überraschung nahm sie sie. Sein Herzschlag beschleunigte sich einfach. Er war so zu dieser Frau hingezogen. Warum? Was war so anders an ihr? War es der Reiz des

Neuen oder war es etwas anderes?

Er ließ seine Hand sinken, sobald sie wieder auf geradem Wege waren.

»Also, du wolltest mich etwas fragen.« Sie schaute zu ihm hinüber und fuhr sich mit den Händen durchs Haar, die sie hinter die Ohren schob, und die glänzenden braunen Strähnen fielen über ihre Brüste hinab bis fast zu ihrer Taille. Zum Teufel noch mal, aber das war ein weiterer Anblick, der ihm gefiel.

Er musste gegen das Bild ankämpfen, das sich in seinen Gedanken vordrängen wollte – diese Frau mit nichts am Leib, deren langes Haar über ihre Brüste fiel und deren Brustwarzen darunter hervorlugten. Um Himmels willen, was tat sie ihm an?

Er blieb stehen, um ihr ins Gesicht zu blicken, denn er wollte dies nicht vermasseln. Etwas entfernt entdeckte er einen Baumstumpf und meinte: »Bitte setz dich.« Sie kam seiner Aufforderung nach und er nahm auf einem anderen Baumstumpf Platz.

»Irgendwelche Neuigkeiten von deiner Tochter?«

»Aye, ein kleines Mädchen wurde mit einer Frau gesehen, wie sie einen Weg entlang gegangen sind. Sie soll noch jung gewesen sein und hatte gequengelt, weil sie nach Hause hatte gehen wollen. Wir denken, es war Kara. Sie konnte den Hauptturm nicht aus eigenen Stücken verlassen haben. Meine Männer haben die Gegend gründlich abgesucht und kein Anzeichen von ihr gefunden, keine schmutzigen Windeln, nichts. Also werden sich morgen einige von uns auf den Weg machen, um die nächstgelegenen Clans abzusuchen, und mit denen in der Nähe zu sprechen, die sie vielleicht gesehen haben könnten. Aber das ist nicht der Grund, warum ich dich hergebracht habe.«

»Nur zu. Stell deine Fragen.« Sie faltete die Hände im Schoß und wartete darauf, dass er fortfuhr. Ihr Rückgrat war dabei aufgerichtet und ihre Haltung majestätischer als er es je bei einem Mädchen gesehen hatte. Und dazu noch ihre Intelligenz und ihre Entschlossenheit. Diese junge Frau war vollkommen anders als alles, was er bislang gekannt hatte. Er musste sich zwingen, sich zu konzentrieren.

»Wie lange ist es noch, bis dein Vater hier ist? Ich frage dich nach deiner ehrlichen Meinung in dieser Sache.«

Für einige Augenblicke schaute sie zu den Baumwipfeln auf, ehe sie den Blick wieder zu ihm sinken ließ. »Ich würde sagen, übermorgen.«

»Und wie viele Krieger wird er mitbringen? Deine bedachteste Einschätzung bitte.« Er hielt den Atem an und wartete auf ihre Antwort. Er brauchte diese Krieger.

»Zwischen zwanzig und sechzig Mann. Er wird meinen Bruder und seine Ehefrau bei sich haben, die ebenfalls exzellente Bogenschützen sind, und vielleicht meine Schwester mit ihrem Mann. Und vielleicht dreißig Krieger, gleichwohl diese vielleicht erst im Laufe der nächsten zwei Tage eintreffen werden. Wenn er eine Fährte verfolgt, bewegt er sich schneller und in Gebieten, die für eine große Anzahl nicht passierbar sind.«

»Ich möchte dich gern um einen Gefallen bitten. Ich weiß, dass wir dich von deinem Clan entführt haben, aber würdest du erwägen, deinen Vater um Hilfe zu bitten, um unsere Angreifer abzuwehren? Wenn du das tust, wäre ich dir für immer dankbar und ich verspreche, mich bei ihm für das was wir getan haben, zu entschuldigen, sobald wir die Festung gesichert haben. Ich möchte meinen Mangel an Diskretion bezüglich meiner Aktivitäten wiedergutmachen. Die Sorge um meine Kinder hat mich ein bisschen kurzsichtig gemacht, gebe ich zu, und vielleicht habe ich es nicht richtig durchdacht, aber jetzt bist du hier und ich glaube ich habe für den Clan Matheson die richtige Entscheidung getroffen.«

»Welche Angreifer?« Ihr Gesicht wandelte sich von einem Lächeln zu einem Stirnrunzeln, wobei sie den Kopf zur Seite neigte und die Augen verengte. Sie erinnerte ihn an eine Mutter, die ihre Welpen beschützte.

»Es geht die Kunde, dass sobald der Fluch vorbei ist, und es keine Krankheit mehr gibt, zwei Clans uns angreifen und unsere Festung übernehmen wollen. Sie planen ihre Attacke, während wir hier sprechen. Ich habe nur noch sechs Krieger. Ich brauche Hilfe und ich bitte den Ramsay Clan in dieser Sache um seine Unterstützung. Ich habe einige Fehler gemacht, aber ich bin hier, um mein Bestes als Laird zu tun und für den Matheson Clan zu kämpfen. Wirst du mir helfen?«

Brigid erhob sich und schritt auf der kleinen Lichtung umher, wobei sie auf den Boden starrte und die Hände hinter dem Rücken verschränkt hielt. Himmel, sie war eine Schönheit und er konnte kaum die Hände von ihr lassen.

Er stand auf und trat vor sie, um eine Handbreit vor ihr stehen zu bleiben. »Bitte, wenn du möchtest, dass ich darum bettle, werde ich das tun.«

Sie standen dort für einen langen Moment und schauten einander an. Er nahm ihren süßen Duft wahr, das tiefe Grün in ihren Augen, die weißen Zähne, die auf der Unterlippe kauten. Eine laue Brise strich über sie hinweg, die ihr eine Haarsträhne übers Gesicht blies. Er konnte sich nicht zurückhalten und streckte eine Hand aus, um ihre die seidige Strähne hinters Ohr zu schieben.

Seine Berührung erschreckte sie, aber er nahm ein leichtes Zittern in ihrem Körper wahr. Er fasste sie an der Hand, um es zu beschwichtigen. »Ist dir kalt? Wir können zurückkehren, wenn du möchtest. Ich denke, du hast mir meine Antwort gegeben.« Sie reagierte nicht so schnell, wie er sich gewünscht hätte, doch er gewährte ihr ein paar Augenblicke, um ihre Gedanken zu sammeln. Wenn sie so angestrengt darüber nachdenken musste, glaubte er, die Antwort zu kennen. Sie würde ihn abweisen. Er hatte sie vollkommen falsch eingeschätzt. Er hatte dieses merkwürdige Gefühl gehabt, dass sie sein Interesse erwiderte, aber vielleicht hatte er sich geirrt.

Als er seine Hand um ihre legte, stellte er überrascht fest, dass sie überhaupt nicht kalt war, und somit ließ er von ihr ab und entfernte sich von ihr. Sie war nicht gewillt, ihm zu helfen. Was um alles in der Welt würde er jetzt tun?

»Aye, Marcas.«

Er blieb stehen und drehte sich zu ihr um. »Was hast du gesagt?«

»Aye, ich werde meinen Vater bitten, dir zu helfen.«

***

Wie konnte sie diesem Mann mitteilen, dass sie in diesem Moment alles für ihn tun würde, worum er sie bat? Lieber Himmel noch mal, er war so gut aussehend, seine langen mahagonifarbenen Locken fielen ihm bis auf die Schultern, und ihn so nah zu spüren, brachte sie fast vollkommen aus dem Konzept. Ihre Gedanken gerieten völlig durcheinander, wenn er in der Nähe war, und ließen sie sogar vergessen, dass er ihr eine Frage gestellt hatte.

Doch das hatte er getan und ihr Herz sagte ihr, dass er genug durchgemacht hatte, und sie würde den Verlust seines Erbes nicht unterstützen. Sie würde ihre Eltern bitten, ihm zu helfen und tun, was sie konnte, um seine Tochter aufzufinden, die Ursache für den Fluch aufzudecken, ehe sie wieder nach Hause ginge.

Zurück zu ihrem langweiligen Leben.

Doch bis dahin würde sie auf dem Ringwall stehen und Pfeile auf seine Feinde abschießen, seinen Sohn erneut in ihren Armen halten und ihre bestes Können als Heilerin aufbieten, um herauszufinden, was diesen Clan heimsuchte. Inmitten von alldem würde sie alles tun, was in ihrer Macht stand, um seine Tochter zu finden. Es gab viel zu tun auf Black Isle.

»Das wirst du tun?«, fragte er, wobei er näher trat und mit seinem Daumen über ihre Wange strich. »Du weißt, dass ich für immer in deiner Schuld stehen werde, wenn du das tust.«

Seine Berührung brachte ihre Knie beinahe zum Einknicken, doch sie hielt sich tapfer. »Das ist nicht nötig. Es ist einfach nur das Richtige. Es ist grausam, einen Clan nach einer Tragödie, wie ihr sie erlebt habt, zu übervorteilen. Mein Vater wird dir helfen.«

»Ich werde wirklich dankbar sein. Komm, ich bringe dich zurück.«

Sie nahmen sich die Zeit und Brigid musste zugeben, dass sie von der Schönheit des Landes bezaubert war. »Höre ich einen Wasserfall in der Nähe? Ich liebe jeden Wasserlauf.«

»Ich werde ihn dir zeigen. Es gibt eine Schlucht, um die sich die Gerüchte einer Tür zum Feenreich ranken. Ich weiß nicht, ob sie wahr sind, aber der Insel wird nachgesagt, dass sie eine besondere Verbindung zu den Feen in unserem Land besitzt.« Er führte sie einen separaten Pfad entlang, der unter einigen Kiefern entlangführte und in einer kleinen Lichtung mündete, wo das Geräusch des fließenden Wassers stärker wurde. Er hielt die Äste für sie zurück und sie duckte sich unter einer niedrigen Kiefer, ehe sie in einen Bereich traten, der sich tatsächlich verzaubert anfühlte.

»Marcas, dies ist wunderschön.« Die knospenden Wildblumen und der Vogelgesang machten es zu einem ganz besonderen Ort. Es gab zwei separate Wasserfälle, welche die Umgebung mit dem beruhigenden Gemurmel des fließenden Wassers erfüllten, das über die Steine plätscherte. Es war die Art von Geräusch, die einen wünschen ließ, das Gebiet nie zu verlassen, sondern einfach nur zuzuhören und sich in eine andere Welt entführen zu lassen, in der die Vögel frohlockten und Schmetterlinge über das Wasser tanzten.

»Warum heißt die Insel Black Isle?«

Lachend antwortete er: »Alle fragen das und keiner weiß es sicher. Wir haben zahlreiche Ideen dazu. Eine davon bezieht sich auf die schwarze, fruchtbare Erde, die wir hier haben. Unsere Felder, die hinter dem Dorf liegen, an die einige unserer Häuschen grenzen, wenn auch die meisten davon im Augenblick leer stehen, gehören zu den reichsten in der Gegend. Ein anderes merkwürdiges Ereignis stellt sich jedes Jahr ein, wenn es schneit, und zwar bleibt das Weiß nicht liegen. Wenn die Schiffe nach Inverness kommen, fragen sie oftmals warum die Halbinsel schwarz und das Land darum herum weiß ist.«

»Warum bleibt der Schnee nicht liegen?«

»Ich weiß es nicht. Niemand hat das je verstanden. Wir haben dichte Waldgebiete, die den Schneefall in einigen Gebieten verhindern, aber das ist nicht überall so.« Er schaute zu den Wolken über ihm auf und meinte: »Wir sollten wahrscheinlich gehen. Auf unserem Rückweg zur Festung werde ich dir mehr über Black Isle erzählen.«

Sie liebte es, seinem lebhaften Bericht

zuzuhören. Er liebte sein Land tatsächlich, was sie auf die Frage brachte, warum er sein rechtmäßiges Erbe nicht hatte annehmen wollen. Tatsächlich widmete sie ihm so viel Aufmerksamkeit, dass sie über eine Baumwurzel stolperte und er sie auffing, wobei sich ihre Gesichter so nahe kamen, dass er sie hätte küssen können, wenn er gewollt hätte.

Sie erstarrten, worauf sie sich beide anschauten, und sie bemerkte, dass seine Augen hauptsächlich grau waren, aber ein bisschen blau darin vermischt war, ganz ähnlich wie bei ihrem Cousin Connor. Allerdings haftete sein Blick nicht auf ihren Augen, sondern ihren Lippen und sie hatte den plötzlichen Wunsch, dass er sie küssen würde.

Ein Vogel trällerte über ihren Köpfen und der Zauber des Augenblick brach, als er sie auf die Füße stellte und sich entschuldigte. »Verzeih mir. Ich weiß nicht, was über mich gekommen ist.«

Sie wusste nicht, wie sie antworten sollte, und nestelte stattdessen an ihrem Haar und strich nicht vorhanden Falten in ihrer Tunika glatt.

»Lady Brigid, ich bin zu forsch mit Euch. Das sollte ich nicht sein. Ich hoffe, Ihr verzeiht mir.«

Eine Kühnheit überkam sie, die überaus ungewöhnlich war, aber sie drängelte sich vor. »Es gibt nichts zu verzeihen. Ich freue mich über deine Aufmerksamkeit. Kein Bursche hat es wegen meiner Eltern je gewagt, mir so nahe zu kommen, also muss ich zugeben, dass ich es genieße, dir so nahe zu sein.« Beinahe hätte sie hinzugefügt, dass das nicht passieren würde, sobald ihr Vater hier angekommen wäre.

Er blieb stehen und nahm ihr Gesicht zwischen seine Hände: »Du würdest meinen Kuss empfangen? Weil ich diesen Drang habe, der mich nicht in Ruhe lässt.« Er sah sie mit einem schiefen Grinsen an, doch er wartete ihre Antwort ab.

»Aye.« Ein Flattern tief in ihrem Bauch ließ sie beinahe beiseite springen, aber der Gedanke, wirklich von einem Mann geküsst zu werden, und einem gut aussehenden noch dazu, ließ ihr Herz schneller schlagen und sie blieb.

Zart berührte er sie mit seinen Lippen und es war wirklich nur ein flüchtiger Kontakt, ehe er den Kopf hob, um ihr in die Augen zu schauen. Er wägte ihr Interesse ab, wenn sie raten sollte. Das verriet den wahren Gentleman – er bot ihr die Gelegenheit, sich zurückzuziehen.

Um keinen Preis der Welt.

Stattdessen beugte sie sich vor und wollte mehr, wobei seine Lippen sich auf ihre herabsenkten und seine Zunge sich auf den Spalt zwischen ihren Lippen legte, bis sie sie teilte und er in ihren Mund drang, was ein Gefühl in ihr auslöste, das sie noch nie zuvor empfunden hatte – Begierde. Sie war im Spiel der Küsse unerfahren, mit Ausnahme harmloser Schmatzer, und so ahmte sie nach, was immer er mit ihr tat, und ihre Zungen verbanden sich nun zu einem Tanz, der ihr ein Flattern bescherte, das bis tief ins Mark drang. Er gab ein leises Knurren von sich und zog sie näher, während ihre Gestalt sich an seinen festen Körper schmiegte und sie in diesem neuen Gefühl schwelgte. Aber noch überraschender war die Art und Weise, wie die Hitze sie durchströmte, von ihrem Bauch abwärts, und das war ihr ebenso wenig vertraut, wie dieses neue überwältigende Bedürfnis nach Erfüllung.

Begehrt zu werden, verschlungen zu werden, mit dem Verbotenen zu spielen.

Er beendete den Kuss sehr abrupt, doch sie war erfreut, den Hunger in seinem Blick zu sehen, der ihr sagte, dass er es ebenso genossen hatte, wie sie. Mit seinem Daumen streifte er über ihre Unterlippe und dann flüsterte er: »Wir sollten besser umkehren. Du bist viel zu verlockend für mich, Mädchen.«

Hand in Hand kehrten sie zurück, bis sie die Ringmauer erreichten. Die Hitze seiner Haut brannte sich in sie. Aber nun war es zu Ende, als er sie losließ und die Tür öffnete. Er machte Anstalten, sie zum Hauptturm zurück zu begleiten, doch sie hielt ihn auf und meinte. »Ich denke, wenn wir dir wirklich helfen wollen, wirst du etwas für mich organisieren müssen.«

Er drehte sich zu ihr. »Was auch immer. Was brauchst du?«

»Einen Bogen, einen Köcher, jede Menge Pfeile und ein Ziel, an dem ich üben kann.«

## KAPITEL ELF

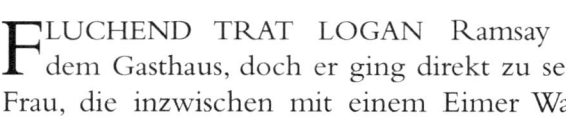

FLUCHEND TRAT LOGAN Ramsay aus
dem Gasthaus, doch er ging direkt zu seiner
Frau, die inzwischen mit einem Eimer Wasser
neben ihrem Pferd stand. Cailean, Sorcha, Gavin
und Merewen waren nicht weit von Gwyneth
entfernt. »Sie waren hier. Drei Männer und drei
Frauen.«

»Waren die Männer hier bekannt?«, fragte
Gavin.

»Ja. Sie waren vom Matheson Clan von Black
Isle, in der Nähe von North Kessock.«

»Dann brechen wir auf«, entgegnete Gwynie,
die den Eimer fallen ließ und wieder ihr Pferd
bestieg.

Logan hob die Hand. »Noch nicht. Hört
mich an. Sie hatten mehr Informationen, als ich
mir hatte anhören wollen. Kein Gast ist in der
Schankstube, also warum gönnen wir uns nicht
eine warme Schale Eintopf, während wir den
Speiseraum für uns allein haben, und dabei kann
ich euch die Einzelheiten berichten?«

»Das klingt nach einer wunderbaren Idee«,
meinte Gavin. »Ich bin am Verhungern.«

Mit gedehnter Stimme fragte Merewen: »Wann bist du denn einmal nicht hungrig, Gavin? Du verspeist mehr als alle anderen Menschen, die ich kenne.«

»Mit Ausnahme von Cailean«, gab Sorcha zu bedenken und blickte ihren muskelbepackten Mann an.

Logan liebte es, diese Gruppe um sich zu haben, und wie er zugeben musste, war es die beste Entscheidung, um seine Tochter zu schützen. Cailean, der Schwiegersohn, den er gerne schikanierte, war ein starker, furchterregender Hüne von einem Mann. Er war hochgewachsen, breitschultrig, muskulös und ein geübter Schwertkämpfer, während die anderen alle exzellente Bogenschützen waren. Gavin beherrschte beides, und so kam auch er stets mit. Alle seine Kinder hatten gut geheiratet. Auch Maggie und Molly, seine beiden Adoptivtöchter, hatten gute Partner gefunden. Tatsächlich rechnete Logan damit, Maggie und ihren Mann Will bald hinter ihnen herankommen zu sehen. Er hatte ihnen von Edinburgh aus eine Botschaft zukommen lassen, dass Brigid und Jennet vermisst wurden.

Nachdem die Gruppe eingetreten war, ließ sie sich vor dem Kamin an einem großen Tisch nieder, ehe dann die Schankmagd kam und warmes Brot brachte, während sie sich ihr Ale einschenkten, das auf der Anrichte stand. Dann wurden dampfende Schalen mit Lammeintopf gebracht, der mit Karotten, Erbsen, Bohnen und Pastinaken zubereitet und mit Petersilie und

Zwiebeln gewürzt worden war.

Cailean knurrte, als das Essen auf den Tisch kam. Er probierte einen Bissen, und streckte die Hand dann nach Sorcha aus, wobei er sich vorbeugte, um an ihrem Hals zu knabbern. »Das ist sehr lecker.«

Als sie wieder allein waren, berichtete Logan von den Neuigkeiten, die er erfahren hatte. »Die drei Mädchen waren von den Brüdern des Matheson Clans entführt worden. Der älteste Bruder ist der Laird.«

»Warum?«, fragte Gwynie ohne Umschweife.

»Der Matheson Clan hat sein Gebiet auf der anderen Seite des Beauly Firth, gegenüber von Inverness, und es ist die erste Festung, auf die man trifft, wenn man die Südküste von Black Isle bereist. Es heißt, Black Isle sei verflucht.«

Diese Nachricht ließ er einen Moment lang wirken, während er einen Löffel voll von seinem Eintopf aß. Das Gericht war sehr gut, ein Beweis dafür, dass sie in Inverness waren, in dessen Hafen häufig Schiffe mit Gewürzen aus Europa anlegten. Hier hatten die Norweger einen starken Einfluss, dessen sich die Grants sehr wohl bewusst waren, da Connor seine norwegische Frau Sela hier in Inverness kennengelernt hatte.

»Was für ein Fluch?«, wollte Gavin wissen.

»Eine Erkrankung, die mit Erbrechen und Fieber einhergeht. Ihr sind mehr als die Hälfte der Angehörigen des Matheson Clans zum Opfer gefallen, einschließlich des Lairds und seiner Frau sowie der Ehefrau des ältesten Sohnes, die im vergangenen Jahr gerade ihr zweites Kind zur

Welt gebracht hatte. Seine Tochter und seine Schwester waren ebenfalls beide erkrankt, und so hieß es, er hätte den Verstand verloren. Doch dem Wirt war auch von anderen zu Ohren gekommen, dass der neue Laird und seine Brüder sich auf die Suche nach machtvolleren Heilerinnen begeben haben. All das sind nur Vermutungen, aber ihr wisst ja, wie die Gerüchte um sich greifen, wenn so viele sterben.«

»Und sie waren schlau genug, Brigid, Jennet und Tara zu entführen?«, fragte Gwynie. »Alle drei? Das ist ein kluger Anführer.«

»Nein«, widersprach Logan. »Sie hatten sich aufgemacht, um Brenna und Jennie zu entführen. Zwei Brüder sind zu den Camerons geritten und der Älteste hat sich allein bei den Ramsays eingeschlichen und ist mit den beiden Mädchen fortgegangen.«

»Ich frage mich, wie lange es gedauert hat, bis sie herausgefunden haben, dass sie Tante Brenna nicht haben«, warf Sorcha kichernd ein.

»Und Jennet muss auf der Reise dorthin eine wahre Freude gewesen sein«, fügte Gavin hinzu.

Kyle trat in die Stube, um sich zu ihnen zu setzen. Rasch klärte Logan ihn auf und alle warteten seine Reaktion ab. »Ich habe mir gedacht, dass es eines Tages so kommen müsste, wie bei dir vor so vielen Jahren, Logan. Der Ruf der Heilerinnen verbreitet sich schnell, und wie du weißt, kann die Verzweiflung einen Menschen zu ungewöhnlichen Taten treiben.«

Niemand gab einen Kommentar zu Kyles Bemerkung ab. Es stimmte, Logan hatte vor vielen Jahren dasselbe getan, um seinen Bruder Quade zu retten, als dieser dem Tod nahe gewesen war, und das Merkwürdigste daran war, dass die Heilerin seinen Bruder auch noch geheiratet hatte. Brenna Grant hatte auch seine Nichte und seinen Neffen geheilt, wofür er ihr ewig dankbar war. Nun genoss sie den besten Ruf im ganzen Land, den sie sich mit ihrer Schwester Jennie Cameron teilte, die beide von ihrer Mutter und ihrem Großvater geschult worden waren.

Sorcha aß ein Stück Karotte und meinte: »Drei Burschen, drei junge Frauen …« Sie lenkte den Blick zu Merewen und wackelte dabei mit den Augenbrauen.

Logan heftete einen finsteren Blick auf seine Tochter. »Was zum Teufel soll das heißen?«

»Es bedeutet, dass es für deine Töchter ein bisschen schwierig ist, einen Ehemann zu finden, weil die Männer alle Angst vor dir haben. Vielleicht wird Brigid den ihren beim Matheson Clan finden. Sie ist volljährig, Papa, auch wenn du das nicht wahrhaben willst.«

Beinahe wäre Logan von seinem Stuhl aufgesprungen, doch Gwynie hatte seinen Arm bereits fest im Griff. »Setz dich hin. Wenn es stimmt, was geredet wird, brauchen sie alle drei Heilerinnen. Vielleicht können sie dem Problem auf die Spur kommen. Jennet liebt diese Art von Rätseln, also vermute ich nicht, dass sie einen Fluchtversuch unternommen haben.«

»Dem stimme ich zu«, meinte Merewen. »Sobald sie die Wahrheit erfahren hatten, waren sie wahrscheinlich beflissen, dem Clan zu helfen.«

Logan fuhr sich mit der Hand über seinen Stoppelbart. »Himmel, ihr habt recht. Diese Männer haben ihren halben Clan verloren, ihren Laird mit seiner Frau, und dann noch der Frau des Sohnes, wie der Wirt sagt. Er erklärte, dass die umliegenden Clans nur darauf warten, dass der Fluch verschwindet. Sobald sie keine Angst mehr haben, in die Festung einzudringen, haben einige Clans einen Angriff geplant, um die Burg und die ertragreichen Felder zu übernehmen. Es ist nur eine Frage, wer sich zuerst dorthin wagt.«

»Papa, wir müssen ihnen helfen«, meldete sich Sorcha zu Wort.

»Aye, das werden wir«, antwortete Gwynie. »Aber ich möchte auch nicht krank werden. Ich würde vorschlagen, wir verbringen die Nacht hier und geben den Mädchen einen weiteren Tag, die Ursache der Erkrankung herauszufinden.«

»Nach den Worten des Wirts hatten sie Krankheit und Tod aber schon seit zwei Monden.«

»Das sind gute Nachrichten. Du weißt, was Brenna sagt. Wenn eine Krankheit ewig umgeht, ist sie nicht von der ansteckenden Sorte. Etwas anderes ist nicht in Ordnung.«

»Pa, sie werden dahinterkommen«, meinte Gavin. »Ich würde vorschlagen, wir bleiben eine Nacht hier. Vielleicht wollen wir nicht in der Festung bleiben, sobald wir dort ankommen. Man kann bei so vielen Toten nicht wissen, in welchem Zustand der Ort ist. Freilich haben viele überlebt, aber sind sie geblieben oder haben sie die Flucht ergriffen? Haben sie noch eine Köchin?«

»Es passt zu dir, dass du dir am meisten Sorgen über das Vorhandensein einer Köchin machst, Gavin«, warf Merewen mit gedehnter Stimme ein.

»Ich stimme Gavin zu«, gab Kyle zurück. »Wenn irgendwelche übrig waren, die es noch nicht hatten, sind sie vielleicht zu einem anderen Clan gezogen, und haben ihre Familien und Habseligkeiten dabei mitgenommen. Sobald das Wort *Fluch* ausgesprochen war, kann ich mir vorstellen, dass die Bewohner die Flucht ergriffen haben. Wir wissen nicht, wie viele noch übrig waren, als die drei Brüder zurückgekehrt sind.«

»Bitte Papa?«, bat Sorcha. »Sag, dass du ihnen helfen wirst?«

»Ich willige ein. Aber wir brechen morgen auf. Wir werden nicht noch länger warten.«

Logan musste wissen, ob etwas Wahres an Sorchas Worten war. Was, wenn sein Mädchen in Gefahr war, sich zu verlieben?

## KAPITEL ZWÖLF

BRIGID ZOG DEN Rock des dunklen Gewandes zurecht, das Gisela für sie gefunden hatte. Es war von solch einer dunkelblauen Farbe, dass es beinahe schon schwarz war, aber es würde gehen. Sie waren von ähnlicher Größe und obwohl es etwas knapp saß, war es immer noch besser als ein schmutziges Kleid. Nach ihrem Wannenbad erfrischt, hatten alle Cousinen frische Kleidung vorgefunden, die Nonie für sie bereitgelegt hatte. Dann hatten sie sich für das Nachtmahl in der großen Halle fertig gemacht.

Als sie ankamen, war die Gruppe gerade im Begriff, sich zu setzen. Marcas bedeutete den drei Heilerinnen, sich mit seinen Brüdern an einen der Tische zu setzen. Die Gruppe hatte sich um drei Tische verteilt, gleichwohl Marcas das Podium absichtlich leer gelassen hatte.

Sobald sie alle saßen, brachten Jinny und Nonie eine Auswahl an Eintöpfen, Fleischpasteten und Brot. Ein Tablett mit Käse war auf jeden Tisch gestellt worden. Tiernay saß auf Giselas Schoß und kaute fröhlich auf einem Brotkanten.

Während der Mahlzeit wurde wenig gesprochen,

und meist drehte sich das Gespräch um das Wetter, die Ausstattung, wie viel Nahrungsmittel sie zur Verfügung hatten, und den Jagderfolg der Männer.

Als die Obstkuchen auf Tellern aufgetragen wurden, stand Marcas auf und die Gruppe verstummte. »Ich bin sicher, dass ihr alle wisst, welches Glück wir haben, drei der besten Heilerinnen Schottlands hier zu haben, aber ich bestehe darauf, dass wir unsere Untersuchung fortsetzen, was die Krankheit und den Tod hier ausgelöst hat. Ich glaube nicht, dass es ein Fluch war, sondern eine Fehleinschätzung, ein Nahrungsmittel oder ein Tier, das uns krank gemacht hat. Also bitte ich euch alle, zu bleiben, zuzuhören und die Fragen gewissenhaft zu beantworten.« Dann bedeutete er den Heilerinnen, sich zu erheben.

Jennet, Brigid und Tara standen auf und gingen zu einer Stelle, von der aus sie von allen Tischen aus gesehen werden konnten.

Jennet machte den Anfang. »Wie viele von euch sind krank geworden und haben überlebt? Wer in den vergangenen beiden Monden krank gewesen ist, der hebe bitte die Hand.«

Alle außer Ethan hielten ihre Hand in die Luft. Brigid schaute sich um und fragte: »Ihr alle? Alle außer Ethan?« Alle nickten oder brachten ihre Zustimmung mit einer Geste zum Ausdruck.

»Wart ihr ebenso krank wie die Angehörigen des Clans, die gestorben sind, oder wart ihr nur ein bisschen krank gewesen?«, fragte Tara. Sie ging in der Halle umher, sodass jede Person antworten konnte. Die meisten waren sehr krank gewesen, aber nicht alle.

Brigid stellte noch eine Frage. »Ist irgendeiner von euch mehr als einmal krank gewesen?«

Sechs Hände hoben sich.

»Mehr als zweimal?«

Vier der sechs Hände blieben in der Luft.

Jennet schaute zu Jinny und fragte: »Wie lange kochst du hier schon, Jinny?«

Jinny schaute zu den drei Brüdern und dann antwortete sie schüchtern: »Beinahe zwei Sommer, Mylady.«

»Hast du irgendwelche neuen Kräuter im Garten gesammelt oder irgendwelches ungewöhnliche Gemüse ausgegraben, um den Eintöpfen mehr Würze zu geben?«

»Nein, ich habe das Gleiche benutzt wie immer und Gewürze aus Inverness. Salz, Petersilie, die üblichen, die gebracht werden. Zwiebeln.«

»Würden alle, die krank gewesen sind, bitte aufstehen«, bat Tara. Sie standen in einer Gruppe und warteten auf Anweisungen. »Wenn ihr kein Ale trinkt, dann setzt euch bitte.«

Drei setzten sich wieder. Tara bedeutete ihnen, wieder aufzustehen. »Wenn ihr keine Ziegenmilch trinkt, setzt euch bitte.«

Die halbe Gruppe setzte sich.

Sie bedeutete allen, sich wieder zu setzen. »Wie neu ist der Brunnen, den ihr benutzt?«

»Etwa neun Monde«, gab Shaw zur Antwort, »aber die erste Erkrankung war erst vor zwei Monden.«

»Und keiner der anderen Clans hat von der

gleichen Krankheit berichtet?«

»So ist es. Ich habe viele gefragt. Keine Toten aufgrund von Erbrechen.« Ethan erhob sich, um weitere Erklärungen abzugeben. »Ich habe bei Beauly Priory haltgemacht und die Mönche sagten, sie seien zu einigen Beerdigungen gerufen worden, aber keine aufgrund von Erbrechen.«

Brigid schaute Jennet an. »Kannst du dir etwas anderes denken?«

»Nur eine Sache«, antwortete Jennet. »Bitte sorgt dafür, dass jeder Tropfen Wasser von der Quelle zuerst gründlich abgekocht wird, ehe ihr ihn verwendet. »Das ist sehr wichtig.«

Jinny nickte. »Aye, Mylady.«

Marcas stand auf und meinte zu Alvery: »Bitte nimm deinen Posten wieder ein. Ich möchte nicht überrascht werden, wenn die Ramsays oder die Miltons ankommen.«

Die Wachen brachen auf und einige nahmen sich noch ein weiteres Ale mit, ehe sie hinausgingen. Jinny und Nonie räumten ab und ein junges Mädchen kam aus der Küche, um ihnen zu helfen. Jinny errötete und erklärte: »Ich habe meine Tochter gebeten, herzukommen und uns zu helfen. Sie wird eine Weile bleiben.« Das Mädchen war unübersehbar schwanger.

»Sie hat ihren Ehemann verloren. Er ist von seinem Pferd gefallen und hat sich das Genick gebrochen.«

»Mein Beileid, Mädchen«, meinte Marcas mitfühlend. »Wir freuen uns, dich aufzunehmen. Vielen Dank an dich, Jinny, und deine Tochter. Wie heißt sie?«

»Dies ist Edda.«

»Vielen Dank, Mylord, dass Ihr mich bleiben lasst.« Sie sank in einen kurzen Knicks, der angesichts ihres schwangeren Zustands allerdings ein wenig unbeholfen ausfiel.

»Du bist immer willkommen, Edda.«

Sobald die Tische abgeräumt waren, blieben die drei Brüder, Gisela, Tiernay und die drei Heilerinnen unter sich. »Nun, Marcas«, setzte Shaw an, »hast du herausgefunden, wie lange es noch bis zur Ankunft der Ramsays dauert, damit sie uns an unseren Hoden aufhängen?«

Marcas verbarg sein Lächeln nicht aber entgegnete darauf: »Nach unserer großzügigsten Schätzung werden es noch zwei Tage sein. Ethan und ich werden morgen zum Milton Clan und den MacHeths aufbrechen und nach Kara suchen und dann werden wir rechtzeitig zurück sein, um die Ramsays zu begrüßen.«

Jennet meldete sich, »Und ihr müsst keine Angst haben, dass ihr bei den Hoden aufgehängt werdet.«

»Warum nicht? Ich habe gehört, die Ramsays seien in dieser Hinsicht sehr rücksichtslos, was insbesondere auf Logan Ramsay zutrifft«, entgegnete Shaw.

»Es ist nicht Logan Ramsay, dessentwegen du dich sorgen musst. Sondern Brigids Mutter.«

Die drei Brüder schauten einander an und schienen offensichtlich verwirrt. »Warum ihre Mutter?«, fragte Ethan.

»Weil ihre Mutter die beste Bogenschützin ist und sie es bevorzugt, Männer in ihre Hoden zu schießen, anstatt sie daran aufzuhängen.«

Die drei Brüder schauten einander an und brachen in Gelächter aus.

»Das kannst du nicht ernst meinen«, meinte Marcas.

»Oh, das meint sie ernst«, beteuerte Tara. »Erkundige dich nach einem Mann namens Bearchun. Er hat ihre liebste Nichte, Jennets ältere Schwester, entführt und Gwyneth hat ihn mit einem Pfeil durch seine Hoden an einen Baum genagelt.«

Marcas und Shaw brüllten vor Lachen, während Ethan still wurde. Marcas setzte sich neben Brigid und legte ihr den Arm um die Schultern. »Ihr nehmt uns auf den Arm und ich denke, das ist lustig. Nicht wahr?«

Brigid zuckte die Schultern und fing an zu kichern. Er war so süß, wenn er lachte, und er hatte das herrlichste Lächeln. Noch nie hatte sie ihn so gesehen und es gefiel ihr. Je mehr er lachte, umso mehr lachte sie und bevor sie sich versah, waren die beiden und Shaw in Ausbrüche von hysterischem Gelächter gefangen.

Marcas trat von ihr zurück und immer noch lachend beugte er sich in der Taille, während ihm die Worte bruchstückhaft über die Lippen kamen. »Angenagelt … an einen … an einen … Baaaaum…« Er lachte und lachte, bis er in einen Stuhl hineinfiel. Shaw und Brigid lachten immer noch mit ihm, als Jennet vor ihn hintrat.

»Warum lachst du so?«

Er zügelte sein Lachen, während er die Hände zu seiner Mitte führte und er mit Mühe einen

Satz hervorbrachte: »Nur das Bild. Wie könnt ihr euch so etwas ausdenken?« Dann lachte er wieder leise.

»Ich muss mir nichts ausdenken – ich habe es gesehen. Ein paar Augenblicke, nachdem das passiert war, befand ich mich in der Nähe, und der Pfeil steckte noch zwischen seinen Beinen, während das Blut seinen Intimbereich besudelte.«

Diese neue Enthüllung ernüchterte Marcas und Shaw sofort oder vielleicht war es auch Jennets ernste Miene. Shaw blickte sie an und fragte: »Du machst keine Scherze, nicht wahr?«

»Nein, ich scherze selten über irgendetwas. Tara tut das und Brigid, aber ich nicht. Es stimmt. Das Ramsay Kontingent, mit Brigids Vater an der Spitze hatte den Mann bedroht und angefleht, ihm zu sagen, wo wir waren. Sie hatten uns gefesselt und in einem Häuschen versteckt, aber der Teufel hatte Brigids Mutter gesagt, wir wären in einer Kiste eingesperrt, die im Boden eingegraben war und nur über ein Röhrchen würde Luft hineingelangen. Er hatte ihnen gesagt, dass sie uns nie finden würden. Das hat Tante Gwyneth ein bisschen aus der Ruhe gebracht. Sie hat zwei Pfeile abgefeuert und ihn an einen Baum genagelt, wo er einige Zeit später gestorben ist, aber nicht, ehe er die Wahrheit verraten hat.«

Die drei Männer erblassten, als sie Brigid anschauten. »Deine Mutter?«, flüsterte Marcas.

Brigid nickte. »Du hast noch einen Tag, ehe sie ankommen. Nutze ihn besonnen.«

# KAPITEL DREIZEHN

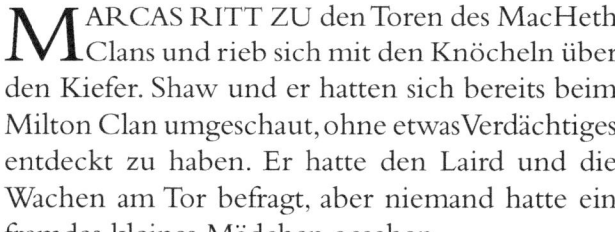

MARCAS RITT ZU den Toren des MacHeth Clans und rieb sich mit den Knöcheln über den Kiefer. Shaw und er hatten sich bereits beim Milton Clan umgeschaut, ohne etwas Verdächtiges entdeckt zu haben. Er hatte den Laird und die Wachen am Tor befragt, aber niemand hatte ein fremdes kleines Mädchen gesehen.

Als er an den Toren des MacHeth Clans ankam rief er zu den Wachen oben auf der Mauer hinauf. »Ich möchte gern mit eurem Anführer reden.«

»Seid ihr noch immer verflucht, Matheson?«, gellte der Mann zu ihm herunter.

»Nein, mein Bruder und ich hatten es vor einem ganzen Mond. Keiner von uns war in letzter Zeit krank und ich habe drei Heilerinnen, die uns helfen, wenn es wiederkehrt.«

»Du hättest deine erste Heilerin nicht fortschicken sollen.« Der Mann kletterte die Treppe in der Mauer herunter und verschwand damit kurz aus ihrem Sichtfeld, ehe er an das Fallgitter trat, um mit ihnen zu sprechen. »Wartet hier. Ich muss den Laird fragen.«

Marcas nickte und schaute zu seinem Bruder,

wobei er frustriert mit dem Kopf schüttelte. »Sie glauben, wir werden sie alle umbringen.«

»Lass gut sein, Marcas. Es geht darum, hineinzukommen und sich umzuschauen. Nur deshalb sind wir hier.«

Marcas wusste, dass Shaw absolut recht hatte. Nichts anderes war wichtig. Kara war irgendwo auf Black Isle. Er konnte es fühlen. Aber wo war sie?

Harald, der stellvertretende Kommandant, kam an das Tor, um sie zu begrüßen. »Matheson, du bist zurück. Mir ist zu Ohren gekommen, du seist gegangen. Mein Beileid zu deinen Eltern und deiner Frau. Du bist nicht krank gewesen?«

»Shaw und ich sind beide krank gewesen, aber wir haben überlebt. Deshalb bin ich nicht hier.«

Harald führte die beiden in das Torhaus und schickte die Wache hinaus. »Wie kann ich helfen?«

»Hast du eine Frau gesehen, die ein kleines Kind bei sich hatte? Eines, das nicht ihr eigenes war?«

Er runzelte die Stirn. »Nein, nicht dass ich mich besinne. Warum?«

»Meine Tochter ist verschwunden. Sie ist drei Winter alt und wurde mitten in der Nacht aus unserem Hauptturm entführt, als meine Schwester krank war und geschlafen hat.«

»Ihr habt die ganze Gegend abgesucht? Ich muss dich nicht an die wilden Tiere erinnern, die sich hier umtreiben.« Harald hatte rotes Haar und einen vollen roten Bart, den er oft mit den Fingern kämmte und ihn glattstrich wie eine Katze ihr Fell.

»Sie hat weder die Größe noch die Kraft, von selbst weder aus dem Hauptturm zu gelangen noch aus dem Tor. Jemand hat sie entführt.«

»Ich habe niemanden gesehen, aber man sagt, dass innerhalb einer Woche ein Markt in Rosemarkie stattfinden soll. Du könntest dort nachsehen. Wie viele Clanangehörige hast du verloren?«

Marcas gefiel die Art und Weise der Fragestellung nicht, und plötzlich fühlte er sich dem Mann gegenüber, den er als Freund betrachtet hatte, argwöhnisch. Er verschränkte die Arme und meinte: »Seid ihr einer der Clans, die vorhaben, uns anzugreifen und unsere Festung zu übernehmen?«

»Nein, aber ich habe gehört, dass Milton das vorhatte. Ich werde euch helfen, wenn ihr Bedarf habt. Du weißt, dass das Bündnis unserer Väter lange Zeit zurückreicht.« Marcas bemerkte, dass sie anfingen, Aufmerksamkeit auf sich zu ziehen, als sich weitere Wachleute dem Wachhäuschen näherten. Die Stimmen der Männer hatten durch das Tor getragen und die Neugier geweckt. Also steckte Harald den Kopf aus der offenen Tür hinaus und blaffte: »Habt ihr nichts zu tun?« Die Gaffer schlurften davon.

»Meiner Erwartung nach werden wir einige Unterstützung haben. Ich habe drei Heilerinnen vom Ramsay und Cameron Clan und die Ramsays sind hierher unterwegs. Wenn wir Glück haben, werden sie uns helfen, unser Land zu beschützen.«

»Logan Ramsay? Du kennst ihn?« Harald stieß

als sicheres Zeichen seiner Anerkennung einen Pfiff aus. »Der Mann hat einen Ruf und auch seine Frau. Du hast Glück, wenn du ihn auf deine Seite ziehst.«

»Nein, ich habe ihn nie getroffen, aber seine Tochter sagt, dass er uns helfen wird.«

»Das hoffe ich. Ich würde mich nicht von Ramsay Kriegern angreifen lassen wollen. Zum Teufel, Matheson, aber dein Leben hat eine schlechte Wendung genommen. Deine Schwester lebt? Ethan?«

»Aye, Gisela, mein Sohn Tiernay, wir drei Brüder, Nonie und die Köchin Jinny. Etwa ein Dutzend Wachen.«

Als Harald nach draußen trat, schaute er den Vögeln nach, die über ihren Köpfen dahinflogen, und bedeutete den Brüdern, dass er sie wieder zum Tor zurück und zu ihren Pferden führen wollte. Er senkte den Blick auf sie beide. »Wir werden helfen, wie auch immer wir können. Ich werde mich nach deiner Tochter umhören und ich werde auf dem Markt fragen. Braunhaarig so wie du?«

»Aye.«

»Noch eine Frage, wenn es dir nichts ausmacht«, meldete sich Shaw zu Wort. »Hast du von anderen Clans gehört, dass sie Leute hatten, die an Erbrechen erkrankt sind?«

Harald hatte die Hände in die Hüften gestützt und schüttelte mit dem Kopf. »Während des letzten Mondes war ich in Rosemarkie, Cromarty und Munlochy gewesen und ich habe alle gefragt. Keiner hatte den Fluch gehabt, der euch heimgesucht hat, aber alle hatten davon gehört.«

»Wir kehren besser zurück, für den Fall, dass jemand beschließt, uns anzugreifen«, warf Shaw ein.

»Schick nach mir, wenn ihr Hilfe braucht.« Harald schlug Marcas auf die Schulter und dann machte er kehrt.

Sie waren auf ihrer Suche nach Kara keinen Schritt weiter als vorher.

Nachdem die Männer am nächsten Morgen die Halle verlassen hatten, saßen Brigid, Tara und Jennet am Tisch und aßen ihren Porridge auf.

»Ich würde gern hören, was jede von uns am verdächtigsten erachtet. Es war nicht so eindeutig, wie ich gehofft hatte, aber ich denke, wir können uns darauf einigen, dass dies keine Krankheit ist, die von einem Menschen auf den anderen übertragen wird. Diese Erkenntnis haben wir Ethans sorgfältiger Zählung zu verdanken und der Tatsache, dass es vor mehr als zwei Monden angefangen hatte.«

»Einverstanden«, meinten die beiden anderen wie aus einem Mund.

»Ich werde in die Küche gehen und die Kräuter und alles andere inspizieren, was sie dort haben. Das könnte es sein. Wir müssen auch Ethan über seine Gewohnheiten befragen, da er der Einzige ist, der nicht krank geworden ist.«

»Aye, wir können uns beim Mittagsmahl mit ihm unterhalten«, schlug Brigid vor, den Ellbogen auf dem Tisch aufgestützt und das Kinn in der

Handfläche ruhend. »Jennet? Was denkst du, was am wahrscheinlichsten die Ursache ist?«

»Ich werde die Vorratskammer in Augenschein nehmen und nachsehen, ob sie irgendwelche rissigen Gefäße haben. Dann würde ich mir gern die Ziegen vornehmen und nachschauen, ob sie krank sind. Bethia sagt, dass Krankheiten manchmal von Tieren zu Menschen übertragen werden können.«

Jennet, die ihre Lieblingsstrumpfhose trug, stand auf. Tatsächlich trugen alle drei Frauen Strumpfhosen, denn obwohl niemand sicher wusste, wo sie ihre Nachforschungen betreiben würden, waren die Chancen, in einem Kleid sauber zu bleiben, gering. Sie wussten, dass sie sich den Brunnen gründlich vornehmen mussten. Sie mussten die Tiere kontrollieren und die Anpflanzungen im Freien inspizieren. Wer wusste schon, worin sie sich noch verstricken würden. »Was ist mit dir, Brigid? Was glaubst du, was der Grund ist?«

»Ich denke, Taras Idee, die Küche unter die Lupe zu nehmen, ist gut, sowie auch deine Idee, aber ich würde gern einen Blick auf den Brunnen werfen.«

»Dann würde ich vorschlagen, dass wir uns alle auf den Weg machen und uns am späten Vormittag wieder hier treffen sollten. Wir werden überall in der Festung suchen. Eddirdale Castle hat Geheimnisse, die wir aufdecken müssen. Und wir müssen es schaffen, ehe Onkel Logan hier ankommt.«

Sie trennten sich und Brigid ging zur Tür

hinaus, während Jennet sich auf den Weg zu den Vorratslagern machte und Tara auf die Hintertür zur Außenküche strebte. Der Brunnen lag seitlich neben der Ringmauer und Brigid war überrascht, dort jemanden zu erblicken, der hineinschaute. Sein halber Oberkörper war über die runde Steineinfassung gelehnt.

Als sie näher kam, stand er schnell auf und der Schock zeichnete sich auf seinem hübschen Gesicht ab. Sein Haar war hell und bei ihrem Anblick setzte er ein breites Lächeln auf, warf seine langen Locken über seine Schulter zurück, als wäre es eine natürliche Bewegung für ihn. Seine Augen waren blau und er schaute sie an, als sei sie das atemberaubendste Wesen auf Black Isle. Sein Gesicht war umwerfend. Es war so schön, dass es ihr fast die Sprache verschlug.

»Meiner Treu, jetzt treffe ich eine liebliche Schönheit auf dem Land der Mathesons. Ich habe Euch zuvor nicht hier gesehen. Woher kommt Ihr?« Der Mann bewegte sich vom Brunnen weg und stand direkt vor ihr – nur eine Handbreit von ihr entfernt. Solch eine Nähe gab ihr ein unbehagliches Gefühl, aber Brigid hielt stand und tat nur einen halben Schritt zurück. »Und je näher ich komme, umso schöner seid Ihr. Wie heißt Ihr und woher kommt Ihr?«

»Ich habe Euch zuvor noch nicht hier gesehen. Vielleicht solltet Ihr Euch zuerst vorstellen«, schlug Brigid vor, die die Hände vor sich verschränkte und noch einen Schritt zurücktrat.

»Mein Name ist Morris und ich muss Euch besser kennenlernen.« Er streckte die Hand nach ihr aus und zog sie zu sich, bis sie sich von Angesicht zu Angesicht gegenüber standen. »Wir haben nicht so viele Schönheiten wie Euch auf Black Isle. Darf ich mir einen Kuss stehlen?« Er schloss die Augen und schürzte die Lippen, um auf ihre zu zielen, doch sie stieß ihn zurück.

»Nein, das dürft Ihr nicht. Ihr seid unbeschreiblich unverschämt. Von welchem Clan stammt Ihr?«

»Ich bin ein Mann vieler Clans. Ich reise von einem zum nächsten, weil ich gern umherziehe. Ich musste nur etwas Frisches trinken, also dachte ich, dass ich am Brunnen der Mathesons haltmache, weil hier nicht mehr so viele Menschen sind, und es keinen kümmert. Aber jetzt, da ich weiß, dass Ihr hier seid, könnte ich mich dem Clan einfach nur wegen Euch anschließen.«

Brigid musste zugeben, dass sie sich geschmeichelt fühlte. Niemand hätte es im Gebiet der Ramsays gewagt, sich ihr so wie Morris zu nähern. Und er war ein gut aussehender Mann mit einem Lächeln, das weißer war als jedes andere, das sie zuvor gesehen hatte. Langes, blondes Haar, tiefblaue Augen, die sich auf sie hefteten und sie nicht mehr losließen und ein struppiger Bart, der ihn sehr anziehend machte.

Brigid hatte das merkwürdige Gefühl, dass sie, obwohl sie gerade gründlich von Marcas geküsst worden war, vielleicht noch mehr Küsse empfangen würde. »Fürchtet Ihr Euch nicht vor dem Fluch?«

»Nein, es geht die Rede, dass in den letzten beiden Wochen keiner mehr gestorben sei. Aber wann seid Ihr angekommen? Ihr seid neu. Und hübsch. Und jung. Und alles, wonach ich bei einer Frau gesucht habe. Vielleicht werde ich bald eine Braut stehlen.«

Er zwinkerte ihr zu, doch sie unterstützte seine spielerische Art nicht. »Mein Vater wäre nicht glücklich, wenn ich gestohlen würde.«

»Wer ist Euer Vater?«

»Logan Ramsay.« Sie wartete, bis der Mann den Namen erfasst hatte und hielt nach irgendeiner Veränderung in seinem Verhalten Ausschau, doch sie konnte nicht viel erkennen.

»Ich habe nichts Falsches getan. Ich wäre erfreut, ihn kennenzulernen und ihn um seine Erlaubnis zu bitten, dich als meine Frau zu nehmen.«

Mit verschränkten Armen antwortete Brigid: »Vielleicht solltest du zuerst mich fragen.«

»Frauen sind zauberhaft und wunderbar als Mütter, aber Männer treffen die besten Entscheidungen.« Er betrachtete sie vom Kopf bis zu den Fußspitzen und vermittelte Brigid damit das vage Gefühl, dass er sie auszog. »Junge Frauen, die enge Hosen tragen, sind mir die liebsten. Du bist sehr anziehend in dieser Jungenkleidung, die du da trägst.«

»Hmm. Ich kann dem dämlichen Kommentar, dass Männer die besten Entscheidungen treffen, nicht zustimmen. Manche treffen die schlimmsten.« Bearchun und die Buchans kamen ihr in den Sinn, die beiden Schurken, mit denen ihr Clan die letzten Auseinandersetzungen gehabt hatte. Diese Zusammenstöße hätten sich desaströs entpuppen können. Diese Männer hatten die schlechtesten Entscheidungen von allen getroffen, die sie je gekannt hatte. Derjenige, der den Fehler gemacht hatte, kleine Mädchen im Alter von sieben Jahren zu entführen, hatte seine Tat viele Male bereut.

Morris zwinkerte ihr wieder zu und meinte: »Ich habe nicht erwartet, dass du einverstanden wärst, aber ich muss gehen, so sehr ich unsere interessante Unterhaltung auch genieße.« Morris beugte sich vor und flüsterte ihr ins Ohr: »Ich werde wegen des Kusses an einem anderen Tag wiederkehren, weil ich dich will.«

Dann verließ er sie und ging durch das Tor hinaus. Niemand hielt ihn auf oder begrüßte ihn. Sobald Marcas und Shaw zurückkehrten, würde sie sich nach ihm erkundigen.

Als sie auf dem Rückweg zum Brunnen war, musste sie sich widerstrebend eingestehen, dass ihr die Aufmerksamkeit von Männern gefiel. Wegen ihres Vaters, ihrer Brüder, und ihrem Cousin, dem Laird, hielten sich alle strikt von Jennet und Brigid fern. Jennet machte dies nichts aus, aber Brigid schon. Tatsächlich ging ihr dies so sehr gegen den Strich, dass sie bei ihren Besuchen bei Loki Grant auf Castle Curanta Kenzie, Thorn und Nari gebeten hatte, sie zu küssen, nur damit sie ein wenig Erfahrung bekam. Alle drei hatten sie abgewiesen, doch dann, als sie eines Nachts nach ihrem Pferd gesehen hatte, war ihr von jemandem blitzschnell ein Arm um die Taille gelegt worden, der sie daraufhin in eine Ecke gezogen hatte, wo sie gründlich geküsst worden war. Es war in der Dunkelheit passiert, als sie es am wenigsten erwartet hatte, und die Person hatte zur Tarnung eine Haube getragen.

Aber es war Kenzies rauchige Stimme gewesen, die am Ende meinte: »Dein Wunsch ist erfüllt, Mädchen. Jetzt suche dir einen Ehemann.«

Niemand hatte je wieder ein Wort zu diesem Thema verloren und nicht ein einziges Mal war sie Kenzie vor ihrem Aufbruch begegnet. Aber auf ihrem Weg nach Hause hatte sie über den Kuss nachgedacht und die Gefühle, die er tief in ihr zum Leben erweckt hatte. Darauf hatte sie ihre Finger wie von selbst an die Lippen gehoben, und ihr verräterischer Verstand verlor sich in einer fortlaufenden Gedankenkette.

Es hatte keineswegs dazu geführt, dass sie sich Kenzie als Ehemann gewünscht hatte, doch zumindest jetzt, bei ihrem ersten wahren Kuss, hatte sie einige Erfahrung, und etwas, das sie zum Vergleich heranziehen konnte.

Marcas küsste ganz und gar nicht wie Kenzie, dessen Weise ihr sehr gefallen hatte. Wie würde sich ein Kuss von Morris anfühlen? Sie verspürte einen plötzlichen Drang, hinter ihm herzujagen und es herauszufinden. In Wahrheit fand sie es recht befreiend, dass niemand hier war, den es kümmerte, wenn sie jemanden küsste. Jennet und Tara waren anderweitig beschäftigt und die anderen paar Leute auf dem Gelände würden sich kaum dafür interessieren.

Sie stieß ein tiefes Seufzen aus und zwang ihre Konzentration wieder auf die vor ihr liegende Aufgabe.

Der Brunnen.

Sie beugte sich darüber und versuchte zu erraten, worauf Morris darin geschaut hatte, aber sie konnte überhaupt nichts erkennen. Sie nahm einen der Eimer und band ihn an ein Seil, ehe sie ihn in den Brunnen hinabließ, um zu sehen, wie viel Wasser darin war und wie weit es reichte, bevor er auf den Grund stieß. Es war eine ganze Weile still, bevor sie den Eimer mit einem Platschen auf dem Wasser aufkommen hörte. Die gute Nachricht war, dass der Brunnen Wasser führte.

»Mylady, Mylady!« Timm kam zu ihr gerannt. »Das ist viel zu schwer für Euch. Ich werde Euch beim Hochziehen helfen.«

Sie lächelte, ehe sie nachgab, und ihm diese Ehre gewährte, indem sie ihm erlaubte, ihr zu helfen, was albern war, da sie größer war als er, aber nicht sehr viel. Dennoch hatte die Beharrlichkeit ihrer Mutter eine gute Bogenschützin aus ihr zu machen, ihr eine Kraft in den Armen beschert, welche die meisten jungen Frauen nie besitzen würden. »Ich freue mich sehr über deine Hilfe, Timm.«

Die beiden lehnten sich gemeinsam über den Rand und zogen den Eimer hoch. Sie gestattete Timm, seine ganze Kraft einzusetzen, doch sie hielt das Seil und legte das frei gewordene Ende nach und nach auf dem Boden ab, als sie den Eimer hochzogen. Er nahm den Eimer, als er die Kante erreicht hatte, und hievte ihn stolz heraus, um ihn ihr zu überreichen. »Hier bitte schön, Mylady. Lasst mich wissen, wenn ich Euch weiter behilflich sein kann.«

»Vielen Dank, Timm.« Er verbeugte sich flüchtig, ehe er davonrannte, und erst dann dämmerte ihr etwas.

»Timm, warte bitte.« Sie stellte den Eimer ab und folgte ihm, gleichwohl niemand sonst in der Nähe war, der ihre Unterhaltung hätte belauschen können. Als sie neben ihm angekommen war, fragte sie: »Ich würde dich gern wegen jemandem fragen. Sein Name ist Morris und er ist gerade gegangen. Was weißt du von ihm?«

»Morris?« Stirnrunzelnd dachte der Bursche einen Augenblick nach. »Ich kenne niemanden namens Morris. Ihr kennt Marcas, also kann er es nicht sein. Vielleicht habt Ihr den Namen falsch verstanden? Ich kenne alle Wachleute, aber keiner heißt Morris, und selbst wenn, sind viele fort, Mylady.«

»Morris? Groß, mit langem, blondem Haar. Er sagt, er reist oft von Clan zu Clan. Er sagt, er gehört zu allen.«

»Nein, es gibt niemanden wie ihn. Und ich war vor den Stallungen. Ich habe niemanden davongehen sehen. Ihr müsst ihn falsch verstanden haben. Er muss ein anderer Besucher gewesen sein, den ich nicht gesehen habe. Wie dem auch sei, wenn Ihr weitere Fragen habt, bin ich im Stall, Mylady.«

»Hast du in letzter Zeit von diesem Wasser getrunken, Timm?«

»Nein, nicht seit Marcas´ Rückkehr. Er sagte, es muss erst gekocht werden, also gehe ich für mein Wasser in die Küche. Und ich trinke Ziegenmilch am Morgen.« Er eilte davon, um seine Arbeit zu beenden. Timm erinnerte sie an die vielen Burschen, die auf Castle Curanta gestrandet waren, gleichwohl sie keine Ahnung hatte, ob er ein Waise war oder nicht. Vielleicht war er gerade einer geworden und Marcas wollte ihn hier behalten.

Ihr Blick fiel auf das Wasser im Eimer und sie war überrascht zu sehen, dass es sehr klar war. Von ihren eigenen Brunnen wusste sie, dass das Wasser mehr Sediment enthielt, wenn sie anfingen, auszutrocknen. Tante Brenna hatte ihr immer geraten, alles Wasser abzukochen, dass sie trank, gleichwohl die meisten Menschen keine Wassertrinker waren, außer auf einer langen Reise.

Tante Brenna und Tante Jennie hatten auch darauf bestanden, alles Wasser abzukochen, das sie in Trinkschläuchen mitnahmen, gleichwohl andere das merkwürdig fanden. Dennoch hatte Onkel Quade immer gemeint, dass sie weniger Kranke hätten als zu der Zeit, ehe Brenna die Mistress geworden war. Er schwor, dass sein Clan weniger Kranke als andere Clans hatte.

Brigid lachte, als sie an die Methoden zurückdachte, die ihre liebe Tante angewandt hatte, um andere zu überzeugen, dass ihre die besten waren. Einer der Wachleute, Mungo, hatte vor Jahren über ihre Methoden gescherzt. Dann hatte sie eines Tages einen Eimer Wasser zu ihm hinübergeschleppt und gemeint: »Trink einen Schluck, Mungo.«

Er war ebenso argwöhnisch, wie jeder andere sein würde, wenn die Mistress sich näherte. Da sie die beiden Kinder von Quade von einem merkwürdigen Leiden kuriert hatte, wussten sie, dass sie klüger war als die meisten. Mungo hatte die Hand ausgestreckt, um einen Schluck zu trinken, aber zuerst hatte er den Eimer hochgehalten und hineingespäht, um zu sehen, ob etwas im Wasser versteckt war.

Quade stand hinter ihr, die Arme verschränkt und ein breites Grinsen auf dem Gesicht. »Ich würde nicht trinken, wenn ich du wäre.«

»Woher hat sie es?«, fragte Mungo.

»Vom Fluss. Ich habe sie beobachtet.«

»Warum sollte ich es dann nicht trinken? Ich trinke seit Jahren von diesem Fluss.«

Quade schaute sie an und nickte, aber Tante Brenna überraschte sie alle, indem sie meinte: »Probiere es, und finde heraus, ob es anders schmeckt.«

Mungo setzte einen finsteren Blick auf und trank einen kleinen Schluck – und spuckte ihn aus, ehe er ihn heruntergeschluckt hatte. »Was zum Teufel? Es schmeckt, als hätte jemand hineingeschissen.«

Quade brach in Gelächter aus und meinte: »Nicht jemand. Etwas. Sie hat es von der Stelle gleich neben dem Pferdedung am Rand genommen, zur Hälfte darin und zur Hälfte außerhalb.«

»Das ist nicht fair, Brenna!«, rief Mungo aus, doch Onkel Quade warf ihm einen strengen Blick zu.

»Mistress Brenna.«

»Verstehst du meinen Standpunkt, Mungo?

Nur weil das Wasser gut aussieht, heißt das nicht, dass nicht etwas darin sein könnte, das dich krank macht. Meine Mutter glaubte, dass kleine Tierchen im Wasser leben, die uns krank machen könnten. Sie hat mir eines oder zwei gezeigt. Es war so klein, dass du es kaum sehen konntest. Andere Tierchen sind für uns gar nicht sichtbar, also koche ich das Wasser immer zuerst ab. Und das wird auch jeder andere im Ramsay Clan tun.«

Onkel Quade nickte dazu. »Das ist richtig. Meine Kinder haben nur gekochtes Wasser in ihrem Essen.«

Und so hatte diese Regel im Ramsay Clan ihren Anfang genommen. Tante Jennie, die Tante Brennas jüngere Schwester war, hatte dieselbe Regel im Cameron Clan eingeführt.

Brigid schöpfte eine Kelle Wasser aus dem Eimer, den die Leute zum Trinken benutzten, und goss ihn auf den Boden, um seine Klarheit im Sonnenlicht zu betrachten. Es waren keine Spuren im Wasser zu erkennen.

Nichts Sichtbares.

Jennet trat aus dem Hauptturm und kam zu ihr an den Brunnen. »Irgendetwas Ungewöhnliches?«

»Nein, nichts außer einem merkwürdigen Mann, der aus dem Brunnen getrunken hat und dann verschwunden ist.«

»Du hast ihn nicht erkannt?«

»Nein, weder ich noch Timm. Morris hieße er, hat er gesagt, aber Timm kennt niemanden mit diesem Namen. Er sagte, er verbringe seine Zeit damit, von einem Clan zum anderen zu wandern.« Sie wischte sich die feuchten Hände an ihrer Tunika ab. »Hast du im Lagerhaus etwas Ungewöhnliches herausgefunden?«

»Nein. Alle Gefäße wirkten dicht, aber du weißt, was Mama sagt. Wenn du etwas prüfst, probiere nur ein kleines bisschen, um zu sehen, ob du den Übeltäter finden kannst. Das wird dich nicht umbringen, sondern vielleicht nur einmal zu Erbrechen führen. Dann weißt du es.«

Brigid erinnerte sich an eine Zeit, als ihre Tante das getan hatte, obwohl Onkel Quade Einwände vorgebracht hatte. Sie hatte einen winzigen Schluck Ziegenmilch gekostet, und er war verseucht gewesen. Am nächsten Tag musste sie sich übergeben. Dann, als alles kontrolliert worden war, hatten sie herausgefunden, dass eine neue Dienstmagd nichts davon hielt, die Milcheimer von einem Tag zum nächsten auszuwaschen. »Hast du auch das Ale probiert?«

»Das habe ich. Nur einen winzigen Schluck, also halte ein wachsames Auge auf mich. Du musst das Wasser von der Quelle probieren, ohne es zu kochen. Wenn ich das tue, wissen wir nicht, welches von beiden es ist.«

Brigid dachte einen Moment nach, doch dann erkannte sie, dass dies der beste Plan war.

Sie füllte die Kelle erneut, die sie benutzt hatte, um die Klarheit des Wassers zu kontrollieren und trank einen winzigen Schluck. »Was könnte im schlimmsten Fall passieren? Sich einmal übergeben wird niemanden umbringen.«

## KAPITEL VIERZEHN

MARCAS UND SHAW hatten überall nachgeschaut. Nachdem sie bei den beiden nächstgelegenen Clans haltgemacht hatten, waren sie der gesamten Küstenlinie gefolgt, um ihre Suche fortzusetzen. Dabei hatten sie die ganze Zeit gebetet, dass sie keinen Körper im Fjord treibend oder an Land gespült vorfinden würden. Doch nirgends war ein Anzeichen davon zu sehen gewesen. Dann waren sie durch den Wald gezogen und hatten einige Spürhunde mitgenommen, aber wieder hatten sie nichts gefunden. Sie hatten an jeder Hütte entlang des Weges angehalten, doch niemand hatte irgendwo ein Kleinkind gesehen. Er fing an, die Hoffnung zu verlieren. Wer könnte seine geliebte Tochter entführt haben?

Er hatte die Hoffnung gehabt, dass irgendwo auf ihrem Weg ein Hinweis auftauchen würde — ein verlorener Stiefel, der Hinweis eines Clans über eine Frau, die ihr Kind verloren hatte, ein Geräusch ihrer Stimme von irgendwoher.

Seine Gedanken wanderten zu Freda und er stellte sich vor, wie es ihr ergehen würde, wenn

sie immer noch am Leben wäre. Ihn hatte sie
nicht geliebt, doch die Kinder hatte sie angebetet.
Während Freda und er keine Liebesbeziehung
entwickelt hatten, war sie von Anfang an auf
gegenseitigem Respekt begründet gewesen,
worauf er bestanden hatte. Und sobald sie Tiernay
zur Welt gebracht hatte, war es in der Beziehung
wieder zu einer Veränderung gekommen. Zu
etwas weniger Respektvollem. Jetzt jedoch
verstand er. Sie war in einen anderen Mann
verliebt gewesen. Sobald er das verstanden hatte,
war seine Ehe größtenteils beendet gewesen.
Welch ein trauriges Ende die Sache genommen
hatte, da Freda gestorben war, ehe sie zu ihrem
Liebhaber hatte gelangen können.

Er bedauerte ihre gemeinsame Zeit nicht, da
sie ihm etwas Unbezahlbares geschenkt hatte.
Dies war der Teil seiner Ehe, der ihm mehr
Glück beschieden hatte, als er je erwartet hatte:
seine kleinen Kinder. Wie sehr er Kara liebte. Ihr
Lächeln, wann immer sie ihn erblickte und wie
sie die Händchen nach ihm ausstreckte und dazu
sagte: »Hoch?«

Er hatte immer nachgegeben und sie
festgehalten, und ihren süßen Duft eingeatmet.
Manchmal hatte er sie auf seine Schultern gesetzt
und sie hatte sich an sein Haar geklammert und
gekichert. Alles an den Haaren ziehen der Welt
von ihr, könnte ihn niemals stören. Als Freda ihm
dann einen kleinen Jungen geschenkt hatte, war
sein Herz vor Stolz fast geplatzt.

Doch kurz nach diesem Tag, war der Tag
gekommen, den er gern vergessen würde, der

Tag, der ihn gezwungen hatte, Entscheidungen zu treffen, die noch immer langanhaltende Auswirkungen auf seinen Clan haben konnten, die Art von Entscheidungen, die er tagelang bedauern würde. Sein gesamtes Leben hatte sich gewandelt.

Nein. Er schüttelte es ab. Er bedauerte nichts.

Sie verließen den letzten Clan in Munlochy und Shaw machte eine Feststellung, anstatt einer Frage. »Es ist Zeit, umzukehren. Wir wollen nicht hier draußen sein, wenn die Ramsays ankommen, für den Fall, dass sie all unsere Männer umbringen. Nach ihrer Ankunft können wir unsere Suche fortsetzen.«

»Ich stimme zu. Wir müssen zurückkehren.«

Lange Zeit setzten sie ihren Weg fort, ohne ein Wort zu sagen, ehe Shaw sein Pferd neben Marcas' Tier lenkte. Sie waren in einem Gebiet, das langsameres Reisen erforderlich machte, und somit war es eine perfekte Zeit zum Reden.

»Was belastet dich, Shaw? Ich spüre etwas.« Marcas hatte Shaw immer als seinen besten Freund betrachtet. Während Ethan ihm im Alter näher war, vertraute Marcas ihm selten seine intimsten Geheimnisse an. Ethan war speziell. In Ethans Welt war alles leicht zu beurteilen. Er richtete sich nach den Regeln, die ihnen von ihren Eltern, ihrer Kirche und ihrem Land beigebracht worden waren. Gefühle waren für Ethan ein schwieriges Gebiet, also waren sie nie Teil einer seiner Entscheidungen.

Um Entscheidungen zu treffen, brauchte Marcas ein großes Maß von Gefühl.

»Du«, fing Shaw energetisch an, ehe er den Blick zu seinem Bruder hob.

»Ich? Warum bist du wütend auf mich?«

»Weil ich nicht blind bin, Marcas. Ich sehe, was sich zwischen dir und der Heilerin namens Brigid abspielt, und das ist falsch. Deine Frau ist erst vor einem Mond beerdigt worden und du bändelst bereits mit einer anderen an. In der Festung konnte ich nichts zu dir sagen, aber da wir allein sind, rede ich frei heraus. Du hättest das Grab deiner Frau besuchen sollen, anstatt mit der Heilerin anzubandeln.«

Marcas war wütend. Wenn sie nicht unter Zeitdruck gestanden hätten, wäre er von seinem Pferd gesprungen und hätte seinen Bruder zu der Lichtung gezerrt, um ihn zu schlagen, bis er bewusstlos wäre. Aber dafür war keine Zeit. Er konnte ihn dennoch herunterputzen, ohne die Wahrheit preiszugeben. »Wie kannst du es wagen, über mich zu urteilen! Nach allem, was passiert ist, habe ich Brigid als kleinen, hellen Fleck in meinem Leben gesehen. Nach allem, was sich zugetragen hat, war ich der Ansicht, ich hätte ein kleines bisschen Glück verdient. Wie auch du. Du solltest deinen Wünschen folgen. Ich sehe, wie du Tara anschaust. Sag es ihr. Nur weil ich dem nachgehe, wozu du dir wünschst den Mut zu haben, macht es das nicht falsch.«

»Ich habe dich in der Nähe des Cameron Gebiets Blumen pflücken sehen. Blumen, um sie auf das Grab deiner Frau zu legen, weil sie Blumen so geliebt hat.«

Ihre Stimmen hatten eine Tonhöhe erreichte,

die eindeutig über eine Unterhaltung hinausging. Marcas bemerkte, wie er seinen Bruder anschrie, seinen sogenannten besten Freund.

»Warum zum Teufel hast du sie nicht auf ihr Grab gelegt?«

»Du irrst dich. Du irrst dich gewaltig. Sie waren nicht für Freda, sondern für Kara. Aber ich habe sie weggeworfen, weil ich mich gefragt habe, ob sie sie je sehen wird? Wahrscheinlich nicht.«

»Warum hast du sie nicht auf Fredas Grab gelegt? Es hätte sie gefreut, wenn sie gewusst hätte, dass du an sie denkst. Das zumindest hat sie von dir verdient.«

Marcas hielt sein Pferd an, um seinen Bruder anzuschreien. »Sie hat überhaupt nichts von mir verdient! Sie war eine Verräterin für unseren Clan, eine Lügnerin, eine Betrügerin. Freda hat alle hinters Licht geführt, einschließlich mir. Du willst die Wahrheit wissen? Ich werde dir die Wahrheit sagen, aber du musst schwören, dass du sie nie verrätst. Ihre Übertretungen nicht bekannt zu machen, ist die einzige Ehre, die ich ihr erweise. Und es ist auch nur wegen unserer Kinder, dass ich dies für mich behalte. Ich möchte nicht, dass sie schlechte Erinnerungen an ihre Mutter haben.«

»Marcas, wovon zum Teufel redest du? Lügnerin? Betrügerin? Was zum Teufel?«

Marcas sagte nichts und starrte Shaw stattdessen an. Er wartete ab, um zu sehen, wie lange es dauerte, bis ihm die Wahrheit dämmerte.

Die Verschiebung in Shaws gewölbten Augenbrauen ließ Marcas wissen, dass er das Rätsel endlich gelöst hatte. »Sie hat dich betrogen?«

Marcas holte tief Luft und murmelte: »Aye, so ist es.«

»Wer? Und wie hast du es herausgefunden? Hast du ihn erwischt? Warum hast du dem Kerl nicht die Hoden abgeschnitten? Du bist der Erbe des Lairds.« Der Schock im Gesicht seines Bruders überraschte ihn nicht. Mit Fredas Untreue hatte er nicht gerechnet. Das hatte niemand. Sie hatte alle hinters Licht geführt.

»Ich habe den Mann nie getroffen. Er ist nicht vom Matheson Clan. Zuerst wollte sie mir nicht sagen, von welchem Clan, aber es machte keinen Unterschied, nicht wahr?« Marcas kratzte sich am Kopf, was eine Verzögerung zum nächsten Teil herbeiführte, um sich doppelt zu versichern, dass er Shaw alles erzählen wollte. Konnte er ihm vertrauen?

Als ob er seine Gedanken lesen konnte, meinte Shaw: »Du kannst mir vertrauen, Marcas. Ich werde dein Geheimnis wahren. Du hast dies schon eine ganze Weile für dich behalten. Tiernay ist eindeutig dein Kind, weil er dein absolutes Ebenbild ist.«

»Und er hat diesen Fleck in seinem Nacken, genau wie ich. Er ist mein Sohn. Das war kurz nachdem ich ein fremdes Gemisch auf ihrer Truhe in unserer Schlafkammer entdeckt hatte. Sie hatte vergessen, es wegzutun. Ich erkannte es als eine Art von Beutel, der von Heilern benutzt wird, eine Tasche voller Kräuter, also habe ich sie Ellice gebracht. Ich habe ihn auf den Tisch gelegt und nur gefragt: ›Warum?‹«

»Deshalb hast du Ellice fortgeschickt?«

»Erlaube mir, die Geschichte fertig zu erzählen. Ich habe Ellice *nicht* fortgeschickt. Ellice hat einen Blick auf den Beutel geworfen und ist dann in Tränen ausgebrochen. Sie hat sich entschuldigt und erklärt, dass Freda sie angefleht hatte. Dass sie einen anderen Mann liebte, und nun, nachdem sie mir einen Sohn geschenkt hatte, wollte sie keine weiteren Kinder mehr. Sie wollte ihre Affäre fortführen, ohne irgendein Risiko, dabei erwischt zu werden.«

Plötzlich dämmerte seinem Bruder die Wahrheit – das erkannte Marcas an dem Ausdruck seiner Augen. »Ein Beutel voll Kräuter, um eine Schwangerschaft zu verhüten.«

»Freda kam herein, während ich dort drin war. Ellice schluchzte und Freda schaute mich einfach an. Sie sagte −«, er verstummte und fragte sich, ob er fortfahren oder die Geschichte so lassen sollte, wie sie war. Aber er musste vollkommen ehrlich sein. »Sie sagte: ›Marcas, wir waren kein Liebespaar. Ich habe dieser Eheschließung zum Wohle meines Vaters zugestimmt, aber jetzt bedauere ich dies. Ich habe einen anderen Mann geliebt, ehe wir auch nur verlobt waren. Meinem Vater hatte ich versprochen, dir einen Sohn zu schenken, aber mehr auch nicht. Denk dir frei nach Belieben einen Grund aus, aber ich möchte für kurze Zeit zu meinem Clan zurückkehren, um mich zu versichern, was in meinem Herzen wahr ist.‹«

Marcas fuhr fort: »Ellice hatte aufgehört zu weinen und trocknete ihre Tränen. Ich erinnere

mich, dass ich Freda angeschaut und gesagt habe:
›Also hast du Ellice gebeten, ihren Laird und
ihren Clan zu betrügen? Als meine Frau wusstest
du, dass sie deiner Bitte nachkommen würde aber
alle im Clan würden dies als falsch beurteilen. Sie
hatte keine Chance, Freda. Warum bist du nicht
zu deiner eigenen Heilerin gegangen?‹ Ellice
flüsterte nur. ›Ich entschuldige mich, Mylaird.‹«

Er zuckte mit den Schultern. »Ich habe Ellice
gesagt, dass ich sie nicht für verantwortlich halte.
Die Tat lastete auf Fredas Schultern. Ich erinnere
mich, wie Freda mich angeschaut und dabei
abwehrend die Arme verschränkt und die Lippen
geschürzt hatte. ›Geh Freda‹ habe ich damals
zu ihr gesagt. ›Ich will dich nicht mehr sehen.
Geh zu deiner Mutter und dann zu deinem
Liebhaber. Aber meine Kinder bleiben hier. Du
kannst Tiernay mitnehmen, weil du ihn noch
stillst, aber Kara bleibt bis zu deiner Rückkehr
hier.‹ Das war die einzige Möglichkeit, wie ich
sicherstellen konnte, dass sie wiederkam. Sie
hatte keine Einwände geäußert, sondern nur ihre
Beutel gepackt, um zu den Ihren zurückzukehren.
Ellice war mit ihr gegangen. Ich habe sie nicht
fortgeschickt. Sie ist aus freien Stücken gegangen
und meiner Frau gefolgt.«

»Das ist der Grund?«, fragte Shaw mit offenem
Mund. »Deshalb ist Ellice verschwunden, weil ihr,
Freda und du, nicht mehr miteinander auskamt?«

»Ich konnte ihre Indiskretion nicht länger
dulden. Bei ihrer Rückkehr hat sie mir gestanden,
dass sie einen anderen liebte und sie mich
verlassen würde. Gemäß Freda würde ihr Vater

uns besuchen kommen, um mit unserem Vater und mir zu reden. Sie bot an, die beiden Kinder aufzugeben, um frei von mir zu sein.«

»Marcas, du musst so wütend gewesen sein. Ich kann nicht glauben, dass du mir das nicht früher erzählt hast. Warum nicht?«

»Weil ich nicht nur wütend war, sondern auch verletzt. Ich hatte Zeit gebraucht, um darüber nachzudenken und auf meine eigene Weise über sie hinwegzukommen. Dann kam der Fluch und hat sie dahingerafft.« Marcas blickte auf seine Hände. »Ich habe mir nie gewünscht, dass sie stirbt, aber ich werde keine Blumen auf ihr Grab legen. Das kann ihr Geliebter tun.«

Shaw stieß einen großen Atemzug aus. »Verstanden«, verkündete er. »Du hast mehr als deinen Anteil an Tragödie und Enttäuschung auszuhalten.«

»Ich hoffe, du wirst das berücksichtigen, wenn ich Brigid als wie einen Hauch Frühlingsluft behandle. Genau das ist sie für mich. Brigid gibt mir Hoffnung. Nie zuvor habe ich geliebt und ich weiß nicht, ob ich das je tun werde. Bin ich fähig, eine Frau zu lieben? Ich bin nicht sicher, aber ich werde nie in eine andere Ehe gezwungen werden. Wenn ich je wieder heirate, wird das meine Wahl sein.«

Und dennoch hast du allen gestattet, dir den Fluch anzulasten und zu sagen, wir seien alle krank geworden, weil du Ellice fortgeschickt hast. Warum hast du sie nicht verbessert?«

»Weil ich nicht wollte, dass unsere Kinder je die Wahrheit herausfinden würden. Kinder sollen glauben, dass ihre Mütter wunderbar und ehrenhaft sind. Wenn sie älter werden, erfahren sie vielleicht etwas anderes, doch das werden sie nicht von mir hören.«

»Hättest du es unserem Clan gesagt, würden sie die ganze Episode wahrscheinlich ihr anstatt dir angelastet haben. Sie hätten wissen können, dass der Fluch gekommen ist, weil deine Frau einen anderen genommen hat, und dass Ellice mit ihr gegangen ist.«

»All das habe ich in Betracht gezogen, aber ich war nicht sicher.«

»Ich bin es«, entgegnete Shaw. »Dein Clan hätte hinter dir gestanden. Jetzt müssen wir zuerst Kara finden. Dann haben wir eine andere Aufgabe vor uns.«

»Was?«

»Ich werde den Mistkerl finden, der mit deiner Frau geschlafen hat.«

»Ich weiß nichts von ihm, außer seinem Namen und seinem Clan.«

»Das genügt«, entgegnete Shaw. »Ich werde ihn finden.«

Marcas dachte nach, ehe er seinem Bruder dieses Detail verriet, doch dann entschied er, dass sein Bruder seinen Willen haben sollte. »Hamon.«

## KAPITEL FÜNFZEHN

BRIGID UND JENNET betraten den Hauptturm und waren überrascht, dass noch niemand da war. »Ich werde einen Augenblick nach oben in unsere Kammer gehen«, bemerkte Jennet. »Ich treffe dich dann in der Küche. Du wirst dich vermutlich mit Tara unterhalten, da ihr das Reich für euch habt.«

»Aye, triff uns dort. Ich werde sehen, ob sie mehr Glück hatte als wir.« Brigid streifte sich eine verirrte Haarsträhne aus dem Gesicht und stocherte in der erlöschenden Glut der Feuerstelle, um ihre Hände zu wärmen, ehe sie sich auf den Weg in die Küche machte.

Sie trat hinaus, ehe sie die Küchentür öffnete. Ihr Vater hatte ihr erklärt, dass vor langer Zeit ihre Küche in einem getrennten Gebäude untergebracht war, aber als Tante Brenna ankam, hatte sie darauf bestanden, dass ein Gang von einem Gebäude zum anderen errichtet wurde, damit die Dienstmägde nicht gezwungen waren, sich während schlechtem Wetter den Elementen auszusetzen.

Manchen machte es offenbar immer noch

nichts aus, dass ihr Brot nass wurde.

Tara war der Typ, der sich so tief konzentrieren konnte, dass sie Brigids Näherkommen nicht hörte und sie erst bemerkte, als sie direkt neben ihr stand. »Hast du etwas gefunden?«

Tara sprang von der Annäherung ihrer Cousine erschrocken auf. Obwohl Jinny und Edda in der Nähe Gemüse und Fleisch für einen Eintopf hackten, war sie so in ihr Grüngemüse vertieft gewesen, dass sie Brigid überhaupt nicht erwartet hatte. »Entschuldigung, ich hatte dich nicht erschrecken wollen.«

»Das stört mich nicht. Ich bin es gewohnt. Brin macht das liebend gern absichtlich.« Tara lächelte liebevoll, als sie den Namen ihres einzigen Bruders nannte, der mehrere Jahre jünger war als sie. »Gleichwohl das eine oder andere von diesen für mich neu ist, haben wir die anderen bei vielen Gelegenheiten benutzt. Aber dieses hier …« Sie nahm ein kleines Objekt hoch, das wie eine rote Hülle über einer harten Schale aussah. »Jinny nennt es Muskat. Sie meint, der äußere Überzug ist ein anderes Gewürz und wird Muskatblütegenannt. Das Innere ist die Muskatnuss. Es hat ein schönes Aroma. Sie sagt, sie würde es schon seit Jahren benutzen und dass sie es aus Frankreich bekommt.«

»Dieses ist wahrscheinlich nicht das Stück, das sie seit Jahren benutzt hat«, meinte Brigid, die das Gewürz nahm und es hochhielt, um es besser betrachten zu können.

»Oh! Komm, probiere das hier. Sie hat mir dieses sonderbare Gemisch gezeigt, das wie Salz aussieht, aber geschmacklich das Gegenteil ist. Ich habe mich gefragt, ob es das hier sein könnte.« Sie zog eine Schale mit einer weißen, körnigen Substanz heran. Tara steckte ihre Fingerspitzen hinein, und als sie sie herauszog, klebten mehrere Körner an jeder Fingerfläche.

»Was ist das?«

»Sie nennen es Zucker. Ich habe es noch nie zuvor gesehen. Sie behauptet, dass es süßer als Honig ist und sie bekommt es aus Spanien. Sie benutzen es für ihre Kuchen und jegliche süßen Saucen, die sie zubereitet. Es ist nicht immer zu bekommen, also spart sie es.«

»Zucker? Das ist ein merkwürdiger Name. Ich habe noch nie zuvor davon gehört. Von Spanien? Sie haben es früher schon benutzt?«

»Oft, probiere es.«

Brigid schnüffelte an der Substanz, doch dann sammelte sie ihren Mut und tupfte ihre Zunge an die Körnchen auf ihrem Finger. Sie war überrascht, als sie feststellte, dass sie ihr im Mund schmolzen und einen süßen Geschmack hinterließen. »Ach du liebe Güte.« Es bescherte ihr einen derart starken Eindruck, dass sie sich fragte, wofür es benutzt wurde. »Ich hoffe, sie essen es nicht einfach so? Es wäre zu stark.«

»Nein, die Köchin sagt, sie erhitzt die Soße und dann schmilzt es, ehe sie es umrührt. Zucker versüßt den Geschmack in der Soße.«

»Und sie hat es vorher benutzt?«

»Oft.« Tara streckte die Zunge heraus und zuckte bei dem süßen Geschmack zusammen. »Merkwürdig.«

»Ich glaube nicht, dass du etwas gefunden hast, und das haben wir auch nicht«, meinte Brigid, als sie bemerkte, dass Jinny und Edda ihre eigene Unterhaltung führten und ihnen nicht zuhörten. »Also liebäugelst du mit Shaw?«

Tara machte große Augen, doch dann setzte sie ein großes Lächeln auf. »Aye, hoffentlich küsst er mich bald. Niemand küsst je die Tochter des Lairds.«

»Genauso ist es. Ich habe bei den Ramsays kein Glück, weil sich alle vor meinem Vater, meinen Onkeln, meinen Brüdern oder meinem Cousin, dem Laird, fürchten. Ich hasse es!«

Tara hob ihr Kinn und zog die Schultern hoch. »Jetzt ist unsere Zeit gekommen. Ich würde vorschlagen, wir küssen, solange wir noch die Gelegenheit haben. Hat Marcas schon etwas gesagt?«

»Nein, aber …«

»Er hat dich schon geküsst?« Sie stieß ein hohes Quieken aus. »Oooh.«

»Hör auf, Tara. Es war nur ein Kuss, aber …« Brigid ließ den Blick schweifen, um sicherzustellen, dass die anderen Frauen nicht aufmerksam wurden. »Es hat mir sehr gefallen.«

Tara stieß noch ein leises Quieken aus, ehe sie sich die Hände wusch, die sie an einem Leinentuch abtrocknete und Brigids Hand ergriff. »Ich freue mich für dich, aber wir müssen Gisela finden, um mit ihr zu reden.«

»Worüber?«

»Ich habe ein merkwürdiges Gefühl wegen Marcas und seiner Frau. Ich würde gern hören, was Gisela vor dem Fluch von ihrer Beziehung gehalten hat.« Taras Stimme war beinahe zu einem Flüstern gesunken.

Gleichwohl Brigid ihr beipflichten musste und Gisela freudig fragen würde, was immer sie wusste, konnte sie nicht anders, als sich zu wundern, was Tara dazu bewogen hatte, diese Frage zu verfolgen. »Warum, Tara? Ich weiß von euch beiden, dir und Riley, dass es normalerweise einen Grund gibt, für was immer ihr auch tut. Warum Gisela fragen?«

Tara zog Brigid hinter sich in den Durchgang hinaus und zurück in die Halle. Ehe sie durch die letzte Tür trat, wandte Tara ihr das Gesicht zu. »Weil ich sehe, wie er dich anschaut. Er sieht wie ein Mann aus, der zum ersten Mal verliebt ist. Als ob er das Gefühl gerade erst entdeckt und es nie zuvor gekannt hat. Dennoch war er verheiratet und er hat sie erst vor kurzem verloren. Er scheint so wenig Trauer wegen ihr zu empfinden und all seinen Kummer auf Kara zu richten. Das ist nicht falsch, aber es bringt mich dazu, eine oder zwei Fragen über die beiden stellen zu wollen.«

Brigid nickte und ihr Blick suchte Taras, wobei sie sich ihre eigenen Gedanken über den Matheson Clan, seinen Laird und seine Familie machte. Bis vor kurzem war Marcas kein Laird gewesen, aber er war mit der Erwartung verheiratet worden, dass er der Erbe des Lairds sein würde, Aber sie hatte auch Kommentare gehört, dass er nicht immer gewillt gewesen war, die Rolle des Lairds nach seines Vaters Tod zu übernehmen.

Was war passiert?

»Sollen wir nach ihr suchen? Meinst du nicht?«, fragte Tara, die innehielt, um auf Brigids Antwort zu warten.

»Aye, ich würde mir gern ihre Version von ihrer Familie anhören.«

Sie betraten die Halle und waren erfreut, Gisela auf einem Stuhl beim Kamin zu sehen. Tiernay spielte zu ihren Füßen und er versuchte, sich mit Hilfe eines Stuhls zu einer stehenden Position aufzurichten. »Gutes Kerlchen«, meinte Gisela, die – erfreut über sein Talent – in die Hände klatschte.

»Lernt er laufen?«, fragte Tara und führte Brigid hinüber, um mit Gisela zu reden.

»Er versucht es, aber es klappt noch nicht so ganz.« Das Kleinkind tat einen Schritt und fiel mit einem Plumps auf den Boden, wobei er auf seinem gut gepolsterten Hosenboden landete. Ein Grinsen zog sich über seine Züge, als er nach einem Stoffspielzeug schnappte, um es sich in den Mund zu stecken. In der Nähe lag ein weiteres Spielzeug, das Geräusche von sich gab, wann immer er es schüttelte, was ihn zum Kichern brachte.

Brigid schaute Gisela an und meinte, eine Träne im Augenwinkel zu erspähen. »Geht es dir gut, Gisela?«, fragte sie, als sie sich in einen Stuhl hinter Tiernay setzte. Tara nahm den Platz ihr gegenüber ein, und somit beschrieben die Frauen einen Halbkreis um den kleinen Jungen.

»Aye, besser als vor einer Weile.« Giselas Unterlippe bebte. »Ich vermisse meine Eltern und ich fühle mich traurig, weil der kleine Tiernay seine Mutter verloren hat. Und die kleine Kara … Ich hatte so gehofft, dass Marcas sie finden würde, aber wenn das der Fall wäre, würden sie inzwischen längst wieder hier sein.«

»Wie war Tiernays Mutter? Wie hieß sie?«, fragte Tara.

»Freda. Ihr Name war Freda. Sie hat ihre Kinder angebetet, und —« Gisela verstummte, und musste tief Luft holen. Brigid hatte keine Ahnung, was sie dachte, so viele Gefühle huschten über ihr Gesicht.

»Es tut mir leid, dass ihr sie verloren habt«, meinte Brigid. »Ihr alle müsst bei so vielen Verlusten harte Zeiten durchgemacht haben.«

»Nein, das ist es nicht. Ach, ich … wie soll ich …« Gisela schloss die Augen und rang die Hände. Nach einem Augenblick hatte sie sich gefasst und fing zu sprechen an. »Freda war eine liebenswerte Frau, aber sie war nicht für meinen Bruder bestimmt. Manchmal habe ich Angst, ich werde bestraft, weil ich so harte Gefühle ihr gegenüber hegte. Gefühle, die falsch waren. Ich hätte großzügiger sein sollen.«

»Ich habe noch nie gehört, dass jemand aus einem bestimmten Grund so bestraft wurde, wie euer Clan. Das ist kein Fluch. Sind Freda und Marcas nicht miteinander ausgekommen?«

Gisela seufzte und ein anderer Ausdruck huschte über ihr Gesicht. Ein Ausdruck der Resignation. »Ich werde ehrlich mit euch sein, weil ich es muss. Freda hat mir für meinen Bruder nie gefallen. Sie war Kara und Tiernay eine gute Mutter. Sie hat sie wirklich geliebt, aber zu meinem Bruder war sie nie lieb gewesen. Ich habe mich schlecht wegen ihm gefühlt, weil er in einer arrangierten Ehe feststeckte und versuchte, das Beste daraus zu machen, aber das hat sie nicht getan. Sie war harsch zu ihm und dafür habe ich sie gehasst. Am Ende konnte ich es nicht mehr verbergen. Doch es hatte sich etwas zwischen ihnen geändert und ihre Ehe entwickelte sich von schlecht zu grauenhaft. Er hatte etwas Besseres verdient.«

Gisela beugte sich vor und küsste Tiernay auf den Kopf. »Dann ist sie gestorben und ich hadere wegen des Fluchs und so vieler Dinge, dass ich nicht weiß, was ich als Nächstes denken soll.«

»Nichts von dem, was du getan hast, hat einen Fluch heraufbeschworen, der deinen Clan befallen hat.«

»Freda war der Fluch unserer Familie«, gab Gisela zurück.

Brigid hatte keine Ahnung, wie sie darauf antworten sollte. Aber Giselas Worte hatten eine sehr merkwürdige Wirkung. Ihre Gefühle für Marcas wurden stärker. Sie musste zurückrudern, ehe sie Gisela ihre Gefühle offenlegte, was sie eindeutig für falsch hielt. Dies war nicht die Zeit, insbesondere, da Freda erst vor so kurzem verstorben war. »Wenn es euch allen nichts ausmacht, würde ich mich jetzt gern im Bogenschießen üben, für den Fall, dass ich gebraucht werde.«

Genau in dem Moment kam Jennet die Treppe herunter, also ging Brigid auf sie zu. »Wir haben nichts gefunden. Ich denke, wir warten ab, um zu sehen, ob einer von uns krank wird. Bis dahin gehe ich zum Bogenschießplatz.«

»Geh nur«, entgegnete Jennet. »Wahrscheinlich haben wir bald für dein Können als Bogenschützin Bedarf. Dein Vater wird kommen, aber nicht bis morgen oder danach.«

Brigid ging, und nachdem sie sich einen Bogen und Pfeile aus den Stallungen geholt hatte, suchte sie sich ihren Weg zu dem kleinen Bogenschießplatz außerhalb der Burg. Timm sauste hinter ihr her und rief: »Darf ich ein Weilchen zuschauen?«

»Natürlich«, antwortete Brigid lächelnd. Sie fing an, sich vorzubereiten und arrangierte alles so, wie sie es gern hatte. Brigid trug ihre Strumpfhose, und so würde ihre Kleidung nicht mit ihrem Zielen in Konflikt geraten. Sie straffte sich, suchte ihr Ziel und peilte es an, um dann den Pfeil abzufeuern. Fast in der Mitte blieb er stecken. Sie feuerte noch zweimal, ehe sie eine Pause einlegte.

Brigid lächelte innerlich über ihren Erfolg und sie war erfreut, dass ihr Können nicht in Mitleidenschaft gezogen worden war, als sie plötzlich zwei Stimmen hinter sich hörte. Timm schwärmte: »Ihr seid die Beste. Das waren die schnellsten Schüsse, die ich je gesehen habe.« Dann verschwand er wieder im Stall.

Ethan kam näher. »Das hast du fertiggebracht? Du bist eine versierte Bogenschützin?«

»Aye, ich bin von meiner Mutter und meinen Schwestern geschult worden.«

»Du hast ein gutes Auge, insbesondere für eine Frau.« Ethan hielt die Hände vor seinem Bauch gefaltet, und sein Blick lag auf dem Mittelpunkt der Zielscheibe.

»Ethan, darf ich dir einige Fragen stellen?«

»Worüber?« Er trat einen Schritt zurück und gab ihr damit zu verstehen, dass er sich unbehaglich fühlte, aber er blieb. Er vertraute ihr offenbar, also wagte sie einen Vorstoß.

»Ich muss verstehen, warum du nie krank geworden bist. Was, glaubst du, ist der Grund?«

»Ich weiß es nicht«, antwortete er.

»Was trinkst du am meisten? Ale? Honigwein? Ziegenmilch?«

Er schüttelte den Kopf. »Wasser. Aus dem Bach. Und ich koche es zuerst.«

»Du kochst es?«

»Ich gebe das Wasser immer in einen Topf und koche es über dem Feuer. Dann füge ich einen Knochen hinzu und lasse es köcheln.«

»Also hauptsächlich Brühe?«

»Aye. Ich bevorzuge warme Brühe. Aber nur vom Bach im Wald. Es ist frischer dort. Ich habe den alten Brunnen nicht gemocht, also habe ich aufgehört, ihn zu benutzen. Manchmal trinke ich Ziegenmilch, aber nicht immer.«

»Vielen Dank für die Information.«

»Es ist mir eine Ehre, die Heilerinnen zu unterstützen. Ich war schon immer an der Heilkunst interessiert. Aber nun muss ich auf meinen Posten auf der Mauer zurückkehren, bis Marcas wiederkehrt.«

Nachdem Ethan gegangen war, machte Brigid noch mehrere Schüsse aus unterschiedlichen Winkeln, während sie über alles nachdachte, was er gesagt hatte. Da er der Einzige war, der nie krank gewesen war, musste die Krankheit folglich von etwas kommen, das er nie trank.

Damit blieben das Wasser aus dem Brunnen, die Ziegenmilch, alles ungekochte Wasser oder Ale und Honigwein die Hauptverdächtigen.

Sie nahm ihre Pfeile und füllte ihren Köcher, ehe sie sich für einige weitere Schüsse ausrichtete, als zwei Arme sie umfingen. Ihr Arm schwang herum und erwischte die Person, die sie umarmte, am Kinn.

»Au«, beschwerte sich eine bekannte Stimme. »Ich hatte Euch nicht erschrecken wollen.«

Sie drehte sich herum. »Nun, das ist dir gelungen, Morris. Bitte schleich dich nicht an mich an.« Insgeheim freute sie sich, dass er zurückgekehrt war, um sie zu sehen. Sie legte einen weiteren Pfeil an, und dann feuerte sie dreimal in schneller Folge, wobei alle drei Pfeile ihr Ziel trafen.

»Ihr habt da ein bemerkenswertes Können, Mylady. Ihr könnt einen Pfeil schneller einlegen als jeder andere, den ich je gesehen habe.« Er schlenderte zu ihr herüber und starrte auf ihr Ziel, als sie den Bogen an den Stamm eines Baumes in der Nähe lehnte. Er trat auf sie zu und blieb direkt vor ihr stehen, wobei sein Blick auf ihren Mund geheftet war. »Ich bin zurückgekehrt, weil ich Euch nicht vergessen konnte.«

»Wirklich?« Sie ging davon aus, dass es sich um eine Lüge handelte, aber sie dachte, dass sie das Spiel für kurze Zeit mitspielen könnte.

»Ich bin zurückgekommen, weil ich diesen Kuss brauche. Und Euch hier mit dieser Strumpfhose zu erblicken ist mehr, als ich mir erhofft hatte.«

»Wenn du mich nett bittest, werde ich es dir vielleicht erlauben.« So nahe war er, dass sie seine langen Wimpern erkennen konnte, die einen Ton dunkler waren als sein helles Haar. Sein Bart war ebenfalls einen Ton dunkler, und zurzeit warf er Schatten über seinen kräftigen Kiefer und die festen Lippen.

Er trat einen Schritt näher, bis sie die Hitze seines Atems spüren konnte, während sich seine Augenfarbe verdunkelte. »Willst du?« Seine Stimme war ein heiseres Flüstern und sie konnte nicht anders, als ihm mit einem leichten Nicken zu antworten.

Seine Lippen verschmolzen mit ihren und er schlang seinen Arm um sie, ehe er sie fest an sich zog, was ihr, wie sie feststellte, nicht gefiel. Aber sie konzentrierte sich auf den Kuss, seinen Geschmack, und sie teilte die Lippen, um ihm Zugang zu ihrem tiefen Inneren zu verschaffen. Seine Zunge übernahm die Führung und er neckte sie, bis sein Griff fester wurde und er die Hand zu ihrem Hintern wandern ließ, um sie so eng an sich zu pressen, dass sie seine Erektion an ihrem Leib spüren konnte.

Auch das war etwas, was sie nicht wollte. Sie war nicht sicher, aber sie wusste, dass sie seinen Kuss nicht mochte, oder das Gefühl von ihm an ihr. Lag das an Marcas oder war es nur, weil sie nicht zusammenpassten? Der Grund war an dieser Stelle unwichtig. Sie musste von ihm fortkommen.

Sie stieß gegen ihn und er ließ sie los. »Ach,

Mädchen. Ich war noch nicht fertig. Ich will dir doch noch viel mehr zeigen.«

Mit versschränkten Armen entgegnete sie: »Aber ich war fertig. Ich werde zur Burg zurückkehren. Was hast du gesagt, woher du bist, Morris?«

»Das habe ich nicht. Vielleicht möchtest du mich ja später heute Abend sehen. Wir könnten uns zusammen die Sterne anschauen. Es verspricht, ein klarer Himmel zu werden.« Er wackelte mit einer Augenbraue, aber sie war nicht interessiert.

»Ich muss dir einen Korb geben. Wenn du mich entschuldigen möchtest. Ich muss noch einige weitere Schüsse üben.« Sie drehte sich um und kehrte ihm als deutlichen Hinweis den Rücken.

»Ich nehme an, es ist Zeit für mich, weiterzuziehen. Gleichwohl ich hier stehen könnte, um dein weich gerundetes Hinterteil für eine Weile zu betrachten, wenn es dir nichts ausmacht.«

»Es macht mir etwas aus. Verschwinde.«

»Du hast recht. Ich bin schon zu lange hier gewesen. Behalte mich so in Erinnerung. Ich bin überall.«

Sie beugte sich vor, um all ihre Pfeile einzusammeln und dann drehte sie sich nach ihm um, weil sie wissen wollte, wo er steckte, aber er war fort.

Ein kurzes Stück entfernt trat Timm aus dem Stall und meinte: »Ich habe Eure Stimme gehört. Habt Ihr mit mir gesprochen, Mylady?«

»Nein, Morris war gerade hier. Hast du in nicht gesehen?«

»Ich habe niemanden gesehen«, gab Timm zur Antwort.

Der Mann war verschwunden. Wie ein Geist im Wind.

## KAPITEL SECHZEHN

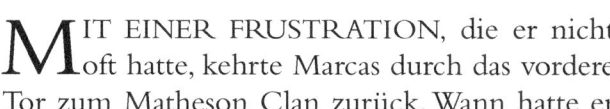

MIT EINER FRUSTRATION, die er nicht oft hatte, kehrte Marcas durch das vordere Tor zum Matheson Clan zurück. Wann hatte er bei einem Vorhaben in der Vergangenheit einmal so gründlich versagt?

Gleichwohl er Kara nicht gefunden hatte, wusste er, dass er zu dem kleinen Tiernay zurückkehren musste. Wenn der Junge auch nicht imstande war, mit Worten auszudrücken, wie sehr er seine Mutter vermisste, musste er dennoch einen Wandel bemerkt haben. Er hatte keine Freda und auch keine Großeltern. Seine Großmutter hatte es geliebt, ihn auf dem Schoß zu halten.

Marcas empfand genau das Gleiche. Ehe Tiernay laufen konnte, hatte sein breites Lächeln Marcas stets angezogen, wann immer er an dem Kind vorbeiging. Er liebte es, den kleinen Jungen auf dem Schoß zu halten, während er mit seinem Spielzeug spielte.

Als sie näher kamen, rief Ethan von der Ringmauer: »Kein Glück gehabt, Kara zu finden?«

Marcas schüttelte seinen Kopf. Er war müde von ihrem unbarmherzigen Tempo, das sie angeschlagen hatten, um vor ihrer Rückkehr drei Clans zu besuchen. »Sind schon irgendwelche Besucher da?«

»Niemand, Laird«, antwortete Ethan.

Marcas machte sich kaum über Ethans Titel für ihn Gedanken. Ethan war jemand, der die Regeln befolgte, also würde er darauf bestehen, Marcas einfach deshalb bei seinem Titel zu nennen, weil ihr Vater ihm dies so beigebracht hatte. Kein Argument würde ihn von etwas anderem überzeugen.

Froh, dass sie es rechtzeitig zum Nachtmahl geschafft hatten, wenn es auch schon beinahe dunkel war, hoffte er, dass immer noch alle hier wären und niemand mehr krank geworden sei. Sobald er beim Stall abgesessen war, kam Timm heraus und nahm Marcas´ Pferd. »Timm, sind dein Vater und seine Männer hier?«

»Aye, das sind sie. Sie sind drinnen beim Essen. Sie haben Kara auch nicht gefunden.« Alvery war Timms Vater. Aus irgendeinem Grund war er von ihrem Fehlschlag nicht überrascht. »Und was gibt es zum Essen?«

»Einen guten Wildeintopf.«

Der Gedanke an einen heißen Eintopf löste ein Rumoren in seinem Bauch aus, also wartete er auf Shaw und dann ging er hinein. Alle verstummten bei seinem Eintreten. Er schüttelte den Kopf. Gisela stand auf, um ihn zu begrüßen. »Wir werden sie finden, Marcas.«

Die Männer wuschen sich kurz in der Küche und dann setzten sie sich zum Essen. »Wird jemand kommen, der unsere Burg stehlen will?«, fragte Ethan.

»Nein, noch nicht. Es wird geredet, dass der Milton Clan ein Auge darauf geworfen hat, aber MacHeath hat versprochen, dass er kommen würde, um uns beizustehen, wenn wir Bedarf hätten. Ich war für seine Unterstützung dankbar und hoffe, dass er Wort hält.«

Das Brot wurde zusammen mit einer Schale Beeren herumgereicht. Jinny brachte jedem eine Schale Eintopf, den Marcas mit Genuss löffelte. Außer Haferfladen hatten sie auf ihrer Reise wenig zu sich genommen. Sobald er seine Portion verzehrt hatte, schaute er Brigid an und fragte: »Noch keine Ramsay hier, Mädchen?«

»Nein. Ich sagte dir, sie kommen morgen. Vielleicht nicht vor Einbruch der Nacht, aber er wird hier sein.«

»Irgendwelche Einfälle, was das Erbrechen ausgelöst haben könnte?«

»Nein, aber wir erforschen die Sache und nehmen Tests vor. Morgen werden wir die Theorien untersuchen.«

»Laird, wirst du mich morgen zum Fischen mitnehmen?«, wollte Ethan wissen. Es war eine von Ethans Lieblingsaktivitäten, aber er hasste es, allein zu gehen und betrachtete seine beiden Brüder als die besten Fischer überhaupt.

Marcas stöhnte, während Shaw gluckste.

»Warum ist das lustig?«, fragte Tara.

Shaw konnte nicht zu lachen aufhören. »Weil Marcas es verabscheut, zu schwimmen.«

»Warum? Ich dachte, jeder liebt es zu schwimmen?«

»Marcas nicht. Er saß einmal im Watt fest, nachdem er zu lange draußen geblieben war, als er noch jünger war. Er hatte eine lange Strecke zu schwimmen gehabt, als wir ihm zugeschrien hatten, dass er sich beeilen sollte, aber er ist an einer schlammigen Stelle eingeschlossen worden. Als er an der Sandböschung des Fjords herausstieg, sah er wie ein Schlammmonster aus.«

»Er hatte Algen im Haar und sie klebten auch überall an seiner Kleidung«, erzählte Ethan. »Er hat mir Angst gemacht.«

Marcas zuckte mit den Schultern. »Es war ein langes Stück zu schwimmen. Ich dachte, an einigen Algen würde ein Monster hängen. Ich hatte Angst, unter Wasser gezogen zu werden. Ich mag die Algen nicht in der Nähe meiner Füße oder wenn sie um meine Beine wirbeln.«

Ethan warf sich ein bisschen in die Brust. »Er geht immer noch bei Ebbe mit mir Fischen, aber er hält Ausschau nach Sandbänken und nicht Schlammbänken. Wir fangen gute Forellen und manchmal Flundern. Und wir sind immer zurück, ehe die Gezeiten wechseln.«

»Du bist Ethan ein guter Bruder«, stellte Jennet fest, was Brigid überraschte. Jennet schaute auf eine merkwürdige Art zu Ethan, die Brigid nicht erkannte. Dies war eine ungewöhnliche Reise für sie drei. Noch nie hatte sie erlebt, dass Jennet einem Mann einen Blick erübrigte.

Nach dem Nachtmahl, als sie sich von den Tischen erhoben und das Geschirr abgeräumt wurde, kam Marcas zu Brigid herüber und fragte: »Würdest du mir die Ehre erweisen, auf der Brüstung mit mir zu flanieren?«

»Aye«, antwortete Brigid.

Er führte sie die Stufen hinauf bis zum Ende des Ganges, wo er eine schwere Tür aufzog, die er für sie aufhielt. Ein Windstoß blies ihr das Haar zurück. Kichernd ließ sie sich gegen ihn zurückfallen, worauf er seine Hände um ihre Taille legte, was ihr sehr gefiel, aber sie hielt nicht lange still, sondern stieß ihn fort und ging die kleine Treppe zur Brüstung hinauf.

In Marcas' Gegenwart war sie glücklich und aufgeregt, und sie fühlte sich ganz anders als mit Morris. Noch wichtiger war, dass sie diesem Mann vertraute, im Gegensatz zu dem hellhaarigen Mann mit den süßen Worten.

Als sie ins Freie hinaus trat, seufzte sie beim Blick, der sich ihr über den Fjord, die Berge in der Ferne und den Wolken bot, die so nahe wirkten, das man sie berühren könnte. »Es ist wunderschön, Marcas.«

»In diese Richtung liegt Gallow Hill Woods, der mein Lieblingswald ist, gleichwohl wir auf Black Isle viele Wälder haben.«

»Genug davon. Erzähl mir, was du herausgefunden hast. Hast du überhaupt irgendetwas über Kara in Erfahrung bringen können?«

Er ließ den Kopf hängen und stützte die Arme auf den Mauersims. »Nichts. Gleichwohl wir beim MacHeath Clan nicht eingelassen wurden.«

»Weil sie irgendeiner Art von List schuldig sind?«

»Das ist sehr gut möglich, aye. Sie könnten etwas über Kara wissen, oder sie könnten etwas über den Fluch wissen. Wahrscheinlicher ist aber, dass der Laird sich sorgt, dass wir den Fluch über sie bringen könnten. Du hast nichts von deinem Vater gehört?« Er erhob sich zu voller Höhe und richtete den Blick nach Westen. »Ich hoffe, wir könnten sie von hier herankommen sehen. Wenn er eine Armee aus achtzig Kriegern mitbringt, werden wir in der Lage sein, ihn zu erspähen.«

»Nein, er wird noch nicht so viele mitbringen. Die zusätzlichen Kämpfer könnten innerhalb weniger Tage hier sein, aber mein Vater zieht es vor, unbemerkt voranzukommen. Vor vielen Jahren waren er und meine Mutter Spione für die schottische Krone. Er ist imstande, an einem Ort rasch und ungesehen einzudringen und sich wieder zu entfernen. Er hatte meine Tante aus der Grant Festung entführt, und ist dabei nicht erwischt worden!«

»Ich hoffe, er hat ein großzügiges Herz. Der Umstand, dass ich meine Tochter nicht finde, versetzt mich nicht in eine kämpferische Stimmung.«

»Der Verlust deiner Eltern und deiner Frau muss dir eine Menge Kummer bereitet haben. Auch wenn nur wenig Liebe zwischen euch war.« Sie legte ihre Hand auf seinen Unterarm und er schaute auf sie herab, wobei die grauen Augen an einem merkwürdigen Strang in ihrem Inneren zogen, der sie wünschen ließ, ihm überallhin zu folgen.

»Ich kann dir genauso gut alles erzählen. Es war keine Liebe zwischen uns, sondern es war schlimmer. Ich hatte meine Frau erwischt, wie sie Kräuter benutzt hat, um in der Zukunft eine Schwangerschaft zu verhindern. Ich hatte unsere Heilerin konfrontiert und sie hatte gestanden. Meine Frau hatte zugegeben, den Mann zu lieben, den sie immer schon hatte heiraten wollen und sie hatte mir eröffnet, dass sie nie wieder in meinem Bett liegen würde, und sie die Kräuter seit Tiernays Geburt benutzte. Sobald ich das erfahren hatte, wusste ich, dass wir nie wieder eine Beziehung haben würden, aber auch sie war unerbittlich in ihrem Wunsch, sich aus unserer Ehe zu befreien, gleichwohl es nie dazu gekommen ist. Vor zwei Monden war sie mit Tiernay zu ihrem Clan nach Hause gegangen, und hatte Kara bei mir gelassen. Sie hatte sich erneut mit ihrem Geliebten getroffen und ihren Entschluss gefasst. Freda war nur zum Matheson Clan zurückgekehrt, um die Dinge zu regeln. Ihr Vater hatte vor, zu uns zu kommen, um mit mir und meinem Vater zu reden. Sie hatte gehen wollen, um wieder nach Hause zurückzukehren und sie hatte unsere Ehe auflösen wollen. Doch ihr Vater hat es nicht mehr geschafft. Am nächsten Tag ist sie krank geworden.«

»Ach, Marcas.« Brigid fuhr ihm mit der Hand über den Rücken, wobei sie leicht rieb. »Wie schrecklich, diese Erinnerung zu haben, und das über sie erfahren zu müssen. Kanntest du den Mann, den sie geliebt hat?«

»Nein, ich habe keine Ahnung, wie er aussieht. Es wird erzählt, dass er hier war, um sie zu sehen, nachdem sie krank geworden war, aber ich bin ihm nicht begegnet. Als die Krankheit sich dann ausgebreitet hat, habe ich keine Besucher mehr eingelassen.«

»Ich könnte mir nicht vorstellen, so etwas über meinen Gatten zu erfahren. Das ist also der Grund, warum ihr keine Heilerin habt?«

»Aye. Unsere Heilerin ist mit Freda gegangen, als sie zu ihrem Clan zurückgekehrt ist. Ich glaube Ellice hatte ein sehr schlechtes Gewissen, weil sie mich hintergangen hatte, was erklären würde, warum sie so schnell verschwunden ist. Ich weiß nicht, ob sie immer noch bei Fredas Clan ist oder nicht.«

»Und keiner weiß, warum? Deine Leute müssen dich gefragt haben, insbesondere nachdem die Krankheit ausgebrochen war.«

»Das haben sie, aber ich habe nichts gesagt. Ich wollte nicht, dass meine Kinder je die Wahrheit über ihre Mutter erfahren. Das müssen Kinder nicht hören. Also habe ich alles verschwiegen.«

Brigid beugte sich zu ihm und küsste ihn auf die Wange. »Du bist ein Ehrenmann, Marcas Matheson.«

»Bitte hasse mich nicht, wenn ich dir sage, wie sehr ich dich mag und respektiere. Es ist wahr. Für dich habe ich Gefühle, die ich noch nie zuvor empfunden habe. Und ich bin ratlos, wie ich damit umgehen soll.«

Sie starrte ihn an und streifte ihm die Locken vom Hemdkragen. Dann wurden ihre Augen groß.

»Was stimmt nicht?«

»Mein Bauch. Etwas ist nicht in Ordnung.« Sie ließ ihre Hand zu ihrem Leib wandern und drehte sich von ihm weg. Einen Augenblick später ergab sie sich über die Brüstung.

Dreimal.

## KAPITEL SIEBZEHN

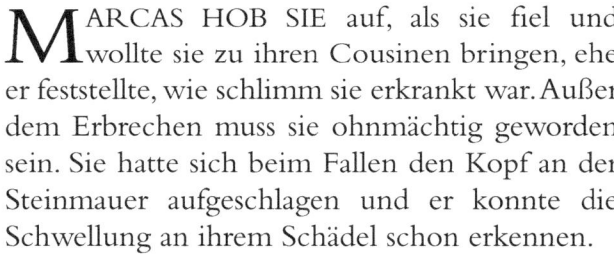

MARCAS HOB SIE auf, als sie fiel und wollte sie zu ihren Cousinen bringen, ehe er feststellte, wie schlimm sie erkrankt war. Außer dem Erbrechen muss sie ohnmächtig geworden sein. Sie hatte sich beim Fallen den Kopf an der Steinmauer aufgeschlagen und er konnte die Schwellung an ihrem Schädel schon erkennen.

Sie war nicht bei Bewusstsein.

Er schaffte es, die schweren Türen zu öffnen, während er sie trug und als er endlich den Balkon erreichte, beugte er sich über das Geländer und verkündete: »Brigid ist krank. Sie hat den Fluch und sie hat sich den Kopf angeschlagen.«

Gisela antwortete ihm. »Bring sie in die Behandlungskammer hier unten. Sie braucht die ganze Nacht lang Aufsicht.«

Er kam dem Vorschlag seiner Schwester nach und stieg die Treppe hinab, um ihr dann in die Kammer zu folgen, während sie eine Fackel anzündete, die ihnen das dringend benötigte Licht spendete. Tara und Jennet waren sofort da und sie zeigten auf eine Pritsche, auf der er sie ablegen konnte, und dann eilten die beiden los, um ihre Utensilien zu holen.

»Was könnte sie getan haben, dass sie erbrechen musste?«, fragte er. »Niemand sonst ist krank geworden. Ich dachte, wir wären endlich damit fertig.« Er war so fassungslos, nun Brigid krank zu sehen, dass er in dem kleinen Bereich unruhig umherging. Alles, was er tat, alles, was er berührte, schien zu ihm zurückzukommen und ihn heimzusuchen. Er hatte sie mit den besten Absichten hierhergebracht und das arme Mädchen musste sich wegen seiner Taten erbrechen.

Alles war sein Fehler.

Jennet, die alles andere als unschuldig aussah, murmelte: »Ich könnte vielleicht etwas darüber wissen.«

»Raus mit der Sprache«, verlangte Tara, die ihrer Cousine einen Klaps auf den Oberarm versetzte. »Was habt ihr beiden getan?«

»Wir haben einen Pakt geschlossen. Ich habe von einem Fass Ale probiert, dass möglicherweise verunreinigt sein könnte und Brigid hat das Brunnenwasser probiert. Sie hat einen winzigen Schluck getrunken.« Nach dem Blick, den ihre Cousine ihr zuwarf, wirkte Jennet ein bisschen schuldbewusst. Dann sah sie zu Marcas hinüber. »Die gute Nachricht ist, dass wir jetzt den Urheber kennen – es ist der Brunnen.«

»Habt ihr beiden den Verstand verloren?«, schrie Tara, deren Hände zu ihren Hüften wanderten, als sie Jennet anstarrte. »Schau sie an!«

»Meine Mutter hat schon einmal dasselbe getan. Dies ist die einzige Möglichkeit, um sicher zu sein.«

Tara verdrehte die Augen. »Jetzt müssen wir sie behandeln. Marcas, lass uns allein und wir werden ihr die Kleidung wechseln und sie versorgen.«

Marcas betrachtete das blasse Gesicht der Frau auf der Pritsche und fing zu beten an. Das hatte er seit einer ganzen Weile nicht mehr getan. Aber Brigid … er durfte sie nicht verlieren. Dann ging er hinaus und blaffte seine Brüder auf dem Weg durch die Halle an. »Es ist der Brunnen. Wir müssen ihn abdecken und jemand muss Nonie und Jinny sagen, dass alles Wasser davon weggeschüttet werden sollte.«

Edda eilte in die Küche, während Marcas und Shaw in den Hof hinausgingen.

Ethans Gesicht zeigte einen überaus erregten Ausdruck, was Marcas schon seit sehr langer Zeit nicht mehr bei ihm gesehen hatte. »Warum wirkst du so glücklich, Ethan?«

»Weil wir die Lösung gefunden haben. Es mag vielleicht nicht das Beste für Brigid sein, aber sie ist eine kräftige junge Frau. Sie wird gesund werden, wenn sie nicht noch mehr von dem Wasser trinkt. Der Brunnen ist die Ursache für alles.«

»Wir werden das Wasser vom Brunnen in den Wäldern benutzen«, schlug Shaw vor. »Es ist noch immer gut.«

Sie taten, was sie tun mussten, ehe Marcas in die Halle zurückkehrte. Er musste sie sehen und sich vergewissern, dass sie gesund würde. Er wäre untröstlich, wenn Brigid etwas zustoßen würde.

Marcas klopfte an die Tür und trat zurück, als

er wartete, dass ihm jemand antwortete, ehe er die Kammer betrat. Tara öffnete.

»Wie geht es ihr?«, flüsterte er.

»Sie wird genesen. Wir haben sie gebadet und ihr ein Nachthemd angezogen. Sie ist wach und fragt nach dir.«

»Darf ich sie sehen?«

»Freilich«, antwortete Tara, die Jennet an der Hand fasste und sie aus der Kammer zog.

»Warum muss ich hinausgehen?«, protestierte Jennet.

»Egal. Lass die beiden einfach in Ruhe«, antwortete Tara und stellte sicher, dass Jennet ihr aus der Tür folgte und nicht wieder zurückging.

Marcas trat ein und wartete, bis seine Augen sich an das Licht der Fackel gewöhnt hatten. Die Kammer war noch dunkel, aber rasch fand er Brigid und kniete an ihrer Seite nieder. »Wirst du gesund werden?«

Sie nickte und die dunklen Ringe unter ihren Augen gaben Auskunft, dass sie immer noch sehr krank war, jedoch schöpfte er Hoffnung. Brigid setzte sich ein bisschen auf und entschuldigte sich. »Verzeihung. Es war töricht, was ich getan habe, aber jetzt kennen wir das Problem. Es tut mir leid, dass du Zeuge meiner Krankheit geworden bist.«

»Mädchen, ich habe viel Schlimmeres gesehen. Denk nicht daran.« Er hielt inne und versuchte, auf die bestmögliche Art zu erdenken, das zu tun, was er sich wünschte. »Darf ich mich zu dir legen?«

Sie sagte kein Wort, doch zur Antwort hielt sie

die Decke hoch.

»Du kannst mich für schwachsinnig erachten, aber ich muss dich halten. Ich muss mich selbst vergewissern. Ich muss deinen Atem hören und deinen Herzschlag spüren, um mich zu überzeugen, dass es dir gutgehen wird.« Er stieg hinter ihr ins Bett und schmiegte seine Vorderseite an ihre Rückseite, wobei er einen Arm um sie legte und sie eng an sich zog.

Er atmete ihren Lavendelduft ein und schloss seufzend die Augen, während er seinen Kopf in ihrer Halsgrube bettete. »Ich bin in Panik geraten«, flüsterte er. »Ich habe das Schlimmste befürchtet.«

Sie versuchte zu sprechen, doch er legte ihr einen Finger an die Lippen. »Bitte erspare dir die Anstrengung. Erlaube mir zu sagen, was ich denke.«

Brigid lehnte sich gegen ihn zurück und flüsterte: »Das kann ich tun.«

Er war froh, dass sie den Rücken zu ihm gedreht hatte. Wenn er ihr in die Augen geblickt hätte, hätte er mit Sicherheit die Kontrolle verloren. »Ich möchte versuchen, dir zu erklären, was in meinem Herzen vorgeht. Möglicherweise bin ich nicht in der Lage dazu, aber ich werde mir die größte Mühe geben.

Als ich dich zum ersten Mal bei den Ramsays gesehen hatte, glaubte ich nicht, dass etwas Besonderes an dir wäre. Wie ich mich geirrt habe. Ich gebe zu, dass sich mein Herz zu allem um mich herum verschlossen hatte, weil ich von Angst und Selbstmitleid verschlungen war. Ich habe Zeit gebraucht, um dich als das zu erkennen, was du bist, als eines der schönsten Geschenke, die ich je erhalten habe.«

Sie rollte sich auf den Rücken und blickte ihm in die Augen, wobei sich ihre eigenen vor Rührung mit Tränen verschleierten. Mit ihrem Finger zog sie eine Spur an seinem Kiefer entlang und dann fiel ihr Finger auf ihren Oberkörper zurück. »Marcas.«

»Nein. Ich muss das sagen. Ich habe nicht verstanden, was Liebe ist. Ich habe die Liebe zu einem Kind begriffen, oder zu einem Elternteil oder Geschwister, aber diese Liebe zwischen einem Ehemann und einer Ehefrau, einem Mann und einer Frau hatte sich mir entzogen. Ich hatte es für unwahr gehalten, aber als ich dir beim Arbeiten zugesehen, dich mit anderen beobachtet und deinem Lachen gelauscht habe, ging mir langsam ein Licht auf.« Er küsste sie auf die Stirn. »Ich habe Gefühle, die ich nicht begreife, aber ich möchte nicht, dass sie enden. Ich brauche dich, Brigid Ramsay. Ich brauche dich in meinem Leben und wenn all dies vorbei ist, werde ich dich bitten, hierzubleiben, damit wir einander besser kennenlernen können. Ich weiß nicht, wie das ausgehen wird, wenn deine Eltern hier ankommen, aber ich sehe Hoffnung, wenn ich dich betrachte.«

»Oh, Marcas.« Sie nahm sein Gesicht zwischen ihre Hände. »Ich würde dich liebend gern küssen, aber ich möchte dich nicht krank machen.«

»Ich muss dich nicht küssen, solange ich dich in meiner Nähe habe.«

Sie lehnte sich an seine Brust und er schmiegte sich an sie. »Das ist alles, was ich brauche«, flüsterte er. »Aber ich weiß nicht viel von dir – was ist deine Lieblingsfarbe, deine Leibspeise, dein liebster Zeitvertreib?«

»Wir haben so viel Zeit, diese Dinge voneinander zu erfahren. Aber für den Augenblick: Blau, Obstkuchen und die Ramsay Feste.«

Er schmunzelte. »Ich kann es kaum abwarten, mehr von den Ramsay Festen zu hören. Es muss einen Bogenschießwettbewerb geben. Wirst du mir Unterricht im Bogenschießen geben? Ich könnte ein paar Lektionen gebrauchen.«

Sie nickte, und dann streckte sie sich mit einem Gähnen, ehe sie sich wieder an ihn lehnte.

Ehe er sich versah, war sie in seinen Armen eingeschlafen. Er wachte über sie und nahm alles an ihr in sich auf. Ihre langen Wimpern, ihre weiche Haut. Das energische Kinn. Ein sanftes Lächeln zog über ihr Gesicht und er hoffte, dass sie von ihm träumte.

Er wusste, dass er aufstehen sollte, um sie schlafen zu lassen, aber er wollte sie nicht loslassen. Niemals.

Am nächsten Tag wachte Brigid in ihrem Bett auf, mit einem großen Eimer an ihrer Seite. Sie setzte sich auf und Tara schaute sie von der gegenüberliegenden Seite der Kammer an, wo sie sich um ihre Kleidung kümmerte. »Wirst du leben?«

»Gewiss werde ich leben. Warum sollte ich

das nicht?« Sobald Brigid sich aufgesetzt hatte, verstand sie genau, warum Tara ihr diese Frage gestellt hatte. Mitten auf ihrer Stirn fühlte sie das Hämmern eines Schmiedehammers und ihr Magen fühlte sich an wie ein Delphin im Fjord, der seine Schwimmkünste vorführte. Doch sie hatte sich früher schon schlimmer gefühlt und so zwang sie sich, sich aufzusetzen. Sie schaute sich in der Kammer um, die außer Tara leer war und dann fragte sie: »Wo ist Jennet?«

»Jennet ist unterwegs, um zu sehen, was sie über den Brunnen herausfinden kann. Sie will wissen, ob sie irgendeinen Grund finden kann, warum das Wasser so schlecht ist, und sie hat vor, mit Marcas darüber zu reden an einer anderen Stelle einen neuen Brunnen zu graben.

Allmählich sickerten die Erinnerungen durch Brigids Verstand. Das Erbrechen über die Brüstung. Das Gefühl, wie ihre Knie weich wurden. Wie sie ein ums andere Mal in den Eimer erbrochen hatte. Sie konnte nicht anders als ihre Nachthemd und die Bettwäsche zu mustern, um sich ein Bild zu machen, ob sie sich über irgendetwas erbrochen hatte. Ein großes Leinentuch lag in der Nähe, das sie benutzt haben musste.

Sie hatte sich vor Marcas übergeben. »Nein …« Dann hatte sie gestern Abend in seinen Armen gelegen und seinen Worten gelauscht, die ihr das Gefühl gegeben hatten, etwas ganz Besonderes zu sein.

»Was stimmt nicht?«, wollte Tara wissen, die an ihre Seite eilte und ihre Stirn befühlte. »Du hast kein Fieber, nicht wahr? Genau aus dem Grund habe ich die Felle weggelassen.«

»Nein, ich habe keinen Schüttelfrost. Mein Magen fühlt sich nicht an, als müsste ich mich erbrechen. Ich fühle mich nur schwach, aber ich erinnere mich nicht, wie ich hierhergelangt bin.« Sie hob die Hand, um sich über die Stirn zu streichen, als sie die Füße auf die Erde setzte und sich zwang, aufzustehen. In dem Moment spürte sie die wunde Stelle in ihrem Haar und ihre Hand bewegte sich zu diesem Bereich, bis sie auf eine Beule stieß, die so groß wie ein Entenei und blutverkrustet war.

Tara war wie der Blitz neben ihr. »Sei vorsichtig. Ich möchte nicht, dass du noch einmal fällst, während ich auf dich aufpasse.«

»Mir ist überhaupt nicht schwindlig. Aber ich sollte mich noch daran erinnern, wie ich ins Bett gekommen bin. Ich erinnere mich, dass Marcas gestern Abend hier gewesen war, und warum nicht an die Zeit davor?«

»Weil Marcas dich hierher getragen hat. Deine Knie haben auf der Brüstung nachgegeben und du bist gefallen, wobei du dir den Kopf an der Steinmauer angeschlagen hast.« Tara streckte die Hand aus und befühlte die Beule. »Sie ist nicht größer geworden.«

»Also habe ich die ganze Nacht geschlafen?«

»Und während des ganzen Vormittags. Die Sonne geht unter.«

»Ich muss in die Halle und mir ein Bild machen, wie die Dinge stehen. Haben sie Kara gefunden?«

»Nein, aber du solltest im Bett bleiben. Du

warst sehr krank.«

»Hilf mir bitte, etwas Sauberes zu finden, was ich anziehen kann. Meine Strumpfhose ist sauber. Ich glaube, Nonie hat sie gewaschen. Und die Tunika. Ich möchte mit Jennet reden.«

»Ich habe dir saubere Kleidung mitgebracht. Ich werde dir helfen.«

»Vielen Dank, liebe Cousine.« Sie bewegte sich langsam in der Kammer umher, aber sobald sie erkannte, wie schwach sie war, achtete sie darauf, sich an etwas festzuhalten, als sie zur Truhe hinüberging, wo Tara ihre Kleidung hingelegt hatte. »Papa wird bald hier sein.«

»Shaw meint, sie hätten Nachricht von einem kleinen Kontingent, das in diese Richtung unterwegs ist. Etwa ein Dutzend. Es sind Männer und Frauen gesichtet worden, also muss es sich um deine Mutter und deinen Vater handeln. Mein Vater hat sie wahrscheinlich auf dem Gebiet der Grants getroffen und wartet dort. Er kann nicht mit Onkel Logan mithalten.« Tara hielt die Strumpfhose, damit Brigid mit einem Bein hineinschlüpfen konnte, während sie sich haltsuchend an Taras Schulter klammerte.

»Jennet ist nicht krank geworden?«

»Nein, aber sie hat uns von eurer dämlichen Abmachung berichtet. Das war ein Risiko für euch beide. Du hast Glück gehabt, dass du nicht noch kränker geworden bist. Schau, wie viele Menschen gestorben sind, weil sie dieses Wasser getrunken haben.«

»Es war ein winziger Schluck. Meine Tante hat das immer getan, wenn sie die Ursache einer

Krankheit nicht herausfinden konnte. Und es hat eindeutig funktioniert. Es ist der Brunnen und kein Fluch.« Jetzt hatte sie es ausgesprochen. Und weil Jennet und sie die Wahrheit aufgedeckt hatten, bestand kein Grund mehr, den Clan als verflucht zu erachten.

»Diese kleine Kostprobe hat dich eindeutig krank genug gemacht. Stell dir vor, du hättest mehr getrunken.«

»Stell dir vor, ich hätte es wie so viele hier einfach so getrunken.« Endlich war sie fertig und Brigid fuhr sich mit den Fingern durch die wilden Locken, ehe sie Tara bat, das Unmögliche fertigzubringen. »Gibt es irgendeine Möglichkeit, wie du mein Haar wieder präsentabel machen kannst?«

»Ich werde es versuchen.« Tara flocht Brigids lange Locken und befestigte sie dann in einem Knoten auf dem Kopf. »Fertig. Für den Fall, dass du dich wieder übergeben musst. Du solltest ein wenig warme Brühe zu dir nehmen. Nonie hat Gerste mit Honig für uns eingeweicht. Ich hätte auch gern etwas davon. Ich werde dir zur Feuerstelle hinüber helfen.«

Brigid war es egal, wie sie aussah, aber sie hatte zwei sofortige Bedürfnisse. Das eine war eine warme Brühe und das andere, zu sehen, wie Marcas jetzt auf sie reagieren würde. Er musste von ihr angeekelt gewesen sein, als er ihren Brechanfall miterlebt hatte, obwohl sie sich große Mühe gegeben hatte sich in der Dunkelheit von ihm wegzudrehen.

Sie durchquerten die Halle und sie sah, dass

sich die Menschen dort bereits zum Nachtmahl versammelten. »Ich vermute, ich habe ein bisschen geschlafen.«

»Mehr als das, aber du hast es offenbar gebraucht. Abgesehen von deinem blassen Gesicht siehst du viel besser aus. Ich werde vor dir die Treppe hinuntergehen und du kannst dich auf meine Schulter stützen, wenn du Bedarf hast.«

Brigid kam der Anweisung nach und alle in der Halle Anwesenden verstummten. Sämtliche Blicke hefteten sich auf sie, als sie die Treppe hinabstieg. Jennet eilte an ihre Seite. »Geht es dir besser? Wir waren so töricht. Ich habe mir sehr große Sorgen um dich gemacht, als du krank geworden bist.«

»Ich werde schon wieder werden, obwohl ich bei den Festen noch nicht an irgendwelchen Rennen teilnehmen werde.«

Jennet lächelte und umarmte ihre Cousine kurz. »Aber jetzt wissen wir, was die Ursache war. Wir haben den Brunnen überprüft und Marcas hat ihn mit einer Plane abgedeckt, damit keiner ihn mehr benutzen kann.«

»Aber sie brauchen Wasser zum Kochen und Waschen.«

»Wir kochen alles ab und es gibt einen weiteren Brunnen in der Nähe des Waldes, der immer sprudelt und nie austrocknet. Jinny kocht und kocht und kocht. Und Alvery sagte, dass er bald einen neuen Brunnen hinter dem Hauptturm von den Männern graben lassen wird.« Jennet strich ein paar vereinzelte Strähnen von Brigids Haar zurück. »Hättest du gern etwas Brühe?«

»Aye, und ich würde auch gern beim Feuer sitzen. Wo ist Marcas?«

»Shaw und er sind zu einer Patrouille aufgebrochen, in der Hoffnung, auf deinen Vater zu stoßen«, erklärte Jennet. »Sie wollen ihn einladen, ehe er angreift.« Dann verschwand sie. Brigid hoffte, dass sie losgegangen war, um ihr die warme Brühe zu holen.

Tara führte Brigid zu einem Stuhl direkt vor dem Feuer und breitete ihr ein dickes Fell über den Schoß. Rasch war Jennet mit einem Becher bei ihr. »Hier, es ist mit Honig gesüßt. Du wirst es mögen.«

Brigid trank ein paar Schlucke der dampfenden Flüssigkeit und fühlte sich sehr viel besser.

»Nicht so hastig. Lass es wirken, ehe du mehr davon schluckst«, riet Tara.

Jennet schürzte die Lippen und verschränkte die Arme. »Sie braucht die Flüssigkeit. Lass sie trinken, was sie braucht.«

Die beiden machten sich um sie zu schaffen wie ihre Mutter vor langer Zeit. Das störte sie überhaupt nicht. Brigid grinste und blickte von einer Cousine zur anderen. »Es wäre eine Herausforderung, mich von euch beiden für längere Zeit pflegen zu lassen.«

Tara winkte ab. »Ich werde dich in Jennets Obhut lassen. Ich bin hungrig, also werde ich am Tisch essen.«

»Vielen Dank, liebe Cousine.«

Tara beugte sich vor und umarmte sie. »Ich freue mich zu sehen, dass du gesund wirst.«

Jennet hatte nicht einmal die Chance, sich zu

setzen, als die Tür aufbrach und Marcas eintrat. Sobald er Brigid beim Feuer erblickte, war er an ihrer Seite und kniete sich mit augenscheinlich besorgter Miene neben sie. »Du bist gesund?«

»Besser. Entschuldige, dass du mich so hast sehen müssen.«

»Entschuldige dich nicht. Ich bin nur froh, dass es dir besser geht.«

Sie musste ihm eine Frage stellen, vor der sie sich fürchtete. »Ist es denen, die gestorben sind, erst besser gegangen und dann schlimmer?«

»Nein. Normalerweise sind sie innerhalb von zwei Tagen mit Erbrechen gestorben und sie haben nicht aufgehört. Mein Vater hat länger durchgehalten, aber er war einer der wenigen, die sich erholten, und er hatte gedacht, vollkommen gesund zu sein, ehe er wieder krank wurde. Diejenigen, die schnell gestorben sind, haben sich selten aufsetzen können, um mit mir zu sprechen. Du wirst gesund. Jennet sagt, dass du nur einen winzigen Schluck probiert hättest.«

»Das stimmt. Ich müsste wieder ganz gesund werden.«

»Obwohl es dumm war, haben wir wenigstens die Ursache gefunden. Das freut mich wirklich sehr.«

»Hast du irgendein Anzeichen von meinem Vater entdeckt?«

»Nein. Wir haben uns umgesehen, aber er ist nirgends zu sehen. Er verbirgt sich gut.«

Brigid lächelte. »Aye, das tut er. Du wirst ihn nicht entdecken.«

# KAPITEL ACHTZEHN

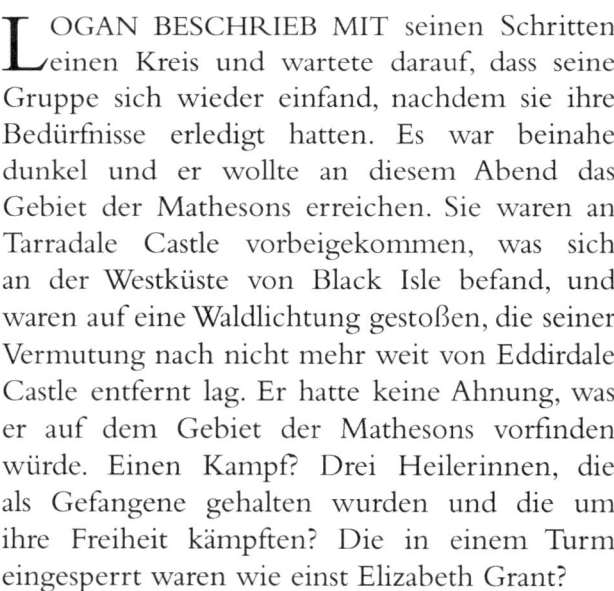

LOGAN BESCHRIEB MIT seinen Schritten einen Kreis und wartete darauf, dass seine Gruppe sich wieder einfand, nachdem sie ihre Bedürfnisse erledigt hatten. Es war beinahe dunkel und er wollte an diesem Abend das Gebiet der Mathesons erreichen. Sie waren an Tarradale Castle vorbeigekommen, was sich an der Westküste von Black Isle befand, und waren auf eine Waldlichtung gestoßen, die seiner Vermutung nach nicht mehr weit von Eddirdale Castle entfernt lag. Er hatte keine Ahnung, was er auf dem Gebiet der Mathesons vorfinden würde. Einen Kampf? Drei Heilerinnen, die als Gefangene gehalten wurden und die um ihre Freiheit kämpften? Die in einem Turm eingesperrt waren wie einst Elizabeth Grant?

Oder würden sie einen Clan vorfinden, der vom Tod mit unbekannter Ursache gezeichnet war? Dieser Gedanke bewog ihn zu sorgfältiger Abwägung, wie sie sich dieser Burg nähern sollten. Letztendlich befanden sich drei seiner Lieben in der Festung.

Seine allerliebste Brigie war eine darunter. Sie

war das Mädchen mit dem Kichern, das sein Herz immer mit Wärme erfüllen konnte. Er schwor, dass niemand anderes diesen Klang hatte wie sie, und ihr Gelächter stieg von einem unschuldigen Herzen voller Liebe und Hingabe auf.

Wer wäre würdig, ein Mädchen wie sie zu heiraten?

Nicht weit entfernt stand Gwynie mit dem Bogen in der Hand für den Fall, dass sich Ärger anbahnte. Das war nach all diesen Jahren eine Gewohnheit. Seine Gattin war noch immer eine schöne Frau und ihr Haar war zu einem Zopf zurückgenommen, der oben auf ihrem Scheitel ansetzte. Manchmal flocht sie ihr Haar wie für diese Reise und andere Male trug sie es offen, was ihm am liebsten war. Einige graue Strähnen hatte sie inzwischen darin, aber es war noch immer von einer seidigen, kastanienbraunen Farbe.

Gwyneth hatte nicht wie andere Frauen viel Gewicht zugenommen, als sie älter wurde. Sie beschäftigte sich und unterrichtete stets die Jugend ihres Clans, ihre Bögen gekonnt zu benutzen. Und sie waren mit einer großen Schar Enkelkindern gesegnet, was ihre Welt laut Gwynie noch spezieller machte. Er musste ihr zustimmen. Molly und Tormod hatten vier, und Sorcha hatte mit Cailean zwei. Gavin und Merewen hatten noch keine Kinder, aber sie würden noch welche bekommen. Maggie und Will hatten gerade ihr erstes, ein kleines Mädchen. Will war seiner Tochter ergebener als irgendein anderer Vater, den Logan je erlebt hatte. Gwynie erinnerte sich an jeden Namen und den Tag, an dem sie geboren waren, und das war etwas, wozu er nicht imstande war, gleichwohl er seine Enkelkinder immer für den besonderen Segen erachtete, der sie waren. Cailean war für sie beide, Gwynie und ihn, eine Überraschung gewesen. Seine beiden Mädchen behandelte er wie Prinzessinnen. Will himmelte seine Tochter an, aber sie würde im Wald aufwachsen und wie ihre Eltern in einer Höhle leben. Nicht so Caileans kleine Mädchen. Sorcha liebte es, sie zusammen zu sehen, und insbesondere den Tag, an dem sie die Mädchen erwischt hatte, wie sie Cailean die Gewänder ihrer Mutter angezogen hatten. Darüber hatten alle herzlich gelacht.

Als seine Familie zurückkehrte, wurde Logan aus seinen Gedanken herausgezogen. Er hielt in seinem Rundgang inne, um zu sprechen. »Unsere Mädchen sind in der Nähe, Gwynie, und ich glaube nicht, dass ihnen Leid zugefügt worden ist. Sie sind entführt worden, um zu heilen.« Er ließ den Blick über seine Umgebung schweifen, und das war eine Gewohnheit, der er immer nachging, wenn er sich nicht auf dem Gebiet der Ramsays befand.

»Ich werde dir nicht widersprechen, Logan. Ich kann fühlen, dass sie nicht weit sind. Aber wirst du wütend sein, wenn sich meine alten Knochen für heute Abend ein Bett zum Schlafen wünschen? Es ist mir egal, ob sie sich immer noch erbrechen. Ich brauche ein Bett.«

Logan ging zu ihr hinüber und liebkoste ihr Ohr. »Das hätte ich ebenfalls gern. Wirst du es mit mir teilen, Gwynie?«

Ein Schrei erschrak die beiden.

»Sorcha!« Gwynie rannte in die Richtung des Schreis. Logan war direkt hinter ihr.

»MacAdam, such deine Frau!« Sein Gebrüll schallte durch die Bäume, sodass die anderen helfen würden, wo immer sie waren.

Das Paar brach durch das Gebüsch, wie ein Bock, der seine Partnerin von den Jägern fortlockte, und folgte den Geräuschen ihrer Tochter, die sich gegen irgendeinen Mistkerl zur Wehr setzte, während ihre Flüche und Tritte aus der Ferne vernehmbar waren. Der Dummkopf wusste nicht, dass ihm die Hoden von seiner Frau entzweigerissen würden. »Gwynie, kannst du sie sehen?«

»Nein, aber ich kann sie hören.« Sie lief neben ihm und zeigte in eine andere Richtung. »Dort entlang durch die Bäume. Ich höre ein Kind, ein Mädchen, und einen Mann, als ob zwei kämpfen und ein anderer zuschaut oder festgehalten wird. Ich bin nicht sicher, welche Stimme Sorchas ist.«

Gleichzeitig mit Gavin und Merewen, die aus der anderen Richtung kamen, brachen sie in die Szenerie ein. Kyle war hinter ihnen. Cailean hatte einen fremden Mann auf den Boden gepresst und hielt den Mann mit einem Knie auf der Brust fest. Sein Schwert hatte er beiseite geschleudert und dem Mann dafür einen Dolch an die Kehle gesetzt.

»Bitte tötet mich nicht. Ich habe nichts getan«, flehte der Mann mit einem Keuchen, während er mit den Händen ruderte und aus seinen Augen wie wild zu seinem Fänger aufschaute.

Logan schaute sich in der Umgebung um und war überrascht, Sorcha zu sehen, die ein kleines Mädchen auf dem Arm hielt, das vielleicht drei oder vier Sommer alt war. Sie war schmutzig, aber gesund. Das Mädchen weinte mit ihrem Kopf an Sorchas Schulter und ihrem Daumen im Mund. »Ich will Papa.«

Logan entdeckte nichts in der Umgebung, keine anderen Fremden, also trat er hinter Cailean und schaute über seine Schulter auf den Mann, der noch immer um sein Leben bettelte. Der Depp dachte offensichtlich, Logan würde ihm das Leben retten, denn er wandte sich mit seinem Appell sofort an ihn. »Ich habe nichts Falsches getan. Er hat mich bezahlt, eine Weile auf sie aufzupassen. Das ist alles. Er wird bald zurückkehren.«

Caileans Stimme kam als ein Knurren über seine Lippen, das Logan überraschte. »Du hast meine Frau angefasst. Niemand fasst sie an.« Fast hätte Logan vor Stolz geseufzt. Er hatte ihn gut unterrichtet, aber so stolz er auch war, wusste er, dass sie zuerst die Wahrheit herausfinden mussten.

»Junge, lass ihn aufstehen. Zuerst will ich wissen, was er weiß, ehe du ihn umbringen kannst, um seine Eingeweide über das Gelände zu verstreuen.«

Der Mann wimmerte, doch Cailean nahm die Hand von der Luftröhre seines Gefangenen. »Beweg dich nur und ich werde dir die Eier abschneiden.«

Der Mann, der eindeutig von Cailean eingeschüchtert war, schüttelte frenetisch mit dem Kopf. »Ich werde euch alles sagen. Was wollt ihr wissen?«

»Wer ist das Mädchen?«, fragte Gwynie.

»Ich weiß es nicht. Vielleicht ist sie vom Matheson Clan. Sie erbrechen sich alle, wurde mir gesagt. Ich war von Inverness nach Avoch unterwegs, um eine Nachricht zu überbringen, aber er hat mich angehalten und gefragt, ob ich mir ein bisschen Geld verdienen möchte, wozu ich nur eine Zeit lang auf die Kleine aufpassen müsste. Er könnte jederzeit zurückkommen.«

»Wer ist er?«, blaffte Gavin.

»Ich weiß es nicht. Ich bin nicht von hier. Es war nur wegen dem Extrageld, aber ich wusste nicht, dass sie so klein war. Der Mistkerl hatte sie an einen Baum gebunden. Ich habe sie losgemacht, aber sie hat sich nicht bewegt.«

»Lass ihn los, MacAdam.«

»Bist du sicher?«, fragte Cailean über seine Schulter.

»Wenn du den Mistkerl siehst, der sie angebunden hat, solltest du besser deinen Mund halten, oder wir werden dich verfolgen. Du wirst leicht zu finden sein, weil du den ganzen Weg eine Spur aus Pisse hinter dir lässt.« Cailean zog ihn hoch und er rannte. Er rannte durch das Gebüsch, bis er sein Pferd fand und ohne einen Blick zurück davonstürmte.

Gwynie schritt zu dem Mädchen hinüber. »Sei gegrüßt, Süße. Der böse Mann ist fort. Er wird dir keine Angst mehr machen.«

Die Kleine schüttelte heftig mit dem Kopf.

»Nein? Er ist nicht böse?«, fragte Sorcha.

»Das ist ein anderer böser Mann. Er ist gemein zu mir. Meine Beine tun von dem Seil weh, aber er hat es abgemacht.« Mit ihren kleinen Fingern zeigte sie auf den Mann, der gerade davongeritten war.

Logan hob ihr Kleid, um sich die Knöchel der Kleinen anzuschauen, und er war nicht überrascht, sie voller blauer Flecken und blutig zu sehen. Er nahm auch den strengen Geruch von Urin wahr, der ihn beinahe umhaute.

»Ich bin schmutzig. Er hat mir nicht erlaubt, in den Wald zu gehen. Ich musste in mein Gewand machen.« Der Ausdruck von Beschämung auf ihrem Gesicht erinnerte ihn an ein kleines Mädchen namens Gracie, das viele Jahre zuvor in der gleichen misslichen Lage gewesen war.

»Wie heißt du?«, fragte Gwynie.

»Kara.«

»Kara. Das ist ein wunderschöner Name. Hast du einen zweiten Namen? Gehörst du zu einem Clan?«

Bei dieser Frage nickte sie. »Maphson Clan.« Sie lenkte den Daumen wieder zu ihrem Mund zurück, als sie an einer Haarlocke zupfte.

»Nun, süße Kara. Wie würde es dir gefallen, Hüpfen im Wasser zu spielen?«, fragte Logan.

Nickend zog sie den Daumen wieder aus ihrem Mund.

»Zieh ihr das Kleid aus, Sorcha.« Sie kam der Aufforderung nach und er nahm das Mädchen, das er hin und her schwang, bis sie kicherte. Er lief zum Bach zurück, den sie vorher benutzt hatten, und als er eine Stelle auf dem Felsen gefunden hatte, beugte er sich hinab und setzte sie mit dem Hintern ins Wasser. Zuerst machte sie ein finsteres Gesicht, was wahrscheinlich daran lag, dass es kalt war, oder vielleicht wegen des Brennens ihrer offenen Wunden, aber er schwenkte und schwenkte sie umher und tauchte sie unter, bis der gröbste Schmutz abgewaschen war. Abhängig von ihren akuten Gefühlen kicherte sie oder machte ein langes Gesicht, aber sie ließ ihn nicht los und ihre großen braunen Augen waren fest auf die seinen gerichtet.

»Papa, ich hätte das tun können, aber du bist so wunderbar mit Kindern, dass ich dir lieber zuschaue.« Sorcha schaute ihren Vater an, der eindeutig das Gelächter des kleinen Mädchens genoss, und dann fiel ihr Blick auf ihre Mutter, die mit dem Kopf schüttelte, während sie seinen Possen zuschaute.

»Er war so viel besser mit dir als ich je gewesen war, Sorcha.«

»MacAdam, zieh deine Tunika aus.«

»Was? Wozu zum Teufel?«

»Tu es einfach. Das Mädchen braucht etwas Trockenes zum Anziehen und das Plaid ist zu rau für ihren Hintern. Niemand wird sich daran stören, wenn du keine Tunika trägst.«

»Cailean, gib einfach nach. Du hast noch eine in der Satteltasche. Ich habe sie eingepackt.«

Cailean tat, was von ihm verlangt wurde und übergab sein Kleidungsstück an Gwynie. Sorcha lächelte und zwinkerte bei dem Anblick des enthüllten Körpers ihres Ehemannes, während Logan Kara hochhielt und Gwynie damit den

Raum verschaffte, die Tunika, um das Kind zu winden und im Rücken mit einem Knoten zu befestigen.

Endlich hörte Sorcha auf, ihren Ehemann zu bewundern und verkündete: »Papa, ich kann nicht glauben, wie gut du mit ihr bist.«

»Dein Vater geht ausgezeichnet mit Kindern um. Er hat mit Gracie das Gleiche getan, als sie zwei Sommer alt war, und er hat Torrian und Lily gepflegt, als sie krank waren.«

»Besser?«, fragte Logan an das kleine Mädchen gewandt.

»Aye. Ich danke recht schön.«

»Merewen, geh und hol die Salbe, die ich in meiner Satteltasche habe, und ich werde ihre Wunden ein bisschen verbinden«, bot Gwynie an.

»Bringt ihr mich nach Hause?«, fragte das Mädchen.

»Wer ist dein Papa?«, fragte Logan. »Wie heißt er, Kara?«

»Er heißt Papa.«

»Hat er noch einen anderen Namen?«, fragte Logan.

»Aye.«

Logan fragte sich, ob der Clan überhaupt wusste, dass das Mädchen nach all den Toten, die sie Berichten zufolge gehabt hatten, noch am Leben war. »Was ist der andere Name deines Papas?«

Sie strahlte Logan stolz an und verkündete stolz: »Laird. Nonie sagt, sein neuer Name ist Laird Maphson.«

Logan schaute Gwynie an, doch er sagte nichts. Es war Gavin, der ihm ins Ohr flüsterte: »Tauschware.«

Das stimmte in der Tat. Wenn die Mathesons streiten wollten, hatte er jetzt etwas sehr Wertvolles. Die Tochter des Lairds.

# KAPITEL NEUNZEHN

NACHDEM MARCAS BRIGID in einem Sessel sitzend und Brühe trinkend erblickte, fühlte er sich viel besser. »Die Farbe kehrt in deine Wangen zurück«, meinte er, nachdem Jennet sie beide für einige Augenblicke allein gelassen hatte.

»Ich bin so beschämt. Ich kann nicht glauben, dass ich mich vor dir übergeben habe.«

Er konnte nicht anders als zu schmunzeln. »Weißt du, dass ich mich vor einem Jahr noch davon hätte beunruhigen lassen? Aber nach allem, was ich gesehen habe, war deine Übelkeit wirklich geringfügig. Als du dich umdrehtest, konnte ich es an dem Ausdruck in deinen Augen sehen, dass du dir wünschtest, zu einem Glühwürmchen zu werden, um zu verschwinden, doch stattdessen bist du in Ohnmacht gefallen und hast dir den Kopf angestoßen. Ich entschuldige mich. Ich habe dich nicht aufgefangen.«

»Das musst du wohl getan haben, denke ich, oder meine Verletzung wäre noch schlimmer. Ich hätte auch über die Brüstung fallen können.«

Sie trank einen weiteren Schluck von der Brühe. »Ich weiß, dass ich krank gewesen sein muss, denn diese Gerstenbrühe ist himmlisch.«

»Jinny hat es mit Liebe für dich gekocht. Das ist der Grund, warum du es so genießt. Trink weiter.« Er beugte sich zu ihr und küsste sie auf die Stirn. »Und was einen Sturz über die Mauer anbelangt, würde ich niemals erlauben, dass so etwas passiert. Doch jetzt mache ich mich auf den Weg, um nach deinem Vater Ausschau zu halten. Mir ist zu Ohren gekommen, dass eine Gruppe sonderbarer Männer und Frauen in der Gegend ist, aber wir konnten sie nicht finden. Es ist beinahe dunkel und ich habe den Verdacht, dass sie bald hier sein werden.«

»Sonderbar? Jemand, den du nicht kennst? Aber du hast gesagt, dass Frauen zu der Gruppe gehören, was bedeutet, dass meine Mutter wahrscheinlich bei ihm ist.« Sie musste zugeben, dass sie hoffte, ihre Mutter wäre bei ihrem Vater. Es hatte etwas damit zu tun, dass sie krank war, und sich ihre Mutter hier bei ihr wünschte.

»Ich sage sonderbar, weil er verschwindet. Wenn eine andere Gruppe von Kriegern aus den Highlands kommt, versuchen sie nicht, sich zu verstecken. Ich habe gehört, dass das Grant Kontingent alles niedermachen wird, was ihm in den Weg kommt. Nicht so mit dieser Gruppe. Ich war auch unfähig gewesen, sie aufzuspüren. Ich werde mit deinem Vater reden und ihn fragen, wie er das macht.«

»Er ist ein sehr guter Fährtenleser Ich weiß nicht, ob er es dir sagen wird oder nicht.«

Marcas stand auf und fasste sie an der Schulter, doch er wünschte sich, sie in die Arme nehmen zu können, was er nicht tat. So sehr er es auch verabscheute, sie loszulassen, musste er das notgedrungen tun. Wo hatte er je eine Frau getroffen, die so klug war wie diese? Aber er musste hinaus zu den Toren gehen.

Nur für den Fall.

Was zum Teufel hatte Logan Ramsay überhaupt vor? Würde er einen direkten Angriff anstreben? Wenn dem so war, würde die kleine Schar der Matheson Männer nicht viel ausrichten, um ihn aufzuhalten. Er musste zugeben, dass er, obwohl er vor dem Fluch für die Schulung der Männer auf den Übungsplätzen verantwortlich gewesen war, viele Männer verloren hatte. Shaw war noch immer kräftig, aber Alvery war ein alter Mann. Torcall war zuverlässig, aber dennoch wusste er, dass das Ergebnis nicht gut ausgehen würde.

Und wenn sie sich anschlichen und auf eine Gelegenheit erpicht waren, ihre Tochter zurückzuerobern, dann würde Ramsay zu diesem Zweck direkt in die große Halle kommen müssen. Gleichwohl ihn niemand aufhalten würde, wenn er das täte.

Marcas machte sich auf den Weg zum Tor und rief zu Torcall hinauf, der die Gegend überblickte: »Irgendetwas zu sehen, Torcall?«

»Das könnten sie sein. Ich sehe einige Pferde näher kommen und ich glaube nicht, dass sie dem Weg folgen. Ich denke, sie kommen hierher.«

»Welche Farbe haben ihre Plaids? Das der Ramsays ist dunkelblau.«

»Das kann ich nicht sagen, Chief.«

Marcas erklomm die Treppe bis zur Oberkante

der Mauer und dann spähte er in die Nacht hinaus. Zum Glück für sie war nicht eine Wolke am Himmel zu sehen. Der Mond erhellte die Landschaft sehr schön mit seinem Licht. Marcas ließ den Blick schweifen und konnte gerade so die Gruppe zu Pferd erkennen. Die ersten beiden waren Männer, und hinter ihnen ritten drei Frauen. Die Gruppe war von einem kleinen Kontingent aus Wachen umgeben. Zwei Männer ritten hinter den drei Frauen und dann nahm sein Blick etwas wahr, worauf ihm beinahe die Luft wegblieb.

Ein Kind.

Er hätte schwören können, dass ein Kind vor dem ersten Mann ritt. Der Mann hielt seine Hand schützend um sie, aber die Person war nur halb so groß wie er.

Etwas versperrte seine Kehle und drohte, ihn sich jeden Augenblick erbrechen zu lassen. Konnte es sich um Kara handeln?

Flüsternd fragte er: »Torcall, ist das ein Kind dort auf dem ersten Pferd?« Er ließ seinen Blick über die restliche Gruppe wandern, die alle das gleiche dunkle Plaid trugen, das er für blau hielt, aber es war schwer, die Farbe in der Dunkelheit zu erkennen. Das Plaid der Mathesons war hauptsächlich blau, aber der Farbton ähnelte mehr einem Türkis mit Grün. Die Männer wirkten monströs, sie waren groß und muskelbepackt, insbesondere derjenige, der neben dem Mann mit dem Kind ritt. Er war hellhaarig und es sah aus, als würde er zum Zeitvertreib Nesseln kauen.

»Es könnte ein Kind sein, Chief. Oder eine List,

die darauf abzielt, Euch nach draußen zu locken, in dem Glauben, dass es sich um Kara handelt. Seid auf der Hut.«

Eine Stimme rief, als die Gruppe auf ihr geschlossenes Tor zuritt. »Sagt dem Laird der Mathesons, dass wir Bedingungen zu besprechen hätten. Ich habe etwas, das er will.«

Nur das hatte Marcas hören müssen. »Mach das Tor auf«, blaffte er. Er sauste in dem Moment die Treppe hinunter, als das Tor sich hob und schlüpfte durch die Öffnung, ehe er stehen blieb. »Sagt Euren Namen und Begehr.«

Das Warten dauerte eine Ewigkeit. Aber der Mann ganz vorn meinte endlich: »Ramsay. Ihr habt etwas, das ich möchte. Bringt meine Tochter jetzt heraus. Und meine Nichten.«

Dann warf das nächste Geräusch ihn um.

»Papa! Ich bin zuhause!«

Marcas hörte kein Wort mehr. »Kara?« Er rannte und ignorierte die Rufe der Ramsay Männer, er ignorierte denjenigen, der absaß und sich ihm in den Weg stellte und auch die anderen, die abgesessen waren und mit ihren Pfeilen auf ihn zielten.

»Kara?«

Es war egal. Er würde den Tod riskieren, um seine Tochter wieder zu halten.

»Kara? Bist du das wirklich?«

Seine Augen verschleierten sich, aber er wischte die Tränen fort, um zu sehen, ob es seine geliebte Tochter war. Sie war diejenige, der er etwas vorgesummt hatte, die sein Herz mit nur einem Lächeln zum Bersten brachte, diejenige, die ihn jetzt anschaute und sagte: »Papa, ich hab dich lieb.«

»Kara.« Sie war es. Sie war es wirklich. Marcas warf einen Blick auf den Mann, der vor dem Pferd stand und die Arme kampfbereit verschränkt hatte. Im letzten Moment zog er seine Faust hoch und schlug dem Mann direkt auf den Kiefer. Nichts und niemand würde ihn von seinem Liebling fernhalten.

Der Mann war in der Tat ein Monster, denn er bewegte sich nicht viel, aber er wich zurück, als der andere auf dem Pferd meinte: »Lass ihn MacAdam. Er will nur eines.«

»Sei gegrüßt, Papa.« Der Mann auf dem Pferd gab sie zu Marcas herunter und er nahm sie, um sie so fest zu drücken, dass er sich zwingen musste, vorsichtig mit ihrer winzigen Gestalt umzugehen. Er weinte Tränen und schämte sich nicht dafür.

»Ach, zum Teufel.« Der Mann auf dem Pferd stieg ab und half der Frau neben ihm vom Pferd. Aber Marcas konnte immer noch nicht sprechen.

»Papa, dies sind meine Freunde. Sie haben mich von dem bösen Mann fortgebracht. Ich hab ihn nicht gemocht.«

»Welcher böse Mann?« Marcas schaute zu dem Mann zurück, der nun fast Auge in Auge vor ihm stand. »Ich danke Euch, dass Ihr sie zurückgebracht habt.«

»Wir werden Euch alles erzählen, sobald Ihr mir sagt, ob meine Tochter und meine Nichten hier sind. Mein Name ist Logan Ramsay.«

Marcas nickte, und nachdem er den Kloß in seiner Kehle heruntergeschluckt hatte, versiegten seine Tränen. »Sie sind alle hier und alle wohlauf. Ihr habt meine Entschuldigung. Ich hatte ihre Hilfe gebraucht. Ich heiße Euch auf Eddirdale Castle willkommen. Es ist das Heim des Matheson Clans. Bitte tretet ein.«

Der Mann, der MacAdam hieß, fragte: »Was ist mit dem Fluch? Seid ihr alle krank? Sind die jungen Frauen krank?«

»Es gibt keinen Fluch mehr. Eure Tochter, Lord Ramsay, hat die Ursache aufgedeckt: unser frisch gegrabener Brunnen. Ich habe keiner von ihnen Schaden zugefügt oder sie eingesperrt, gleichwohl Brigid das Wasser freiwillig probiert hat und ein kleines bisschen krank davon geworden ist. Aber jetzt geht es ihr besser. Ihr seid alle zu einer Mahlzeit eingeladen und Ihr könnt die Nacht hier verbringen. Wir haben reichlich Platz in unserer Burg.«

»Ich habe dem Mädchen gesagt, dass sie mit so etwas aufhören soll«, meinte die Frau. »Das Kind bringt mich noch ins Grab.« Die Frau war schlank und wunderschön und Brigid sah ihr sehr ähnlich, also nahm Marcas an, dass die berüchtigte Gwyneth Ramsay vor ihm stand. Mit einem Bogen in der Hand.

»Wir nehmen Eure Gastfreundschaft an«, antwortete Logan. »Ihr habt Stallungen?«

»Aye, mit einem Burschen, der sich um eure Pferde kümmern wird. Wir haben jede Menge Ställe aber nicht mehr viele Stallburschen.« Marcas führte den Weg an und rief Timm zu, der sie gleich begrüßte.

»Kyle, schick ein paar unserer Männer her,

damit sie mit den Pferden helfen«, ordnete Logan Ramsay an. »Sie können später hier draußen schlafen, obwohl sie eine Fleischpastete oder eine Schale Eintopf nicht verschmähen würden, wenn Ihr genügend habt.«

»Wir haben reichlich. Sagt Euren Männern, sie sollen sich in einer Weile zu uns gesellen.«

Marcas konnte Kara noch nicht loslassen und mit ihrem Stimmchen plapperte sie drauflos, während sie sich beruhigte, als sie alles um sich herum in sich aufnahm. Er musste sich einfach fragen, was ihr zugestoßen war, aber im Augenblick würde er sich damit zufriedengeben, sie gebadet, gefüttert und in ordentlichen Kleidern zu sehen. Sie trug das merkwürdigste Gewand, das er je gesehen hatte, aber sie schien guter Stimmung zu sein.

Eine Gruppe trat aus dem Haupteingang der Festung und rannte die Stufen herunter, um direkt auf sie zuzuhalten, da sie wahrscheinlich gespürt hatten, dass die Ramsays angekommen waren, oder vielleicht sie hatten sie Karas Stimme gehört. Jennet und Tara kamen rufend heran. »Onkel Logan! Tante Gwyneth?«

»Wo ist Brigid?«, rief die Frau, die er für Gwyneth hielt.

»Sie kommt«, antwortete Jennet.

Marcas hatte sich umgedreht und blickte auf den Hauptturm. Er blieb stehen, um alles zu beobachten, was sich in ihrer stillen Burg nun abspielte und die Geräusche erinnerten ihn an vergangene Zeiten. An glücklichere Zeiten.

Brigid war gerade hinausgetreten und kam nun so langsam auf sie zu, wie eine Majestät,

mit hocherhobenem Kopf und einem eleganten
Gang. Sie trug ein dunkles Gewand, das Gisela
für sie herausgesucht haben musste.

»Papa, sie ist schön. Sie sieht aus wie eine
Königin.«

»Das tut sie, nicht wahr, Prinzessin?«

Brigid erblickte ihn und ihr Blick fiel auf Kara.
Dann eilte sie auf die beiden zu. »Du hast sie
gefunden? Das ist Kara?«

»Ich heiße Kara und das ist mein Papa.«

Brigid küsste sie auf die Stirn, schaute Marcas
an und flüsterte: »Ich freue mich so sehr für dich.
Du hast sie zurück und deine Kinder werden
zusammen sein. Ihr werdet wieder eine Familie
bilden und wenn sie nicht perfekt sind, dann
doch beinahe.«

»Ich muss deinem Vater danken, denke ich«,
entgegnete er und zeigte auf die Gruppe hinter
ihnen.

Brigid starrte ihn mit großen Augen an.
»Endlich haben sie es geschafft.«

Ihre Mutter eilte zu ihnen herüber und ließ
Jennet und Tara mit Sorcha und Merewen zurück.
»Sie haben euch kein Leid zugefügt?« Sie ergriff
Brigids Hände und musterte sie von Kopf bis
Fuß, als würde sie befürchten, etwas zu verpassen.
Dann verengten sich ihre Augen. »Du bist anders.
Bist du sicher, dass du nicht verletzt bist?«

Kara, die nicht wusste, dass Gwyneth zu ihrer
eigenen Tochter gesprochen hatte, antwortete:
»Aye, meine Beine tun immer noch weh.« Sie
hielt eines hoch, und zeigte es ihrem Vater. »Schau
Papa? Der böse Mann hat mich gefesselt.«

Marcas gab sich alle Mühe, seine Rage im Zaum zu halten, die in seinem Inneren tobte, als er den Zustand der zarten Haut seiner Tochter erkannte, doch er sagte kein einziges Wort. Er hatte noch genügend Zeit, alles herauszufinden.

Gwyneth stellte sich vor und meinte: »Wir haben ihr kein Leid zugefügt, und wir haben auch nicht gewusst, wer sie war, aber wir werden Euch alles erzählen, wenn Ihr uns nach drinnen führt. Ich bin nicht gewohnt, so weite Strecken zu reiten. Ich könnte einen Sessel und eine Feuerstelle gebrauchen, wenn es Euch nichts ausmacht.«

Logan kam zu ihnen und schlang einen Arm um Brigid. »Wen muss ich umbringen?«, neckte er sie. Dann schaute er Kara eher schuldbewusst an und meinte: »Ich meinte, wem habe ich zu danken, dass er sich so gut um dich gekümmert hat?«

Rasch stellte Marcas sich vor. »Marcas Matheson, Laird des Matheson Clans. Bitte leistet uns bei einer Mahlzeit Gesellschaft und ich werde mich erklären. Wenn Ihr mir gestattet, die Rückkehr meiner Tochter zu zelebrieren, können wir uns morgen in meiner Kabinettstube besprechen. Wir haben reichlich Kammern, um Euch alle in warmen Betten, anstatt auf dem Fußboden unterzubringen. Ich weiß, dass ich Euch Wiedergutmachung zu leisten habe.«

»Das ist nur gerecht.« Logan winkte mit ausgestrecktem Arm und seine Gruppe folgte ihm nach drinnen, wo sich einige zur Feuerstelle und andere zu den Tischen begaben, während

Jinny und Nonie in Tränen ausbrachen, als sie Kara wiedersahen.

»Ich danke Euch. Ach, der liebe Gott hat uns alle an diesem Tag gesegnet.«

»Sie braucht ein Bad«, bemerkte Gwyneth. »Wegen ihres entsetzlichen Zustands, in dem wir sie gefunden haben, mussten wir sie in einen Bach tauchen und ich habe ein wenig Salbe auf ihre Fußgelenke gestrichen. Kurz bevor wir sie gefunden haben, war sie mit einem Seil an einen Baum gebunden.«

»Er war ein böser Mann, Nonie.« Dann zeigte Kara auf Gwyneth. »Winnie hat mich gerettet.«

Nonie trug sie die Treppe hoch, während Jinny Tiernay packte, um ihr zu folgen. Edda und Ethan brachten Tabletts mit Essen. »Ich werde mich um die Wanne kümmern, Nonie«, bot Shaw an.

Nachdem sie sich alle einander vorgestellt hatten, halfen alle, es so gemütlich wie möglich zu machen, doch Brigid wirkte erschöpft. Marcas ging zu ihr hinüber und meinte: »Wenn du müde bist, darfst du dich gern in deine Kammer zurückziehen. Ich verspreche, ehrlich zu sein und Jennet wird zusammen mit Tara hier sein. Brauchst du etwas?«

»Nein. Dich mit deiner Tochter zu sehen, hat mir gereicht.«

»Ich werde dich sogar zu deiner Kammer begleiten, wenn du willst. Ich weiß, dass du ein bisschen schwach bist. Dann werde ich nach meinen Kindern sehen.«

Er bemerkte den unruhigen Blick, den sie in die Richtung ihres Vaters warf, doch Marcas verspürte das Bedürfnis, das Richtige für das Mädchen zu tun, das so viel riskiert hatte, um seinen Clan zu heilen. Überrascht darüber, dass sie schließlich nickte, führte er sie die Treppe hinauf, wobei er hinter ihr herging.

»Brigid, wo zum Teufel willst du hin? Und warum ist er bei dir?«, Logans Gebrüll schallte laut genug durch die Halle, um jeden in seiner Tätigkeit innehalten zu lassen.

Marcas schaute ihn direkt an. »Weil sie krank gewesen ist, um unseren Clan zu heilen, ist es meine Pflicht, Sorge dafür zu tragen, dass sie sicher zu ihrer Kammer gelangt. Der Fluch hat sie ein bisschen angegriffen und sie ist deshalb immer noch ein bisschen schwach. Ich werde sie nicht dem Risiko aussetzen, dass sie auf meiner Treppe stürzt. Sobald ich gehe, steht es ihr frei, die Tür hinter sich zu verriegeln, wenn sie möchte. Dann werde ich mich um meine Kinder kümmern. Ich werde in Kürze zurückkehren.«

Logans heftete seinen Blick auf Marcas, als dieser auf die Treppe zukam, doch Marcas Hand legte sich schützend auf Brigids unteren Rücken. Er blieb stehen, um seinen Standpunkt deutlich zu machen. Er hatte so viel über diesen Mann gehört und er respektierte seine Arbeit als Spion und die Kraft seines Clans, aber kein anderer würde das Kommando im Matheson Clan übernehmen. »Mit allem gebotenen Respekt, weil Ihr ihr Vater seid, würdige ich Euren Standpunkt, aber Ihr werdet mir in meinem eigenen Heim keine Anweisungen erteilen.« Er drehte sich von Logan weg und gab Brigid einen kleinen Stoß.

Sie setzte ihren Weg die Treppe hinauf fort.

»Papa, ich verspreche, dass er nicht in meine Kammer kommen wird. Ich danke dir, dass du wegen mir hergekommen bist, aber ich bin erschöpft und muss schlafen.«

»Dem stimme ich zu.«

»Ich werde das Feuer in deiner Kammer anzünden«, sagte Marcas und versicherte sich, dass Logan ihn gehört hatte. »Dann werde ich sofort wieder gehen.«

Als sie den oberen Treppenabsatz erreicht hatten, warf Marcas einen Blick zurück und stellte dabei fest, dass ihr Vater zurückgewichen war, gleichwohl sein Blick noch immer auf ihnen beiden ruhte. Marcas folgte ihr zur Tür ihrer Kammer und dann trat er mit den Worten ein: »Ich werde Holzscheite auf dein Feuer werfen, um den Raum zu wärmen.«

»Ich entschuldige mich für meinen Vater.« Sie setzte sich auf das Bett und die Erschöpfung stand ihr ins Gesicht geschrieben.

Wie er sich wünschte, er könnte mit einem Handstreich alles besser für sie machen. Aber vor allem war sie stark. Seiner Vermutung nach hätte sie bis morgen ihre normale Verfassung wiedererlangt. Sie brauchte nur eine ausgedehnte Nachtruhe.

»Es ist nicht notwendig, dass du dich entschuldigst. Er hat jedes Recht. An seiner Stelle würde ich das Gleiche tun. Aber meine erste Sorge gilt im Augenblick dir und deinem Schlafbedürfnis.« Er war mit dem Feuer fertig und dann kam er zu ihrem Bett und beugte sich herab, um seine Hand an ihre Wange zu legen und sie flüchtig auf die Lippen zu küssen. »Schlaf gut.«

»Ich hoffe, mein Vater plagt dich nicht zu sehr, Marcas.«

Auf dem Weg zur Tür antwortete er: »Er wird keine Plage sein.«

Wie er sich irrte.

# KAPITEL ZWANZIG

ALS JENNET UND Tara eintraten, erwachte Brigid, gleichwohl sie Tara flüstern hörte: »Leise. Sie schläft fest.«

Sie setzte sich auf und allmählich gewöhnten sich ihre Augen an die Dunkelheit. »Nein, ich bin jetzt wach. Wie lange habe ich geschlafen?«

»Eine Weile. Wir mussten deinen Vater hänseln, darüber, dass er Marcas nachgegeben hat, als er dich zu deiner Kammer begleitet hat.« Tara kicherte leise. »Es war perfekt. Dein Vater hat seinen ebenbürtigen Gegner getroffen. Jedenfalls, wenn du an ihm interessiert bist. Bist du das?«

Brigid zog die Knie an ihre Brust, ehe sie die Felle zurecht zog. »Das bin ich. Es war ein merkwürdiges Gefühl. Ein Teil von mir war wirklich traurig, meine Eltern hier zu sehen. Zuerst war ich so aufgeregt, weil ich wusste, dass wir eine Eskorte für den Rückweg haben, aber das Sonderbare ist, dass ...» Sie hielt inne, um ihre Gedanken zu sammeln. »Ich bin noch nicht bereit, zu gehen. Was ist mich euch beiden?«

Jennet antwortete, während sie sich auszog und ihre Kleidung sorgfältig zusammenlegte, ehe sie eines der Nachthemden anzog, das Nonie für jede von ihnen dagelassen hatte. »Mein Instinkt sagt mir, dass wir bleiben sollten, bis wir uns unserer Theorie sicher sind. Das würde erfordern, mindestens zwei Wochen hier zu verweilen.«

Brigid neckte sie. »Und das hat nichts mit Ethan zu tun, nicht wahr? Ihr beiden würdet ein schönes Paar abgeben.« Rasch warf sie einen Blick zu Tara, um zu sehen, ob sie dasselbe dachte.

Tara klatschte in die Hände und entgegnete. »Aye, das würdet ihr. Und ich mag Shaw immer mehr, aber ich weiß nicht, ob er das Gleiche empfindet.«

Sie wurden von einem leisen Klopfen an der Tür unterbrochen. »Herein«, rief Brigid.

Die Tür sprang auf und Sorcha eilte herein, um an die Seite ihrer Schwester zu laufen. Sie umarmte sie kurz und flüsterte: »Er ist perfekt für dich. Achte nicht auf Papa.«

Brigid hoffte, dass sie Marcas meinte, aber da waren noch die beiden anderen Brüder. »Wer?«

»Marcas, und das weißt du. Ich habe es geliebt, wie er Papa zurechtgewiesen hat. Aber ich muss jetzt erstmal ernst sein und dich fragen. Bist du an ihm interessiert? Ist da vielleicht schon etwas zwischen euch?« Sorcha setzte sich auf das Bett und ergriff Brigids Hand. Brigid betete Sorcha an. Sie stand ihr näher als Maggie oder Molly, die ihre Adoptivschwestern waren. Sie hatte Sorcha immer für ihr weiches Herz und ihre wunderschönen Anschauungen geliebt, gleichwohl sie deshalb häufig geneckt wurde. Onkel Quade zog sie oft damit auf, dass sie unmöglich Logans Tochter sein konnte, weil sie einfach zu nett war.

»Aye, da ist was«, seufzte Brigid. Aber ich weiß nicht, was ich davon halten soll. Er hat gerade seine Frau durch das Erbrechen verloren, also dachte ich, dass es zu früh sei, aber …«

»Tatsächlich?«, fragte Sorcha, die bei der Frage das Gesicht verzog. »Ich könnte mich irren. Meine Instinkte sagen, dass er an dir ebenso interessiert ist wie du an ihm, aber vielleicht ist das gar nicht so. Aber was ist es? Bitte führe deinen Gedanken zu Ende aus.«

»Aber er hat mir auch erzählt, er hätte vor ihrem Tod herausgefunden, dass sie an einem anderen interessiert war. Sie hatte diesen Mann noch immer geliebt, den sie vor ihrer Verlobung zu heiraten gehofft hatte. Ihr Vater hatte sie gezwungen, Marcas zu heiraten, worüber sie gar nicht glücklich gewesen war, aber sie hatte ihre Pflicht getan. Ich sollte nichts mehr dazu sagen, doch er hat sie nie geliebt. Es war eine Verbindung zwischen Verbündeten. Bitte sagt es nicht weiter.«

»Ich hasse es, wie häufig das passiert«, meinte Tara. »Aber es ist gut für dich. Ich hatte nicht den Eindruck, dass er viel Zuneigung für seine Frau übrig hatte. Das habe ich einfach gespürt.«

Sorcha küsste ihre Schwester auf die Wange. »Dann nimm ihn dir, Brigid. Du weißt, wie gering deine Chancen sind, dir einen Mann auszusuchen, wenn Papa in der Nähe ist. Es gibt nicht viele Männer bei den Ramsays, die so starrköpfig wie Cailean und bereit sind, unseren Vater herauszufordern.«

»Ich werde mir Gedanken darüber machen. Ich bin müde. Nun schlafe ich erst einmal wieder.« Brigid ließ sich rückwärts fallen, und sank mit dem Kopf auf das Kissen. Dann ergriff sie die Hand ihrer Schwester. »Ich bin froh, dass du morgen hier bist.« Sorcha zog Brigids Felle zurecht und dann drehte sie sich zum Gehen und ehe sie zur Tür hinaustrat, winkte sie noch einmal.

Brigid war zu müde, um über irgendetwas nachzudenken.

Als sie das nächste Mal aufwachte, war es mitten in der Nacht. Sie lag dort und dachte über alles nach, während sie den rhythmischen Atemzügen ihrer beiden Cousinen lauschte, doch sie konnte nicht wieder einschlafen. Sie stand auf und spülte ihren Mund mit Wasser, von dem sie mehrere Schlucke trank, da sie wusste, dass es gekocht worden war. Kurze Zeit später nahm sie das größtes Fell, das sie sich umlegte, ehe sie sich auf Zehenspitzen zur Tür schlich.

Als sie den Gang entlangtappte, genoss sie die Stille, die sie umgab. Alle waren zu Bett gegangen. Beim Erreichen ihres Ziels zog sie die große, schwere Tür auf und begrüßte den Schwall frischer Luft, der ihr ins Gesicht schlug. Dann ging sie die Treppe zur Brüstung hinauf.

Sie lehnte sich über die Mauer, um auf die wunderschöne Landschaft hinauszuschauen. Selbst in der Dunkelheit war die Umgebung atemberaubend. Dichte Wälder und der reflektierende Mond auf dem Fjord schienen sich bis ins Unendliche hinzuziehen, und das war etwas, das sie von der Brüstung der Ramsays nicht sehen konnte.

Was sollte sie nur tun? Sie wusste, warum sie aufgewacht war. Ihr gesamtes Dasein war wegen eines Mannes mit langem, dunklem Haar, weichen Lippen und warmen, grauen Augen in Aufruhr. Ihn mit seiner Tochter zu beobachten, brachte sie nur dazu, ihn noch mehr zu bewundern. Er gab ihr das Gefühl, etwas Besonderes zu sein, etwas, was sie in ihrem Leben völlig vermisst hatte – zumindest von einem Mann, den sie bewunderte.

Und das brachte sie auf einen anderen Gedanken. Auf etwas, an das sie vorher nicht gedacht hatte. Wenn sie sich mit Marcas einließe, hätte sie zwei Kinder, die jung genug waren, um sie als Mutter zu betrachten. Tiernay würde sich nie an Freda erinnern.

Wie fühlte sie sich deswegen?

Sonderbarerweise stellte sich ein warmes Gefühl in ihrem Inneren ein, wenn sie daran dachte, den beiden eine Mutter zu sein. Zweifelsohne würde sie Hilfe brauchen, aber mit Marcas, Nonie und Gisela wäre sie nicht allein.

Sie sprang auf, als die Tür sich hinter ihr öffnete und sie ging zwei weitere Schritte den Gang entlang, ehe sie abwartete, um zu sehen, wer gekommen war.

Marcas trat auf die Steinfliesen hinaus und erstarrte mit hochgezogenen Augenbrauen bei ihrem Anblick. »Hätte ich gewusst, dass du hier bist, wäre ich schon vor geraumer Zeit gekommen, Mädchen.«

»Ich bin gerade angekommen. Ich habe eine

Weile geschlafen, aber jetzt kann ich nicht mehr.«

»Es ist kühl hier draußen. Du darfst nicht wieder krank werden.« Er kam zu ihr herüber und schlang die Arme von hinten um sie, bis sie von seiner Wärme umhüllt war. Dann überraschte er sie, indem er ihren Nacken liebkoste. »Und warum kannst du nicht schlafen? Du sahst erschöpft aus. Gleichwohl ich das auch nicht konnte.«

»Weil ich verwirrt bin.«

»Weswegen?«, fragte er sanft.

»Darüber, wie ich mich jetzt fühle, da meine Eltern hier sind.« Sie blickte über das Land hinaus. »Es ist mehr als wunderschön hier, Marcas. Es ist atemberaubend.«

»Ich freue mich, dass du es zu würdigen weißt. Manche betrachten es einfach nur als dunkle Erde und andere schreiben ihr böse Sinnbezüge zu. Es wird geredet, dass es innerhalb der Insel Feenland gibt, aber andere versuchen, dies zu ignorieren. Ich werde mit dir Fischen gehen, ehe du uns verlässt. Unser Fisch ist der beste. Aber ich möchte gern mehr darüber hören, was dich verwirrt.«

Sie drehte sich zu ihm um und schaute ihn an. »Ich bin ein bisschen gereist, aber nur zu anderen Clans, die wie unsere Familie für uns sind. Ich habe das Land der Camerons und das Land der Grants besucht und ein paar andere Gebiete. Aber dies war eine Eskapade. Sobald ich meine Angst vor dir überwunden hatte, habe ich die gesamte Reise als wundervolles Abenteuer betrachtet und als eine Gelegenheit, mich zu geben, wie ich bin, ohne dass mein Vater über mich urteilt oder meine Mutter sich den Mann anschaut, dem mein Interesse gilt. Und um brutal ehrlich zu sein, weiß ich nicht, ob ich schon bereit bin, zu gehen.«

Er nahm ihr Gesicht zwischen seine Hände und meinte: »Ich bin erfreut, das von dir zu hören. Ich bin auch verwirrt, aber auf die schönste Weise, die ich je erlebt habe. Ich mag dich und ich fühle mich zu dir hingezogen, und zwar mehr als zu irgendeinem anderen Mädchen zuvor, einschließlich meiner Frau. Ich möchte dich besser kennenlernen – möchte wissen, was dich zum Lachen bringt, und was zum Weinen. Ich wünsche mir nichts mehr, als die Gelegenheit zu haben, einander mit Leib und Seele kennenzulernen. Ich meine das auf eine respektvolle Weise. Ich würde nichts Unangemessenes tun, bis wir verheiratet sind, Mädchen, aber es ist eine Tortur, dich in meiner Nähe zu wissen, ohne dich berühren zu können.«

Brigid schaute zu ihm auf und ihre Blicke verbanden sich. Sie wusste, was sie mehr als alles andere wollte. »Dann berühre mich bitte, wie du es dir wünschst. Genau das möchte ich auch.«

Er gab ein Knurren von sich und dann küsste er sie, wobei dieser Kuss allerdings anders war. Es war kein zarter Kuss oder eine sanfte Erkundung, sondern ein Kuss voller Verlangen und Begierde. Ein Kuss, der ihr genau mitteilte, wie sehr er sie begehrte. Ihre Zungen duellierten sich und verbanden sich in einem Tanz, den sie liebte, und sie wollte nur noch mehr. Sie reckte sich ihm mit einem Verlangen entgegen, das sie nicht verstand und seine Hand legte sich über dem dünnen Stoff ihres Nachthemds um ihre Brust.

»Brigid, du bist so wunderschön, so weich.« Er beschrieb eine Spur von Küssen an ihrem Nacken und liebkoste ihr Ohr, ehe über die zarten Knochen an ihrem Hals wanderte. Mit seinem Daumen neckte er ihre Brustwarze durch das Nachthemd und sie zuckte zusammen, überrascht, wie sehr sie diese schlichte Berührung mochte.

Wieder fand sein Mund ihre Lippen und er verschlang sie, während sein Atem immer rauer wurde und mit ihrem harmonierte, als sie einander erkundeten, und er ihren Köper zart liebkosend streichelte, was sie liebte.

Doch dann machte er damit ein Ende und sie fragte sich, warum. »Bitte hör nicht auf, Marcas.«

»Ach, Mädchen. Ich muss. Du bist noch unschuldig und du weißt nicht, wie rasch hieraus etwas werden könnte, das es nicht sein sollte. Du bist mehr, als ich mir je erträumt habe, wunderschön und intelligent, mitfühlend und leidenschaftlich. Was mehr könnte ich in einer Frau suchen?«

»Ich bin hier.« Sie wusste nicht, wie sie ihm sagen sollte, dass sie noch nie diese Art von Intimität mit einem anderen ausgetauscht hatte, und sie wünschte sich mehr.

»Es ist zu früh. Ich freue mich, dass du bleiben möchtest, und um mehr werde ich dich nicht bitten, Mädchen.«

Fast brach es ihr das Herz. »Du willst mich nicht?«

»Oh, das tue ich, Brigid. Ich will jeden Teil von dir, aber du bist nicht mein, und ich kann dich nicht einfach so haben. Zumindest noch nicht. Aber Brigid Ramsay. Ich verliebe mich in dich. Das musst du wissen. Manchmal macht mir das höllische Angst, aber noch mehr erregt es mich. Ich werde mich nicht von dir abwenden, es sei denn, du verstößt mich.«

Sie lehnte sich mit dem Kopf an seine Brust und klammerte sich an die letzten Worte, die er gesagt hatte: »Ich begehre dich auch, Marcas. Alles von dir. Ich habe noch nie zuvor jemanden geliebt, also bin ich nicht sicher, was ich zu erwarten habe, aber ich kann mir nicht vorstellen, dass es stärker ist als das, was ich jetzt für dich empfinde.«

Aufrichtiger konnte sie nicht sein, aber sie hatte das sonderbare Gefühl, dass ihr das Herz gebrochen werden würde. Würden ihre Eltern, jetzt, da sie hier waren, alles für sie ruinieren?

# KAPITEL EINUNDZWANZIG

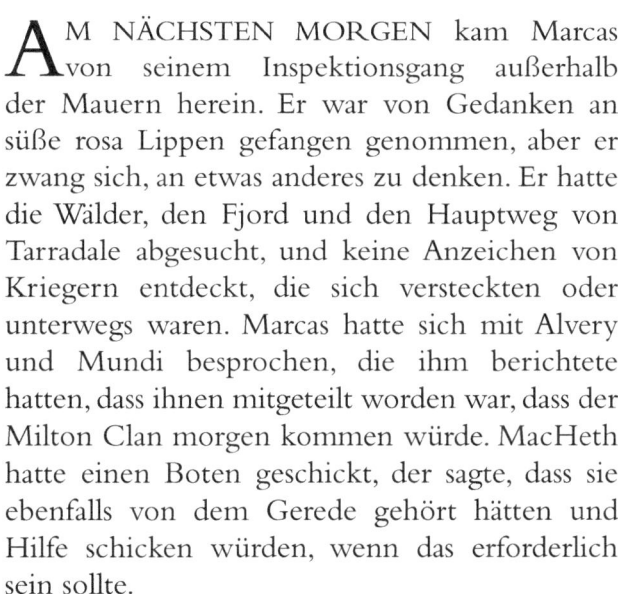

AM NÄCHSTEN MORGEN kam Marcas von seinem Inspektionsgang außerhalb der Mauern herein. Er war von Gedanken an süße rosa Lippen gefangen genommen, aber er zwang sich, an etwas anderes zu denken. Er hatte die Wälder, den Fjord und den Hauptweg von Tarradale abgesucht, und keine Anzeichen von Kriegern entdeckt, die sich versteckten oder unterwegs waren. Marcas hatte sich mit Alvery und Mundi besprochen, die ihm berichtete hatten, dass ihnen mitgeteilt worden war, dass der Milton Clan morgen kommen würde. MacHeth hatte einen Boten geschickt, der sagte, dass sie ebenfalls von dem Gerede gehört hätten und Hilfe schicken würden, wenn das erforderlich sein sollte.

Es war Zeit, mit Logan Ramsay darüber zu reden, ob er ihnen beistehen würde, um das Erbe seines Clans zu retten. Das Gespräch würde nicht einfach werden, aber er würde es tun. Und er erwartete, eine vollständige Erklärung zu erhalten, wie sie Kara gefunden hatten. Er hatte gehofft, die Wahrheit am Vorabend herauszufinden, doch

Logan und Gwyneth waren nach dem Essen zu Bett gegangen, mit dem Versprechen, die Einzelheiten am nächsten Morgen zu erzählen.

Marcas trat in die große Halle und war froh über die zahlreichen Stimmen, die beim morgendlichen Porridge zu hören waren. Er hatte Sorge dafür getragen, dass Nonie und Jinny überall nur gekochtes Wasser verwendeten. Er hatte auch Männer ausgeschickt, die Fässer voller Wasser vom Brunnen beim Wald herbeischafften.

Er hoffte, er müsste nie wieder erleben, dass so eine Tragödie seinen Clan befallen würde.

Beim Eintreten legte sich sein Blick auf Brigid, die er einfach wegen ihrer Schönheit mühelos in der Gruppe ausfindig machte. Tara war lebendiger, während Jennet wie Ethan still war. Aber Brigid unterhielt sich und lachte, als ob sie das edle Blut verdient hätte, das in ihren Adern floss. Der Ramsay Clan zählte zu den besten im ganzen Land.

Lächelnd ging Marcas auf die Gruppe zu, doch er wurde von einem rennenden Kleinkind abgefangen. »Papa!«

Kara stürzte sich in seine Arme und er warf sie in die Luft. »Wie geht es meinem kleinen Liebling heute Morgen?«

»Ich bin froh, wieder zuhause zu sein, Papa. Ich vermisse Mama, aber Nonie kümmert sich gut um mich. Und wir haben viele Besucher. Ich mag sie alle.«

Erfreut, sie lächeln zu sehen, küsste er sie auf die Stirn, ehe sie sich aus seinen Armen wand. »Geh und besuche Winnie.« Ihr Spitzname für

Gwyneth Ramsay war erhalten geblieben und das fand er bezaubernd. Er bemerkte, dass Gwyneth sie auch nicht verbesserte.

Als der den Tisch erreichte, an dem Brigid saß, fragte er: »Ist alles gut? Mundet der Porridge allen? Ich denke, wir haben eine Menge Honig, den wir herumreichen können.«

»Es ist köstlich«, antwortete Tara.

Er wollte gerade zu Brigid sprechen, als Logan ihn unterbrach. »Ich würde gern in Eurer Kabinettstube mit Euch sprechen, Matheson.«

Marcas nickte. »Natürlich. Ich hatte geplant, mich bald mit Euch zusammenzusetzen, wie ich es gestern Abend versprochen hatte. Wen hättet Ihr noch gern dabei? Ich werde Shaw dazunehmen, während Ethan draußen bei den Toren ist.«

»Mein Sohn Gavin wird sich zu uns gesellen.«

»Habt Ihr schon gegessen? Ich kann von Nonie ein Tablett mit Brot und Käse bringen lassen, wenn Ihr wollt.«

»Nein, wir haben gegessen.« Logan ging auf die Tür zu, die zur Kabinettstube des Lairds führte.

»Aber ich könnte noch ein bisschen mehr essen«, meldete sich Gavin zu Wort.

»Es ist gut, Gavin. Du hast schon genug für drei Männer gegessen. Wir haben Geschäftliches zu besprechen.«

Gavin verdrehte die Augen, doch dann lachte er, während Merewen bemerkte: »Er hat recht. Geh jetzt nur.«

Marcas ließ sich auf dem Platz hinter dem Schreibtisch nieder, auf dem Stuhl seines

Vaters. Er nahm an, dass der Platz ihm jetzt rechtmäßig zustand. Sein Vater hatte nicht sehr viele Besprechungen abgehalten, da der Clan immer von selbst funktioniert hatte. Es war kein großer Clan und er umfasste normalerweise etwa einhundert Menschen. Die meisten verbrachten ihre Zeit mit der Arbeit auf den reichen Feldern, beim Anpflanzen von Hafer, Gerste und Gemüse oder sie kümmerten sich um die Obstgärten. Jede Familie hatte ihre eigenen Ziegen für die Milch und jede bestellte ihren eigenen Anteil von Feldern und kümmerte sich um sich selbst, und einmal in der Woche trafen sich alle in der großen Halle und dem Burghof zu einer großen Mahlzeit. Der Clan kämpfte nur selten, gleichwohl sich zwanzig Männer auf den Übungsplätzen in Form hielten. Sie zu beaufsichtigen war Marcas Arbeit gewesen.

Nun war es seine Aufgabe erst wieder aufzubauen, aber zuerst brauchte er Logan Ramsays Krieger, um ihm zu helfen, sein Land zu behalten, das seit Jahrzehnten im Besitz seiner Familie war.

»Bitte gestattet mir zu erklären und ich werde Euch bitten, Eure Fragen bis zum Schluss aufzusparen. Dann muss ich Euch um einen Gefallen bitten.«

Logan gab ein lautes Schnauben von sich. Gavin schmunzelte und setzte sich neben seinen Vater auf den Platz gegenüber von Marcas. Shaw gesellte sich zu ihnen und nahm auf dem Stuhl neben seinem Bruder Platz.

»Ich entschuldige mich für die Entführung

Eurer Tochter und Nichten. Ich hätte fragen sollen. Aber zu sagen, dass wir von Kummer erdrückt waren, ist nicht annähernd die richtige Beschreibung für unsere Gefühle. Ich hatte sowohl meine Eltern als auch meine Frau verloren. Meine Schwester und meine Tochter waren ernsthaft krank. Ich hatte viele Mitglieder meines Clans sterben sehen und ich konnte einfach nicht noch mehr verlieren. Ich habe getan, was ich für das Beste hielt. Wir hatten geplant, die Heilerinnen namens Brenna Ramsay und Jennie Cameron hierherzubringen, aber wir haben uns geirrt. Dennoch haben wir es mit den dreien besser getroffen als mit den erwarteten zweien. Ich hatte das fortgeschrittene Alter der beiden Heilerinnen nicht erkannt. Ich bedauere meine Entscheidung nicht, aber ich erkenne, dass ich Euch und den jungen Frauen meine aufrichtige Entschuldigung schulde. Wenn wir die Sache in Pferden oder Geld wiedergutmachen können, werde ich das tun.«

»Warum um alles in der Welt habt Ihr nicht gefragt?«, wollte Logan wissen, der bei seiner Frage die Lippen schürzte.

»Zeit hatte eine wichtige Rolle gespielt. Ich hatte überlegt, Euch zu fragen, aber bis zum Morgengrauen zu warten, um mit dem Laird zu reden, hätte uns mehr Leben gekostet.«

»Das klingt wie eine Geschichte, die ich schon einmal gehört habe, Papa«, bemerkte Gavin gedehnt.

Marcas war von seinem Kommentar verwirrt, aber er fragte nicht.

Logan wies ihn zurecht. »Behalte deine klugscheißerischen Kommentare für dich. Was ich getan hatte, war notwendig und es hatte sich alles zum Besten gewendet.«

»Ich weiß nicht, wovon Ihr redet«, meinte Marcas, aber ich hoffe, dass sich diese ganze Situation ebenfalls zum Besten wendet. Ihr seid herzlich eingeladen, so lange zu bleiben, wie Ihr wollt. Sobald Ihr entschieden habt, wie ich Euch für Eure Nachsicht entschädigen kann, lasst es mich bitte wissen, und ich werde tun, was immer ich kann, um Euch zufriedenzustellen und diese Sache zu bereinigen.«

Logan nickte.

Marcas konnte nicht länger warten. Er musste herausfinden, wer der Mistkerl war, der Kara gestohlen hatte. Gestern Abend hatte er die Gruppe in Ruhe gelassen, weil er wusste, dass sie reisemüde waren, aber er brauchte Antworten auf seine Fragen. »Würdet Ihr mir bitte alles über die Situation berichten, in der Ihr meine Tochter gefunden habt. Wir hatten mehrmals alles abgesucht. Sie war nach unserer Abreise von der Burg entführt worden, aus den Armen meiner Schwester, die mit ihr neben der Feuerstelle geschlafen hatte. Kara ist nicht in der Lage, die Tür selbst zu öffnen, also hatte ihr jemand geholfen.«

»Meine Tochter und ihr Ehemann hatten sich um ihre Bedürfnisse gekümmert, als ich meine Tochter schreien hörte«, antwortete Logan. »Als wir sie gefunden haben, hielt sie das Mädchen auf dem Arm und ein Mann war im Begriff, die Flucht zu ergreifen. Wir haben ihn aufgehalten und befragt, aber ich fürchte, dass wir Euch nicht mit den Informationen dienen können, nach denen Ihr sucht.«

»Sagt mir, wie er ausgesehen hat, zu welchem Clan er gehört und ich werde den Mistkerl verfolgen.« Marcas konnte nicht verhindern, dass seine Stimme erregt klang. »Er hatte mein kleines Mädchen mit einem Seil festgebunden. Er hat die zarte Haut an ihren Fußgelenken verletzt! Wer war es?«

»Ich habe keine Antworten für Euch. Der Mann, der sie hatte, war eindeutig ein Bote auf Reisen. Er behauptete, eine Nachricht von jemandem in Inverness nach Avoch zu transportieren. Er sagte, ein Mann sei an ihn herangetreten, der ihn gebeten hatte, für einige Zeit auf das Kind aufzupassen, und er hatte ihm gutes Geld bezahlt. Der Mann behauptete, keine Ahnung gehabt zu haben, in welchem Zustand das Kind war.«

»Und Ihr habt ihm geglaubt?«

Logan nickte. »Er hatte das Mädchen losgebunden. Das hat mir gesagt, dass er mehr Mitgefühl für sie hatte als ihr Entführer. Er trug kein Plaid und auch kein Wappen oder eine andere identifizierende Information. Ich glaube, was er sagt. Wir haben ihn über den anderen Mann ausgefragt, aber er sagte nur, dass er dunkel gekleidet war und ebenfalls kein Wappen trug. Es war ein junger Mann, hellbraunes Haar, glaube ich. Noch etwas Gavin?«

»Nein, ich stimme dir in allem zu. Er hat sich in die Hose gemacht, als Cailean ihn gepackt hat. Er trug kein Schwert und nur einen kleinen Dolch, nach dem er überhaupt nicht griff. Er machte auf mich nicht den Eindruck eines gewöhnlichen Verbrechers. Wir haben ihn gehen lassen und er ist so schnell davongelaufen, dass ich sicher war, dass er die Wahrheit gesagt hat.«

Marcas ließ den Kopf in seine Hände sinken. Das hatte er nicht hören wollen. »Wer würde ein Kind von drei Wintern stehlen?«

»Habt Ihr Eure Tochter gefragt?«, erkundigte Gavin sich. »Wir haben einen Neffen in ihrem Alter und er wäre imstande, uns etwas zu sagen.«

»Das habe ich. Sie hat ihn den bösen Mann genannt und das war alles. Sie sagte, er hätte sie geschlagen und zum Weinen gebracht. Und er hatte ihr einen Haferfladen gegeben. Das war alles, was sie sagte.«

»Drängt sie nicht, sich noch weiter zu erinnern. Lasst es sie einfach vergessen«, sagte Logan. »Sie hat genug mitgemacht.«

»Ich stimme zu. Ich werde sie nicht mehr fragen.« Als er das Spiel ihrer Gefühle auf ihrem Gesicht beobachtet hatte, während ihrer Erzählung aus ihrer frischen Erinnerung, wäre sein Herz beinahe entzweigerissen. Am stärksten war ihr der Schmerz in Erinnerung geblieben.

Er würde den Mistkerl mit seinen bloßen Händen umbringen.

»Ich hatte gehofft, wir würden mehr über den Mistkerl herausfinden«, stellte Shaw fest. »Was tun wir jetzt?«

»Ich würde gar nichts unternehmen«, antwortete Logan. »Was immer er wollte, was immer sein Ziel war, glaube ich nicht, dass er es bekommen hat. Er wird wiederkehren. Ihr müsst für ihn bereit sein.«

Daran hatte Marcas noch nicht einmal gedacht, aber Logan hatte recht. Vielleicht war er so klug, wie sein Ruf voraussagte. Aber egal, wie eingehend er auch nachdachte, fiel ihm absolut kein Grund ein, warum jemand ein kleines Mädchen wollte. Mit Ausnahme der Möglichkeit, dass er vorhatte, sie an eine Mutter zu verkaufen, die ihr Kind verloren hatte, fiel ihm kein anderer möglicher Grund ein.

»Was ist Euer Gefallen?«, fragte Logan.

Marcas räusperte sich und legte sich seine Worte zurecht. »Wir haben Information erhalten, dass ein Clan vorhat, uns morgen anzugreifen. Wir haben reichen Boden, viele Tiere und eine gute Festung. Uns ist angetragen worden, dass andere warteten, bis der Fluch sich verflüchtigte, und weil sie wussten, dass wir viele von unserem Clan und auch Wachmänner verloren haben, würden wir leicht zu erobern sein. Wärt Ihr gewillt, noch zu bleiben, um uns zu helfen, unseren Clan zu beschützen? Habt Ihr genügend Männer, die uns helfen könnten, uns gegen vierzig oder sechzig Krieger zur Wehr zu setzen?«

»Das ist eine Beleidigung«, höhnte Logan. »Wir haben fünf der besten Bogenschützen im ganzen Land, welche die Hälfte der Männer ausschaltet, ehe der Feind überhaupt angekommen ist. Und wir haben einige der besten Schwertkämpfer im ganzen Land.«

»Ich dachte, Alexander Grant und sein Sohn wären die allerbesten Schwertkämpfer im ganzen

Land.«

»Das mag sein. Gwynie und Molly sind die besten Bogenschützinnen und die Grants mögen die besten Schwertkämpfer sein, aber Gavin ist der einzige Beste in beidem. Mit uns hier werdet Ihr jede Menge Hilfe haben, um jeden Clan, der hier heimisch ist, abzuwehren.«

»Ich würde tief in Eurer Schuld stehen, wenn Ihr uns beistehen würdet, Ramsay.«

»Geh, Gavin«, meinte Logan. »Ich möchte allein mit dem Laird sprechen.«

Gavin stand auf und ging ohne Widerrede hinaus. Shaw schaute Marcas an, der darauf nickte und dann Gavin zur Tür hinaus folgte, die er hinter sich schloss.

Logan stand auf und Marcas tat es ihm nach. Sie standen sich fast Auge in Auge gegenüber. »Was sind Eure Absichten gegenüber meiner Tochter? Leugnet Euer Interesse nicht. Ich habe es an Euch und auch an ihr gesehen.«

Wieder war Marcas von Logans Direktheit beeindruckt. Er spürte, dass er nicht imstande wäre, diesen Mann anzulügen, der genau wissen würde, wenn er das täte. Ehrlichkeit war das Beste. »Ich bin noch nicht sicher. Eure Tochter ist eine intelligente und begabte junge Frau. Ich bin von ihrer Barmherzigkeit und Hingabe für ihre Aufgabe beeindruckt.«

»Und Ihr findet sie schön.«

»Aye, ich werde Euch in diesem Punkt nicht widersprechen, aber das war nicht das Erste, was ich an ihr wahrgenommen hatte. Allein durch die Art, wie sie sich hält und wie sie spricht, ist sie eine bewundernswerte junge Frau. Ist sie jemandem versprochen?«

»Nein, das ist sie nicht. Sie wird mit Gwynies und meiner Zustimmung ihre eigene Wahl treffen. Trauert Ihr nicht um Eure Frau, Matheson? Habt Ihr die Frau nicht gerade erst beerdigt? Das scheint mir ziemlich abgebrüht.«

»Eine berechtigte Frage, Ramsay. Meine Frau und ich waren verheiratet worden, um ein Bündnis zwischen unseren beiden Clans zustande zu bringen. Ich werde unverblümt ehrlich zu Euch sein, weil ich nicht glaube, dass Ihr irgendetwas anderes akzeptieren würdet. Es war nie eine Verbindung aus Liebe, aber wir sind miteinander ausgekommen. Das hatte ein Ende, als ich entdeckte, dass sie mir die Hörner aufgesetzt hatte und nach der Geburt unseres Sohnes vorhatte, zu ihrem Clan zurückzukehren.«

Logan schmunzelte.

»Ihr findet das lustig? Ich tat das nicht.«

»Nein, nicht diesen Teil. Ich finde es nur einen guten Grund für jemanden, den Versuch zu unternehmen, seine Frau zu vergiften. Meint Ihr nicht? Habt Ihr diesen Brunnen vergiftet, um Eure Frau für ihre Untreue zu bestrafen?«

Solch eine Anschuldigung hatte Marcas nicht einmal in Erwägung gezogen. Er packte Logan beim Hemdkragen und hob ihn vom Boden, wobei er ein kleines bisschen schneller war als der ältere Mann. Er war dermaßen über Logans Anschuldigung erzürnt, dass er diesem Gedanken ein Ende machen musste, ehe der Mann seine Kabinettstube verließ. »Wie könnt Ihr es wagen, mir zu unterstellen, ich könnte meine eigenen Eltern und meine Frau umbringen, und das Wohlergehen aller anderen Mitglieder des Clans wegen meiner Eifersucht aufs Spiel setzen? Ihr habt meine Gastfreundschaft überstrapaziert, Ramsay. Bitte geht.« Marcas ließ von ihm ab und drehte sich weg, denn seine Wut war zu mächtig.

Logan öffnete die Tür und wandte sich dann mit den Worten: »Ich hatte das fragen müssen, Matheson. Ich halte Euch für aufrichtig. Ich habe fünfzig Krieger, die bald hier eintreffen werden. Wir werden Eure Burg für Euch verteidigen. Was meine Tochter anbelangt, muss sich dies noch entscheiden.«

Dennoch hatte Marcas das Gefühl, dass Logan Ramsay nicht empfänglich sein würde, wenn er ihn um Brigids Hand bat. Nicht, nachdem er ihn beschuldigt hatte, den Tod seiner Frau geplant zu haben.

Wie viele andere dachten das Gleiche?

Er konnte jedoch nicht anders, als die Möglichkeit zur Sprache zu bringen. »Ich hoffe, Ihr zieht mein Angebot, Eure Tochter zu heiraten, in Betracht. Wenn nicht dieses Mal, dann vielleicht in der Zukunft.«

Logan bekam keine Gelegenheit mehr, zu antworten. Shaw tauchte in der Tür auf und verkündete: »Der Milton Clan ist auf dem Weg. Vierzig Krieger.«

Logan grinste. »Gut. Wir haben eine Schlacht zu schlagen. Ich liebe Schlachten.«

Marcas konnte nur beten, dass Gott auf ihrer Seite war.

# Kapitel Zweiundzwanzig

AUSSER GAVINS AUSSAGE, als er aus der Kabinettstube trat, hatte Brigid keine Ahnung, was dort besprochen worden war. Er hatte ihr erzählt, sie würden einige Pferde mit nach Hause nehmen, und nachdem sie Marcas erzählt hatten, wie sie Kara gefunden hatten, war ihm noch immer kein eventueller Name für den Schurken eingefallen, der das kleine Mädchen entführt haben könnte.

»Dann hat Pa mich vor die Tür geschickt.«

Brigid machte ein finsteres Gesicht und Sorcha grinste, während sie Brigid die Hand unter dem Tisch drückte, obwohl Brigid nicht verstand, warum.

Als Nächstes hörten sie, dass der Clan angegriffen wurde, und ihre Mutter packte sie zusammen mit Sorcha, Merewen und Gavin und meinte: »Wir werden in die Bäume klettern. Lasst uns ein paar ausschalten, ehe sie überhaupt wissen, was los ist.«

Brigid rannte die Treppe hinauf, um ihre Strumpfhose und die Tunika anzuziehen, und sie war erfreut, dass sie sich endlich wieder wie sie selbst fühlte. Ihre Mutter hatte einen Bogen und einen Köcher für sie mitgebracht, die sie in der Halle an sich nahm und den anderen dann nach draußen folgte.

Marcas bellte seinen Männern Befehle zu, während ihr Vater zu ihren Wachen in der Nähe der Stallungen lief. Wie sehr sie sich wünschte, Marcas beistehen zu können, aber er war viel zu beschäftigt. Sie folgte ihrer Mutter und gelobte, dafür zu sorgen, dass die Mathesons über den Feind triumphierten.

Ethan führte sie an. »Wenn wir zur Seitenpforte durch die Mauer hinausgehen, könnt ihr euch in den Bäumen von Gallow Hill Woods verstecken. Der Milton Clan wird aus dieser Richtung kommen, also würde es bestens funktionieren, wenn ihr einige der Wachen ausschalten könntet, wenn sie an euch vorbeireiten. Dann wird der Rest von uns innerhalb der Mauern kämpfen und einige auch außerhalb. Sobald sie vorbei sind, könnt ihr euch wieder durch die Hinterpforte nach drinnen schleichen und von der Brüstung aus schießen.«

Brigid fragte: »Ethan, bist du sicher, dass sie einen Angriff versuchen werden? Sollen wir unter allen Umständen schießen oder besser warten, um zu sehen, was sie tun, sobald sie vorbeigeritten sind?«

»Der Milton Clan liebt es, zu kämpfen. Wenn sie in vollem Galopp mit erhobenen Waffen heranstürmen, und das werden sie, dann müsst ihr schießen. Ihr werdet ihren Schlachtruf hören. Das ist das sicherste Zeichen, zu schießen.«

Ethan verließ sie und ihre Mutter bewegte

sich durch die Bäume, wobei sie jeden einzelnen studierte, in welchem Winkel und Blick er zum Weg in der Nähe des Fjords stand. Dann fing sie an zu zeigen und wies jedem die besten Stellen zu. »Gavin, hilf Brigid auf den Baum. Es ist ein perfekter Platz, aber ein bisschen hoch für sie, um hinaufzuklettern und sie ist nicht in Form.«

Ihre Mutter zog mit Sorcha und Merewen weiter, während Gavin Brigid auf den Baum hob. »Gavin, hat Marcas irgendetwas zu Papa über mich gesagt?«, flüsterte sie, denn sie wollte nicht, dass ihre Mutter sie hörte.

»Nein, aber Papa hat mich am Ende vor die Tür geschickt. Ich bin ziemlich sicher, dass es um dich ging. Es ist ziemlich offensichtlich, dass er in dich verliebt ist. Die Frage ist, wie du darüber fühlst.«

Sie fand ihre Position im Baum und setzte sich sicher auf einen Ast, wobei sie ihre Pfeile perfekt zurechtlegte, und dann blickte sie auf ihren Bruder hinab. »Ich mag ihn sehr, aber wie hast du es gewusst, Gavin?«

»Was gewusst?«, fragte er und spähte durch die Äste zu ihr auf.

»Wie hast du gewusst, dass Merewen die Richtige ist? Wie du weißt, habe ich dank Papa, dir und Cailean sehr wenig Erfahrung mit Männern.«

»Brigid, du bist erst siebzehn. Es besteht kein Grund zur Eile, aber wenn du mir diese Frage stellen musst, ist er vielleicht nicht der Richtige. Du wirst es wissen, wenn du ihn gefunden hast.«

»Du warst dir bei Merewen nicht so sicher, wenn ich mich recht erinnere, oder irre ich mich? Erzähl mir keine Lügen.«

»Keine Lügen, aber für Männer ist es leichter.«

»Warum? Was hat dich dazu gebracht, dich in Merewen zu verlieben?«

Er lachte. »Zwei Dinge. Ihr Können mit dem Bogen.«

»Und?«

Darauf lachte er und ging davon, wobei er über die Schulter zurückschaute. »Ihr Hintern in ihrer Strumpfhose. Ihr Mädchen seid nicht so einfach.«

»Gavin, manchmal hasse ich dich.« Ihr Hintern. Was zum Teufel war das nur für ein Grund?

Sie wartete eine langwierige Zeit und beobachtete ihre Mutter und die anderen, wie sie auf die Bäume kletterten und sich in Position brachten. Sie konnte den Bereich vor Eddirdale Castle sehen und sie schwor, dass da eine neue Gruppe Ramsay Krieger zu erkennen war. Ihr Vater hatte gesagt, dass noch mehr kommen würden. Vielleicht waren sie eingetroffen. Wenn dem so war, würde der Matheson Clan erfolgreich sein.

Plötzlich schallte ein lauter Schrei durch das Gebiet, gefolgt von dem Ausruf ihrer Mutter, »Sie kommen mit erhobenen Waffen.«

Brigid spannte ihren Bogen und machte sich schussbereit, um zu feuern, sobald sie sah, dass die Pfeile ihrer Mutter ihr Ziel gefunden hatten. Einer stürzte von seinem Pferd, dann ein anderer und noch einer. Es waren zu viele, für die wenigen Bogenschützen, um sie auszuschalten, aber sie richteten einigen Schaden an.

Ihre Mutter sprang von ihrem Baum und rannte

laut rufend auf die Ringmauer zu: »Kommt nach drinnen. Wir werden von der Brüstung aus schießen.«

Die anderen kletterten eilig hinunter. Brigid kam hart auf, aber sie fiel nicht. Sie war die Letzte an der Ringmauer und schon beinahe drinnen, als sie etwas hinter sich hörte. »Brigid, hilf mir bitte.«

Sie konnte nicht weiterlaufen, da sie fürchtete, jemand könnte verletzt sein, also drehte sie sich, um nachzuschauen. Sorcha war vor ihr und schrie: »Komm, Brigid.«

»Nur einen Augenblick. Ich bin gleich da.«

Aber das würde sie nicht sein.

Stattdessen wurde sie am Kopf getroffen und fiel hart auf den Boden.

***

Marcas fühlte sich, als ob er sich in zehn Richtungen übergeben müsste. Seine Burg zu retten, oblag allein ihm. Es war seine Verantwortung, dafür zu sorgen, dass es richtig gemacht wurde. Sie mussten den Milton Clan zurückdrängen.

Er stürzte auf die Tore zu und brüllte dabei Befehle, als Logan ihm eine Hand auf die Schulter legte und ihn dazu brachte, durch die Tore zu schreiten und die Menge der Ramsay Krieger zu betrachten, die auf sie zukamen. »Wenn Ihr keine große Kampferfahrung habt, würde ich mir an Eurer Stelle von Cailean und Kyle sagen lassen, was zu tun ist. Sie sind Experten und unsere Krieger haben mehr Erfahrung als Eure Männer.«

Marcas dachte nur eine Sekunde nach, wobei Shaw ihm flehentlich zunickte und meinte: »Wir werden in Eurer Schuld stehen, wenn Ihr den Kampf befehligt.«

Logan ging zu Cailean und Kyle hinüber, um mit ihnen zu sprechen. Marcas marschierte zu seinem Dutzend Männer und verkündete: »Die Ramsay Krieger werden die Führung übernehmen. Alvery, ich will dich auf der Ringmauer. Torcall, nimm deine Männer und schließe dich Kyle an, der dir Anweisungen geben wird.«

Logan kehrte zurück und meinte: »Dies ist Eure Burg. Ihr solltet bei Kyle und Cailean sein. Ihr könnt ihre Handlungen folgen.« Dann zeigte er zur Wand. »Ich werde dort oben sein und Euch zuschauen. Rührt Euch nicht, bis meine Bogenschützen ihre Chance hatten, die Vorhut auszuschalten. Wartet auf mein Wort.«

Marcas schaute zu seinen beiden Brüdern und meinte: »Shaw und ich werden gehen. Ethan wird mit Euch auf der Ringmauer sein.« Er nahm sein Pferd von Timm entgegen, dessen Augen so weit aufgerissen waren, dass er schon dachte, der Junge würde kollabieren. »Das ist schon in Ordnung, Timm. Du und dein Vater werdet es schon schaffen.«

»Und Ihr auch, Mylord?« Die Augen des Jungen füllten sich mit Tränen, als er zu Marcas aufschaute, der aufgesessen war.

Oft vergaß Marcas die Unschuld der Jugend. »Wir haben die Ramsays hier, die uns helfen. Du hast es vielleicht nicht bemerkt, aber sie haben einige der besten Bogenschützen im ganzen

Land.«

»Lady Brigid ist eine ausgezeichnete Bogenschützin. Ich habe sie gesehen. Gott sei mit Euch.« Dann rannte er zu den Ställen zurück, um den anderen zu helfen, die Pferde zu satteln und sie für die Schlacht bereit zu machen. Die Anspannung in der Luft war spürbar und zwar mehr von seinen eigenen Männern als den Ramsay Kriegern. Einige von ihnen wirkten bei der Aussicht auf einen Kampf regelrecht ausgelassen. Der Ramsay Clan hatte Erfahrung, doch seine Männer nicht.

Sobald er aufgesessen war, ritt Marcas zur Vorderseite der Ringmauer, und hielt auf den Milton Clan zu, ehe er beim Anblick der Schönheit in den Bäumen fasziniert innehielt. Brigid saß mit geflochtenem Haar, in Tunika und Strumpfhose gekleidet mit schussbereitem Bogen in den Bäumen und sie sah aus wie die mächtigste Kriegerkönigin im ganzen Land.

Eine Stimme rief ihm zu: »Matheson, schlag sie dir jetzt aus dem Kopf oder du stirbst.«

Er riss den Kopf herum und war überrascht, Logan Ramsay auf der Ringmauer zu sehen, der ihn anstarrte. Cailean ritt an einer Seite von ihm auf und Kyle an der anderen. »Er sagt die Wahrheit«, meinte Kyle. Gefühle sind im Augenblick nicht angebracht. Du musst den ganzen Clan beschützen und nicht nur Brigid.«

Zum Teufel, wann war er so durchschaubar geworden?

Cailean zwinkerte ihm mit einem breiten Grinsen auf dem Gesicht zu, und dann drehte er sich in die Richtung der näher kommenden Pferde, wobei er sein eigenes Tier am Hals tätschelte, um es für den Kampf vorzubereiten, wenn Marcas eine Vermutung anstellen sollte. Wie stimmte man ein Pferd für den Kampf ein?

Sie hatten kaum Zeit, sich vorzubereiten, ehe der Schlachtruf der Miltons zu ihnen schallte. Marcas dirigierte sein Pferd in die richtige Richtung, mit Shaw an seiner Seite und machte sich angriffsbereit. Im letzten Augenblick, dachte er, zu Logan zu blicken, der hoch aufgerichtet dort stand und mit dem Kopf schüttelte – noch nicht.

Dann erkannte Marcas, warum. Dort in den Bäumen waren die restlichen Bogenschützen der Ramsays, was er nicht bemerkt hatte, weil er seinen Blick nicht von Brigid hatte losreißen können. Es war ein überaus ungewöhnlicher Anblick, weil die meisten von ihnen weiblich waren. Doch sein Blick wanderte zu Brigid zurück, die sich mit einer Behändigkeit bewegte, die er noch nie gesehen hatte. Sie feuerte ihre Pfeile einen nach dem anderen ab, als ob sie miteinander verbunden wären. Merewen saß im nächsten Baum und tat das Gleiche mit einer solchen Eleganz, dass er nur noch staunte. Ihre Pfeile erledigten ein Dutzend Männer, ehe der Milton Clan überhaupt wusste, was ihn getroffen hatte.

Und am schnellsten feuerte Gwyneth Ramsay. Sie verfehlte einen, doch all ihre anderen Pfeile fanden ihr Ziel. Brigids Pfeile fanden ebenfalls ein Ziel.

Logan brüllte ihm zu. »Jetzt! Angriff!«

Die Brüder antworteten mit dem Matheson Schlachtruf und stürmten auf die übrigen Miltons zu, die mit ihren Schwertern zu Pferd eindeutig ungeübt waren. Marcas hatte darauf bestanden, seine Männer oft zu Pferd zu trainieren und das zahlte sich aus.

Das Zusammentreffen der Klingen hallte über Black Isle, Männer schrien, als sie von ihren Pferden gestoßen wurden, einige wurden von ihren Pferden getreten, und andere rappelten sich wieder auf die Füße, um sich zurückzuziehen. Die Milton Krieger setzten den Kampf zu Boden fort und versuchten, die Männer zu Pferd aufzuschlitzen, aber sie hatten keinen Erfolg und einige bekamen stattdessen einen Schwerthieb ab. Marcas war an die Geräusche von Schmerzensschreien und Tod nicht gewöhnt und er betete, dass er sie nie wieder hören musste.

Der Stellvertreter der Miltons war hinter seinen Männern und seine Stimme schallte laut: »Rückzug! Rückzug!« Die Ramsay Krieger rückten nach, denn sie waren unwillig, die Miltons so leicht entkommen zu lassen, gleichwohl ihre Macht mit dem Schwert die Miltons schneller hatte rennen lassen, als sie erwartet hatten.

Innerhalb kurzer Zeit war der Kampf vorbei.

Cailean hatte zwei Männer mit einer Wildheit ausgeschaltet, die Marcas noch nie erlebt hatte und die Männer, die hinter diesen Opfern her ritten, hatten ihre Pferde gewendet und die Flucht ergriffen. Marcas hatte zwei Männer von ihren Pferden geholt, ehe er bemerkte, dass die anderen den Rückzug antraten, also machte er kehrt. Es war eindeutig, warum sie sich so rasch zurückzogen.

Die Ramsay Krieger, in Verbindung mit seiner eigenen dürftigen Anzahl, ließen ihre Kavallerie aussehen, als wäre sie sechzig bis achtzig Mann stark, während die Miltons nur vierzig Mann hatten.

Der Milton Clan hatte keine Chance und das wussten sie auch. Die Nachricht, dass sie Hilfe hatten, würde auf Black Isle die Runde machen. Sie würden nicht noch einmal belästigt werden, wenn bekannt war, dass die Ramsays den Mathesons Unterstützung leisteten.

Marcas ließ den Blick nach Brigid suchend über die Bäume schweifen, aber die Bogenschützen waren alle heruntergesprungen und rannten auf die Ringmauer zu. Die Gruppe zu Pferd fing zu feiern an, und sie johlte und schrie über ihren Erfolg, doch Marcas konnte nicht einstimmen, bis er Brigid entdeckte.

Gwyneth war die Erste, dann Merewen, Sorcha und Gavin, aber – wo zum Teufel war Brigid? Einen Wimpernschlag später wusste er, dass etwas nicht stimmte. Die Bogenschützen schauten sich ebenfalls nach ihr um.

»Brigid?«

Dieser Schrei weckte Logans Aufmerksamkeit und er rief zu seiner Frau. »Gwynie, wo ist Brigid?«

»Sie war hinter Sorcha. Ich weiß es nicht. Ich werde suchen.«

Marcas´ Herz raste, als wollte es ihm aus der

Brust springen. Er sprang von seinem Pferd und rannte um die Ringmauer herum in den Wald, wo die Bogenschützen gewesen waren, und suchte nach irgendeinem Anzeichen von ihr. »Brigid!«

Der schlimmste Gedanke, den er seit langer Zeit gehabt hatte, befiel ihn und er konnte ihn nicht abschütteln. Dennoch war er so stark, dass seine Hände zu zittern anfingen, als er nach Fußabdrücken, Spuren von Pferden oder irgendetwas Ausschau hielt.

Logan und Gwyneth suchten mit ihm. »Was zum Teufel, Gwynie? Hat niemand etwas gesehen?«

»Jemand hat sie gerufen und es war jemand, den sie kannte«, berichtete Sorcha. »Sie sagte, sie wäre gleich zurück.«

In seinem Herzen wusste er, was passiert war. Dies war eine List. Eine List, um ihm Brigid zu stehlen, weil sie Kara zurück hatten.

Jemand hatte es auf ihn abgesehen.

## KAPITEL DREIUNDZWANZIG

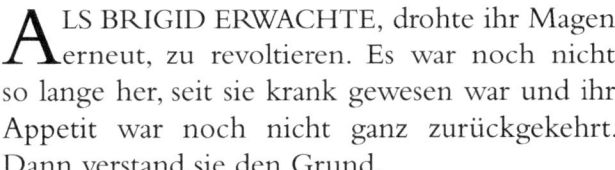

ALS BRIGID ERWACHTE, drohte ihr Magen erneut, zu revoltieren. Es war noch nicht so lange her, seit sie krank gewesen war und ihr Appetit war noch nicht ganz zurückgekehrt. Dann verstand sie den Grund.

Sie war in einem Boot, mit dem Geruch von salzigem Meerwasser, das durch die Luft zu ihr wehte. Das Schaukeln des kleinen Boots im Wasser war für ihre Übelkeit ganz und gar nicht zuträglich.

Das Boot war kaum groß genug für sie beide, also wohin konnten sie in so einem kleinen Gefährt unterwegs sein?

Sie stützte die Hände unter sich und brachte sich in eine sitzende Position, wobei sie auf den Rücken des Mannes schaute, der sie entführt hatte, und der wie wild ruderte, als sie vom Ufer weg auf die Mitte des Fjords zusteuerten.

Zum Schlickwatt.

»Morris? Was zum Teufel hast du mit mir vor? Wohin bringst du mich?«

Er hörte auf zu rudern und drehte das Boot, sodass er auf das Ufer schauen konnte, das sie gerade verlassen hatten. Dann drehte er sich zu ihr um. »Ich werde bekommen, was ich verdient habe.«

»Morris, du bist verrückt geworden.«

»Hör auf, mich so zu nennen. Mein Name ist Hamon. Hamon Dingwall und ich habe so viel Zeit und Energie verschwendet, um zu bekommen, was ich will, dass ich beinahe meinen Verstand verloren habe, aber ich bin weit davon entfernt, verrückt zu sein.«

Hamon. Diesen Namen hatte sie vorher noch nicht gehört. Ihr schmerzte der Kopf zu sehr, um angestrengt nachzudenken. Sie fuhr sich mit der Hand über die Beule auf ihrem Kopf. Himmel, was für Kopfschmerzen sie jetzt hatte.

»Welche Zeit und Energie? Und warum hast du mich über deinen Namen angelogen?« Sie rieb sich die Schläfe und drehte den Kopf von der Sonne weg, gleichwohl reichlich Wolken am Himmel waren, um sie zu beschatten. Der leichte Nebel war am Ufer eindeutig dichter und verbarg wahrscheinlich für jeden, der nach ihr suchte, den Blick auf das Boot.

Wie Marcas.

»Du willst die Wahrheit wissen? Na schön. Ich werde sie dir erzählen, weil du mir nicht mehr wehtun kannst. Ich habe Freda geliebt. Ich habe sie angefleht, Marcas nicht zu heiraten, aber ihr Vater hat sie zu der Verbindung gezwungen. Freda hatte mir zwei Jahre versprochen. Sie würde ihm einen Sohn schenken und ihn dann verlassen. Wir hatten Pläne, davonzulaufen und in Inverness zu leben, oder in den Wäldern, wo uns niemand finden konnte.«

Seine Wut schien nachzulassen, als er über das Wasser zur Mündung des Fjords schaute.

»Es wurden zwei Jahre, dann drei und schließlich vier. Endlich gebar sie ihm Tiernay, und sie sagte, sie würde ihn verlassen. Doch dann tat sie es nicht und sagte, sie würde noch weitere sechs Monde warten, ehe sie ginge. Also habe ich entschieden, den Prozess ein wenig zu beschleunigen.« Er hielt inne und drehte sich grinsend zu ihr um. »Du hättest mich an jenem Tag beinahe erwischt, aber du warst zu begriffsstutzig, um zu verstehen, was ich tat.«

»Worüber sprichst du?«

»Der Brunnen. Ich habe jedes Mal, wenn ich daran vorbeikam, gegorene Ziegenmilch hineingeschüttet. Ich wurde für einige Clans ein Bote, sodass mich niemand als Fredas Liebhaber erkennen würde. Ich musste genau sehen, wie sie mit Marcas war. Es war die einzige Möglichkeit, und als ich die beiden zusammen sah, konnte ich einfach nicht länger warten.« Die Traurigkeit und das Bedauern auf seinem Gesicht überraschte sie. Er musste Freda aufrichtig geliebt haben. »Ich habe getan, was ich tun musste. Sie gehörte mir und ich wollte sie zurück. Ich hatte sie zu überzeugen versucht, mit mir zu fliehen, doch sie hatte irgendeinen Grund, warum sie ihren Aufbruch verschieben wollte.«

»Ich dachte, sie hätte Marcas erzählt, dass sie ihn verlassen würde. Dass ihr Vater kommen wollte, um die Dinge mit Marcas´ Vater zu bereinigen. Warum konntest du nicht noch ein bisschen länger warten?« Sie konnte nicht glauben, dass er solch eine irrsinnige Entscheidung getroffen hatte, während Freda geplant hatte, sich für immer von Marcas zu trennen.

»Es waren die Kinder. Sie wollte die beiden nicht zurücklassen. Ihre Hoffnung war, ihn zu überzeugen, Kara mit ihr gehen zu lassen. Sie hatte ihm den Sohn geschenkt, den er brauchte, den Sohn, den zu geben, sie ihrem Vater versprochen hatte, aber sie wollte Kara. Ich war des Wartens müde. Ich habe mir überlegt, wie ich den ganzen Clan loswerden konnte. Ich habe Freda gewarnt. Ich hatte ihr erzählt, was ich tun würde, aber sie wollte mir nicht glauben. Dann ist sie krank geworden. Ich bin zu ihr gegangen. Ich habe sie angefleht, kein Wasser mehr zu trinken, aber offensichtlich hatte ich zu der Zeit zu viel schlechte Ziegenmilch ins Wasser getan. Alle lagen im Sterben.« Wieder drehte er sich, um über den Fjord zu blicken. »Die Eltern ihres Mannes starben und ich fürchtete, dass sie die Nächste wäre. Ich habe versucht, ihr zu helfen, aber andere wurden krank und starben. Ich wusste nicht, was ich noch tun sollte, also bin ich gegangen. Und als sie starb, fühlte ich, wie mein Herz entzweigerissen wurde.«

Dann schwang er seine Faust in die Luft. »Es war alles Mathesons Schuld. Dann habe ich weiter schlechte Milch in den Brunnen gekippt. Ich wollte, dass er starb! Er hatte es verdient! Dann hätte ich Kara und Tiernay nehmen und als meine eigenen Kinder aufziehen können.« Seine nächsten Worte klangen wie ein verletztes

Heulen. »Sie sind alles, was ich noch von meiner geliebten Freda habe!«

Er schlug sich seitlich an den Kopf. »Ich konnte erkennen, dass meine Trauer mein eigenes Verschulden war. Ich habe Kara geraubt und hätte nach Hause gehen sollen. Warum konnte ich mich nicht einfach mit Fredas Tochter zufriedengeben? Ich hätte zusehen können, wie sie aufwuchs, um dann wie meine geliebte Freda auszusehen, aber nein. Ich wollte ihn tot. Er hat verdient, zu sterben!« Wieder schlug Hamon sich gegen den Kopf. »Also habe ich weiterhin gegorene, verunreinigt Milch in den Brunnen gekippt und erwartet, dass er krank würde, aber das wurde er nicht. Und dann sind die Ramsays gekommen und haben alles ruiniert, als sie Kara zurückgestohlen haben. Ich war wütend.« Er schloss die Augen und ließ den Kopf hängen.

Schockiert über alles, was sie gerade erfahren hatte, lehnte sie sich zurück. Hamon hatte alles verursacht. Dieser eine Mann hatte viele Menschen einfach nur aus Eifersucht umgebracht. »Wie konntest du das tun? Wie konntest du so viele unschuldige Menschen umbringen?«

Er riss den Kopf hoch und seine Stimme war zu einem Brüllen angeschwollen. »Weil ich es musste!«

Dann packte er sie bei den Haaren und zog sie zu ihm zurück. »Aber dann habe ich von dir erfahren. Ich sehe, wie er dich anschaut. Ich habe mich in den Bäumen verborgen und jede seiner Bewegungen verfolgt. Ich habe dich in den Wäldern mit ihm gesehen, wie du ihn geküsst hast. Er will dich, also habe ich dich stattdessen genommen. Es wäre leichter gewesen, wenn du zugestimmt hättest, einen Abendspaziergang mit mir zu unternehmen, aber du hattest dich geweigert. Dann habe ich gehört, dass der Milton Clan einen Angriff plante. Das war perfekt, Ich habe die Situation ausgenutzt.«

»Also, was willst du mit mir tun?« Das entmutigende Gefühl in ihrer Magengegend sagte ihr, dass was immer er antwortete, nichts Gutes sein würde.

Er schmunzelte. »Weißt du, Freda hat mir erzählt, wie sehr Marcas es hasst zu schwimmen, insbesondere an den Stellen, an denen der Fjord voller Algen ist. Ich muss mir keine Sorgen um ihn machen, dass er herausschwimmt, um dich zu retten. Er hat zu viel Angst. Ich werde einen Handel mit ihm machen. Wenn ich ihn später heute Abend bei der Suche sehe, werde ich näher heranrudern und ihm einen Austausch anbieten.«

»Was für einen Austausch?«

»Dich gegen Kara. Er wird dich wählen. Und dann habe ich für immer einen Teil von Freda.«

Sie wurde von einem weiteren plötzlichen Drang überkommen, sich zu übergeben. Sie wusste nicht, wie sie Hamon sagen sollte, dass Marcas sich nicht für sie entscheiden würde. Wenn er vor diese unmögliche Wahl gestellt würde, würde er die einzige Möglichkeit wählen.

Er würde Kara behalten, weil es das einzig Richtige war. Wenn sie irgendetwas über Marcas wusste, dann, dass er ehrbar war und seine Kinder liebte.

Die Gruppe versammelte sich in der Halle und alle erzählten ihre Version von dem letzten Moment, in dem sie Brigid gesehen hatten. Gwynie und Logan diskutierten, während ihre Kinder und deren Ehepartner ein Stück weiter entfernt miteinander flüsterten.

Mitten in dem Chaos, das in der Halle herrschte, warf Ethan einen verzweifelten Blick zu Marcas und meinte: »Ich werde zu den Stallungen gehen, Chef. Wenn du mich brauchst, dann schick Shaw und ich kehre zurück.« Dann richtete er einen finsteren Blick auf den Fußboden und murmelte: »Und ich hoffe, dass es bis dahin ruhiger ist.«

Marcas Geduldsfaden wurde immer dünner. Sie waren im Kampf verstrickt gewesen und hatten nicht gut genug aufgepasst. Er hätte darauf bestehen sollen, dass sie innerhalb der Mauern blieb. Warum zum Teufel waren sie hinausgegangen?

»Es hat keinen Sinn, zurückzublicken, um festzustellen, wo der Fehler liegt, der gemacht wurde. Du musst herausfinden, wer sie rauben würde. Wer hasst dich genug, um sie dir zu stehlen?«

»Warum würde irgendjemand Brigid stehlen, um mir eins auszuwischen? Niemand wusste, dass ich an ihr interessiert war.« Er hatte niemanden ins Vertrauen gezogen, wie sehr sie ihn berührte, sondern dafür gesorgt, dass seine Gefühle ein Geheimnis blieben.

»Nein, niemand hat deine hungrigen Augen bemerkt, wann immer das Mädchen in der Nähe war«, schnaubte Shaw. »Wenn sie gepfiffen hätte, wärst du ihr gefolgt, wie der letzte Welpe vom Wurf.«

Marcas blicke Shaw böse an, aber er sagte nichts. Wahrscheinlich war er nicht so erfolgreich darin gewesen, seine Gefühle zu verbergen, wie er gedacht hatte.

Nach vielem Herumgerede ohne eine vernünftige Idee, wer sie entführt haben könnte, stand er auf und wandte sich zum Gehen. Genau in dem Moment öffnete sich die Tür und Timm eilte herein. »Chef, Ethan hat mir gesagt, Brigid würde vermisst. Ich war so mit den Pferden beschäftigt, dass ich nichts von ihrem Verschwinden mitbekommen habe.«

»Aye, jemand hat sie gestohlen, aber wir haben keine Ahnung, wer so etwas getan haben könnte.«

»Aber ich habe eine Idee.«

»Tatsächlich? Erzähle bitte.« Logan und Gwyneth hatten ihn gehört und alle in der Halle verstummten, um Timm zuzuhören, der seinen Mut zu reden schnell verlor. »Nur zu, Timm«, drängte Marcas ihn. »Sag mir, was du weißt.«

»Nun gut. Brigid war zweimal allein im Hof, einmal, als sie den Brunnen inspiziert hat und dann noch einmal, als sie Bogenschießen übte −«, den Blick zur Decke gerichtet, hielt er inne, »− ich denke, dass sie das getan hat. Oder vielleicht …«

»Timm. Rede weiter.«

Timm machte große Augen, doch er fuhr

fort. »Sie hat mir erzählt, sie wäre einem Mann begegnet und sie hatte sich gefragt, welchem Clan er angehörte.«

»Welcher Mann?« Marcas musste sich zur Ruhe zwingen, weil er wusste, dass Timm ihm den Hinweis liefern würde, den er brauchte.

»Sie sagte, sein Name wäre Morris, aber ich habe ihn nicht gesehen. Sie hat auch nicht gesagt, was er wollte, aber ich bin das letzte Mal auf die Ringmauer gerannt und habe diesen Mann davongehen sehen. Er war allein.«

»Wer war es?«

»Ich bin nicht sicher, aber von hinten gesehen denke ich, es war …« Er verstummte, wurde rot und schaute alle an.

»Wer?« Marcas verlor die Geduld.

Dann beugte Timm sich vor und flüsterte: »Ich denke, es war der Mann, der sich einschlich, um Freda zu besuchen. Hamon war sein Name.«

Marcas war so verblüfft, dass er nicht sprechen konnte. Hatten alle von Fredas Indiskretion gewusst? Selbst dieser junge Bursche? Was würde dieser Tor von Brigid wollen? Er kannte sie noch nicht einmal.

Timm wirbelte herum und rannte auf die Tür zu. Dann blieb er stehen und rannte zu Marcas zurück. »Verzeiht, Chief. Darf ich gehen?«

Marcas nickte. »Halte deine Augen auf, Timm. Gute Arbeit.«

Timm drehte sich weg, doch dann wandte er sich nochmals um und schaute Marcas an. »Ach, ich hätte es beinahe vergessen. Ich habe Hamon gesehen, wie er kurz nach dem Kampf, als wir die

Toten beerdigten, ein Boot in den Fjord gelassen hat.«

Marcas rannte zu Timm hinüber und warf ihn mit lautem Gejohle in die Luft. »Ich danke dir, Timm. Gute Arbeit.« Dann schaute er zu der Gruppe der Ramsays hinüber und erklärte: »Ich werde zum Fjord gehen.«

# KAPITEL VIERUNDZWANZIG

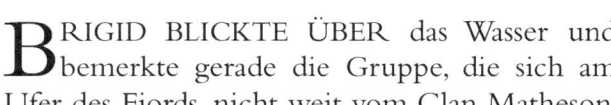

BRIGID BLICKTE ÜBER das Wasser und bemerkte gerade die Gruppe, die sich am Ufer des Fjords, nicht weit vom Clan Matheson, versammelte. Glücklicherweise war es windstill. Die Stimmen waren deutlich zu hören.

»Ich komme dich holen, Hamon!«, brüllte Marcas, dessen Stimme laut über das Wasser schallte.

Brigid drehte sich zu Hamon, um seine Reaktion zu beobachten und er lächelte. »Das wurde aber auch Zeit.« Dann ruderte er ein bisschen dichter heran, wohl um sicherzugehen, dass sie sich mühelos verständigen konnten. Sie waren noch mindestens zehn Bootslängen entfernt, als er sein Vorankommen stoppte. »Du bekommst sie nur zurück, wenn du Kara zu mir bringst. Ein gerechter Tausch. Ein Mädchen für ein Mädchen.«

»Meine Tochter? Ich werde dir meine Tochter nicht aushändigen. Ich werde in einem Boot zu dir rudern, um dir die Seele aus dem Leib zu prügeln, Dingwall.«

»Wenn du ohne deine Tochter herkommst,

werde ich Brigid ertränken. Du kannst zusehen, wie sie ihren letzten Atemzug tut.«

Die Ebbe setzte langsam ein, aber Brigid hatte keine Ahnung, wie tief das Wasser hier war. Gleichwohl sie eine gute Schwimmerin war, hatte sie keine Lust, in ihrer schweren Wollkleidung im kalten Wasser zu schwimmen, und schon gar nicht in diesem Sumpfgebiet.

Es gab hier Kreaturen und Aale und bissige Fische. Zum Teufel. Sie schloss die Augen und sagte ein schnelles Gebet auf, um unversehrt in Marcas´ Arme zurückgeliefert zu werden.

Ihr Blick glitt über das Wasser, das in der untergehenden Sonne glitzerte. Die Strahlen warfen einen Schimmer über den Fjord, als würden sie ein letztes Mal jubilieren, ehe die Dunkelheit hereinbrach. Dann erkannte sie aus den Augenwinkeln eine Bewegung. Sie blinzelte, um besser sehen zu können, denn die Sonne spielte mit ihrem Sehvermögen Streiche. Marcas stieg ohne Kara ins Boot. Das war ihrer Meinung nach das beste Szenario, das sie sich vorstellen konnte. Kara konnte er nicht in das Boot setzen, weil es zu gefährlich war. Hamons Überlegungen hatten die falsche Richtung genommen. Er war unberechenbar und gefährlich, insbesondere mit einem Kleinkind. Sie betete inständig, dass Marcas seine beste Chance, sie zu retten, im Einsatz der Bogenschützen erkannte. Die Entfernung war gering genug, um ihn zu treffen, aber sobald sie sich zurückzogen, konnte der Abstand zu groß werden.

Dann fiel ihr etwas auf. Der Mann im Boot sah

gar nicht wie Marcas aus. Sie war sich unsicher, aber sie schaute weiter in die Richtung. War es sein Bruder? Oder *doch* Marcas? War es Ethan, der sie täuschen wollte? Sie sagte kein Wort und nahm an, dass Hamon die beiden nicht gut genug kannte, um den Unterschied zu bemerken. Aber da sich ohnehin kein Mädchen im Boot befand, wäre ihr Schicksal bald besiegelt. Sie würde nicht ertrinken. Sie konnte kämpfen, und ihr Vater würde wissen, wie er sie außer Gefahr bringen konnte. Das hatte er schon einmal geschafft, und er würde es wieder tun.

Sie hatte absolutes Vertrauen in ihre Eltern.

Und in Marcas. Auch er würde sie nicht ertrinken lassen. Nach all den Geschichten, die sie im Laufe der Jahre gehört hatte – Cailean, der Sorcha auf der Klippe rettete, ihr Onkel Quade, der ihre Tante gerettet hatte, indem er auf seinem Pferd gestanden und seinen Bogen benutzt hatte, ihr Vater und ihre Mutter, die Bethia gerettet hatten, wobei Donnan den entscheidenden Schritt getan hatte. Und nun stand ihr heldenhaftes Ereignis bevor. Hamon wollte versuchen, sie umzubringen, doch Marcas würde das nicht zulassen.

Dann änderte sich ihr Bauchgefühl plötzlich und Brigid ahnte, dass sie bald im Wasser landen würde.

Ihr Glück hatte sie verlassen.

Marcas sprach zu den anderen Männern – Shaw, Ethan, Logan, Gavin und Cailean. »Ich muss da rausgehen.«

»Er hat gerade gesagt, er würde sie ertränken, wenn du allein da rausgehst. Du darfst nicht allein gehen«, entgegnete Ethan.

Marcas blickte seinen Bruder an und antwortete: »Ich rudere nicht das Boot. Sondern du. Und du wirst so langsam rudern, wie du kannst, damit ich Zeit habe, vor dir da zu sein.«

Shaw rieb sich den Kiefer und richtete den Blick auf alle anderen. »Was zum Teufel hast du vor, Marcas? Wir lassen uns etwas einfallen. Wir können ein anderes Boot auftreiben und ihn aus einer anderen Richtung angreifen. Mit zwei Booten überwältigen wir ihn. Die Ebbe setzt ein. In einer Weile haben wir wieder Watt zum Laufen, oder vielleicht auch schon früher.«

»So lange werde ich nicht warten.«

»Was hast du vor?«

»Ich schwimme hinaus, um sie zu holen. Ethan kann das Boot rudern – er sieht mir so ähnlich, dass er den Mann, der gegen die untergehende Sonne blickt, täuschen kann. Ich gehe unten am Ufer ins Wasser, schwimme durch den Sumpf und hole sie aus seinen Händen. Ramsay, ich verlasse mich darauf, dass Ihr und Eure Männer ihn mit ständigem Geplapper ablenkt. Eure Tochter sagte mir, Ihr wüsstet, wie man den Feind einschüchtert. Werdet Ihr mir helfen? Ich will nicht, dass Ethan auch nur ein Wort spricht. Shaw wird mich begleiten. Kannst du das tun?«

Logan lachte leise. »Plappern? Nichts täte ich lieber. Ich werde diesen Bastard darum betteln lassen, die andere Richtung einzuschlagen.

Cailean, geh und hol die Bogenschützen. Wir können ihn ausschalten, wenn er nahe genug herankommt. Ich will, dass sie sich am Ufer oder in den paar Bäumen am Ufer verstecken.«

»Ein kluger Schachzug«, meinte Marcas und schaute die Gruppe an. »Ich werde mein Bestes tun, damit er ein klares Ziel darstellt.« Cailean machte sich auf den Weg zur Burg. »Noch Fragen?«

»Ja«, meinte Ethan. »Mir fällt noch eine ein. Marcas, du verabscheust, im sumpfigen Teil des Fjords zu schwimmen.«

Marcas seufzte. Verflucht. Sein Bruder hatte absolut recht. »Ich weiß, Ethan. Aber hast du eine bessere Idee? Ich tue es, weil ich es tun muss.«

Ethan schaute Marcas an. »Du liebst sie. Sonst würdest du das nicht machen.«

Marcas lenkte den Blick zu den Ramsay Männern und dann wieder zurück zu Ethan, ehe er das Wort ergriff. Es gab keinen Grund, jetzt zu lügen. »Aye. Ich liebe sie. Ich hoffe, eines Tages wird sie meine Frau sein. Aber zuerst muss ich zu ihr gelangen, und ich werde nicht zulassen, dass ein bisschen Sumpf mich zurückhält.« Er wollte nicht eingestehen, dass seine Liebe zu ihr so stark war, dass er niemandem trauen konnte, sie für ihn zu holen. Es war wichtiger, dass er für sie da war.

»Viel Glück«, wünschte Ethan ihm und kletterte in das Boot. »Ich verspreche, ganz langsam zu rudern.«

»Ethan, du darfst nicht nach mir Ausschau halten, denn sonst ist er uns auf der Spur. Höre auf Geräusche. Und halte ihm den Rücken zugewandt. Wir wollen ihn dazu bringen, dass er dich für mich hält.«

»Ich verspreche es, Marcas.«

Marcas und Shaw schritten vom Ufer weg auf den Wald zu, bis sie in der Dunkelheit gut verborgen waren. Dann gingen sie den Fjord hinunter, wobei sie darauf achteten, stets von Sträuchern und Bäumen vor Blicken verborgen zu bleiben, bis sie zu einer Stelle gelangten, die Marcas für den Einstieg ins Wasser am sichersten hielt. Zu Shaw gewandt meinte er: »Sobald ich drin bin, machst du ein anderes Boot bereit, falls wir kämpfen müssen.«

»Wird erledigt, Chief.«

Marcas sah seinen Bruder mit einem merkwürdigen Ausdruck an. »Du nennst mich nie so. Warum jetzt?«

»Weil du dich wie ein Anführer benimmst, genauso wie Papa es getan hat. Gott sei mit dir. Sie ist es wert. Du verdienst ein bisschen Glück.« Er berührte seinen Bruder an der Schulter und dann drehte er sich zum Gehen. »Ich werde das Boot besorgen, vielleicht auch zwei. Torcall und Mundi wollen dir auch gerne helfen.«

Marcas wandte sich um und richtete den Blick auf das Wasser, die Algen, die Bäume, die über das Ufer hingen, und die Äste, die tief ins Wasser ragten. Das war der einzige Weg. Er wusste es.

Er warf sein Plaid und seine Tunika beiseite, zog die Stiefel und die Wollstrümpfe aus und stand nur in seiner Hose da. Er konnte es tun. Dann watete er ins Wasser.

Marcas musste sich zwingen, nicht bei jeder

Berührung mit einer Alge oder einem Fisch zu reagieren. Er besann sich darauf, dass die Kreaturen größere Angst vor ihm hatten und eine andere Richtung einschlagen würden, solange sie nicht angegriffen wurden. Er gelobte sich, die Algen an seinem Haar haften zu lassen, die seine Tarnung verbesserten. Er konnte nicht erlauben, dass dieser Mistkerl ihn entdeckte.

Er liebte Brigid von ganzem Herzen, und er würde sie unter allen Umständen retten.

Eine laute Stimme hallte über das Wasser. »Du blöder Mistkerl, hier spricht Brigids Vater! Willst du wissen, was ich mit dir vorhabe, sobald ich dich endlich in die Finger kriege? Es wird kein schöner Anblick, das kann ich dir versichern.«

Marcas lächelte und nutzte die Ablenkung, um sich ganz ins Wasser gleiten zu lassen, wobei er ein kurzes Gebet aufsagte, das ihn in die richtige Richtung lenken sollte. Dann vernahm er in der Nähe des Bootes ein Platschen. Als er endlich nachschauen konnte, war das Schlimmste geschehen.

Brigid war im Wasser. Er beobachtete sie lange genug, um sich zu vergewissern, dass ihr Kopf über der Oberfläche erschien und Hamon noch nicht versuchte, sie zu ertränken. Sein Magen krampfte sich zusammen, bis ihr Kopf wieder auftauchte und sie sich mit einer Hand an der Bordwand festhielt. Brigid war stark und würde sich gegen Hamon zur Wehr setzen. Ihr musste bewusst sein, dass viele zu ihr gelangen und sie retten wollten.

Mit langsamen, leichten Zügen schwamm er

mit den Augen über Wasser und drehte den Kopf zur Seite, um Luft zu holen, damit seine Atmung so ruhig wie möglich blieb. Brigid hatte sich an einer Seite des Bootes festgeklammert.

*Halt dich gut fest, Liebes, ich komme zu dir.*

»Wer zum Teufel ist dein Vater, dass er so mit mir spricht?«, wurde sie von Hamon gefragt.

»Mein Vater war ein Spion für die schottische Krone. Wie auch meine Mutter. Meine Schwester und ihr Mann sind das noch immer. Und alle sind sie ausgebildete Bogenschützen.« Ihre Stimme klang kräftig und provozierend, als wollte sie ihn herausfordern, zu glauben, dass er gewinnen könnte. »Sie können mit einem einzigen Pfeil töten, direkt zwischen deine Augen, obwohl dich das sofort erledigen würde, während es mir lieber wäre, dich mehr leiden zu sehen. Ein Pfeil in deine Kehrseite wäre besser. Sei auf der Hut.« Sie kicherte.

Er hätte nicht stolzer auf sie sein können.

»Sie sagt die Wahrheit, du blödes Stück Scheiße. Meine Frau zielt mit ihrem Pfeil am liebsten auf die Hoden eines Mannes. Einen hat sie an einen Baum genagelt, weil er Brigid angefasst hatte, als sie noch klein war. Denkst du, sie lässt dich gehen, nur weil Brigid jetzt älter ist? Du bist ein Idiot, wenn du das glaubst. Brigid ist ihre Jüngste, und sie wird dir die Augen ausstechen, um sie zu retten.«

Marcas machte sich eine gedankliche Notiz, sich bei dem Mann für die Unterhaltung zu bedanken, die ihn von den Algen ablenkte, durch die er schwamm und dessen wogende

Tentakel ihn an den Füßen kitzelten. Er glaubte, die Schwanzflosse eines oder zweier Fische zu spüren, aber sie taten ihm nichts.

»Ich sehe hier keine Bogenschützen, alter Mann. Verabschiede dich von deiner Tochter. Das Wasser ist kalt und sie wird nicht lange überleben. Wenn du sie zurückhaben willst, holst du besser Kara und schickst sie in einem anderen Boot hinaus. Mir scheint, Marcas ist allein. Ich halte den Kopf deiner Tochter unter Wasser, sobald er sich mir bis auf eine Bootslänge nähert und ich sicher sein kann, dass Kara nicht bei ihm ist. Er hat mir die Liebe meines Lebens gestohlen. Ich will ihre Tochter. Gib sie mir.«

»So lange wirst du gar nicht leben, du blöder Mistkerl.«

Marcas schwamm und schwamm und hörte sich das Geplänkel zwischen Ramsay und Dingwall an. Er würde Brigid sagen müssen, wie recht sie mit ihrem Vater hatte. Als er sich dem Boot näherte, stellte er zu seiner Überraschung fest, dass die Ebbe stärker eingesetzt hatte als gedacht, und er fand ein Watt, auf dem er seine Füße absetzen und trotzdem den Kopf über Wasser halten konnte. Er war etwa vier Bootslängen entfernt, doch er konnte Brigid sehen, die bis zum Hals unter Wasser war und zitterte. Mit beiden Händen hielt sie sich am Boot fest.

Er blickte sich mit gesenktem Kopf um. Letztendlich hatte er sein ganzes Leben lang in diesen Gewässern gefischt, und hatte trotz der Dunkelheit das merkwürdige Gefühl, dass sie sich in der Nähe einer Gruppe von Felsblöcken befanden. Er strebte voran und betete, diese Felsbrocken zu finden, denn dann könnte er Brigid auf einen der Größeren stellen und wüsste, dass sie nicht untergehen würde. Da sie noch alle ihre Kleider trug, einschließlich eines Umhangs, der sie leicht unter Wasser ziehen könnte, würde sie nicht weit schwimmen können.

Er musste diese Felsbrocken finden! Wenn die Ebbe kam, tauchte normalerweise ein großer, flacher Fels als Erstes auf und da dieser mehr Zeit außerhalb als innerhalb des Wassers war, befand sich an der Oberseite am wenigsten schlüpfriger Bewuchs, sodass er weniger rutschig wäre als viele der Felsenbrocken im Fjord.

*Ich komme schon, Liebes.*

Das Wasser war wirklich kalt und von der Art, die tief in die Knochen drang, doch das ignorierte er. Marcas nahm eine Bewegung in einem der Bäume am Ufer wahr. Es war eine Gestalt, die dort hinaufkletterte. Er konnte nicht sagen, wer es war, aber der Angriff stand unmittelbar bevor. Wenn er etwas näher rankäme, würde er sich auf Dingwall stürzen und ihn auf der anderen Seite des Bootes über Bord stoßen.

Als er seine Möglichkeiten abwog, bemerkte er, dass Ethan näher gekommen war. Die Zeit zum Handeln war gekommen.

Zunächst dachte er an die Möglichkeit, Brigid ins Boot zu hieven. Dann entschied er, dass es sicherer war, sie zu den Felsen und aufs Watt zu bringen. So hätte der Bogenschütze, obwohl die Entfernung in Reichweite war, bessere Sicht auf den Narren, insbesondere in der Dunkelheit, wenn auch bei fast wolkenlosem Himmel.

Marcas drapierte noch ein paar Algen in seinem Haar, weil ihm gerade etwas aufgefallen war, das er vorher nicht bemerkt hatte. Das Watt war in der Nähe des Bootes näher an der Oberfläche. Er hatte nur eine einzige Gelegenheit, den Narren völlig zu überrumpeln.

Aus den Augenwinkeln bemerkte er, dass Brigid ihn endlich wahrgenommen hatte. Er hielt sich einen Finger an die Lippen, streckte die Hand nach weiteren Seegräsern aus und hängte sie über sein Gesicht, und traf endlich seine Entscheidung.

Er musste blitzschnell handeln. Dingwall reagierte auf etwas, was Ramsay sagte, und der Narr beging seinen größten Fehler. Er stand im Boot auf.

Mit einem Brüllen schoss Marcas aus dem Wasser empor, den Kopf von Algen bedeckt und die Arme zu beiden Seiten ausgestreckt, ging er über das Watt. Dingwall wirbelte herum und wollte seinen Dolch packen, doch Marcas war schneller. Er warf sich quer über das Wasser, stieß den Mistkerl aus dem Boot, sodass er auf der anderen Seite im Fjord landete.

Als Dingwall untertauchte, griff Marcas nach Brigid, fasste sie um die Taille und schwamm auf dem Rücken, wobei er sie über sich hielt, bis seine Füße wieder festen Halt im Schlamm fanden. Noch nie in seinem Leben war er so glücklich gewesen, einen bestimmten Menschen zu sehen. Als er wieder stehen konnte, schlang sie die Arme um seinen Hals und wimmerte, aber er musste sie absetzen. Dingwall kam auf sie zu.

»Schau, dort ist ein Felsbrocken. Stell dich darauf, dann bist du aus dem Wasser. Er ist flach.« Sie strengten sich an, um sie in Sicherheit zu bringen, während die anderen zu ihnen riefen. Ethan, Shaw, Ramsay – ihre Stimmen schallten über das Wasser, aber er verstand nichts, da er so sehr darauf konzentriert war, Brigid zu dem Felsen zu bringen. Sie konnte sich sogar darauf setzen. »Kannst du dich dort festhalten?«

Sie nickte und ihre Lippen zitterten dabei vor Kälte, aber sie war eine Kämpferin. Sie würde es schaffen. Er gab ihr einen raschen Kuss auf die Lippen und drehte sich gerade noch rechtzeitig, um zu sehen, wie Dingwall mit einem Gebrüll auf ihn zukam. Marcas entfernte sich von dem Felsbrocken in Richtung Watt, damit er stehen und sich orientieren konnte.

»Wo bist du hin, du schleimiger Mistkerl? Ich kann dich nicht sehen!«, schrie Ramsay.

»Stelle ihn«, flüsterte Brigid. »Papa sagt, du sollst ihn stellen.«

Endlich verstand Marcas. Er musste ihn für die Bogenschützen zu einem Ziel machen. Er wich zurück, bis er einen Felsenbrocken fand, auf dem er stehen konnte, und Dingwall erhob sich aus dem Wasser, um nach seinem Hals zu packen. Marcas wehrte sich, indem er seine ganze Kraft in die Beine fließen ließ, und seine Arme um den Mann schlang, wobei er versuchte, ihn zu halten. Dann richtet er sich auf und drehte Dingwall mit dem Rücken zum Ufer. Als hätten sie es geplant, hob Ethan eines seiner Ruder vor Dingwalls

Rücken und zeigte den Bogenschützen, wohin sie schießen sollten.

Sobald die Pfeile durch die Luft sirrten und ihr Klang die Nacht durchschnitt, ließ sich Ethan in sein Boot fallen. Zwei Pfeile trafen Hamon, einer hoch und einer tief, aber er erstarrte, den Blick auf Marcas gerichtet. Der Mann versuchte, sich an ihm festzuhalten, und Marcas kämpfte, um ihn ins Wasser zu stoßen. Ethan tauchte auf dem Watt auf und stieß Hamon mit seinem Ruder zur Seite, sodass er mit dem Gesicht voran ins Wasser stürzte.

»Gut gemacht, Ethan.«

Marcas kroch zu Brigid hinüber, setzte sich zu ihr auf den Felsen und nahm sie in seine Arme. »Bist du unversehrt?«

»Mir geht es gut. Ich bin bis auf die Knochen durchgefroren, aber das wird schon wieder.«

Er küsste sie auf die Stirn und sagte: »Ich liebe dich, Brigid Ramsay. Heirate mich. Bitte sag, dass du meine Frau werden willst. Ich möchte dich niemals verlieren.«

Sie kicherte und der Klang hallte über das Wasser. Als sie wieder sprechen konnte, meinte sie:»Ja, ich werde dich heiraten, Marcas Matheson. Insbesondere deshalb, weil du ein wirklich furchterregendes Sumpfmonster bist.«

Ethan deutete auf das Ufer. »Dein Vater hat ein Feuer angezündet. Steig in das Boot und wärme sie auf. Shaw kommt in einem anderen Boot und wir werden ihn herbringen.«

»Komm, meine süße Sumpfmaid. Kehren wir ans Ufer zurück.«

Sie ruderten los, Ethan und Shaw waren direkt hinter ihnen und sie hatten Dingwall mit dem Gesicht nach unten in dem Boot, das von Marcas´ Brüdern gesteuert wurde.

Marcas musste lachen und meinte ehrlich: »Du hast recht, dein Vater ist ein Experte, darin einen Mann zu verhöhnen. Ich musste mich zwingen, ihn zu ignorieren. Ich bete nur, dass er mein Angebot annimmt und mich nicht genauso behandelt.«

Brigid, die vor ihm saß, lachte, während er zum Ufer zurückruderte und der Jubel und Applaus der anderen zu ihnen hallte. Cailean zog sie an Land und Marcas hob sie auf und setzte sie auf einen Baumstamm neben dem Feuer. »Du musst aufhören, so zu zittern. Ich werde mich von den Algen befreien und etwas auftreiben, um dich zu wärmen.«

Torcall hatte seine Kleider gebracht, und Marcas fand sein Plaid, und legte es über Brigids zitternde Schultern. »Wir werden dich bald nach drinnen bringen.«

»Mir geht es gut beim Feuer. Es trocknet mich eine bisschen und es fühlt sich wunderbar an. Tu, was du tun musst.«

Marcas schritt zu Logan hinüber und zog dabei die Algen aus seinem Haar, die er auf den Boden warf, als er auf den alten Krieger zuging. »Ihr habt gute Arbeit geleistet, so wie Ihr den Mann verspottet habt. Er war fast wahnsinnig geworden, weil er Euch besinnungslos schlagen wollte.«

»Er hat mich nicht berührt.« Dann fasste Logan ihn an der Schulter und meinte leise: »Danke, dass du Brigid gerettet hast. Sie wird immer mein kleines Mädchen bleiben.«

Marcas hätte schwören können, Tränen in den Augen des alten Mannes zu sehen. »Ich liebe sie. Mehr werde ich jetzt nicht sagen.«

»Gut, denn ich möchte gern sehen, welcher meiner Bogenschützen den Mistkerl ausgeschaltet hat.« Ethan und Shaw sprangen aus dem Boot und zogen es ans Ufer, während Cailean das Tau von Ethan nahm, um das von ihnen gezogene Boot daneben herauszuziehen.

»Ich glaube, er ist tot«, verkündete Cailean. Dingwall lag auf der Seite. Logan trat zu ihm und schloss ihm die Augen, ehe er ihn auf den Bauch rollte, um die Pfeile in seiner Haut zu sehen. Er brach in Gelächter aus.

»Was Papa?«, rief Brigid.

»Logan, was zum Teufel?«, rief auch Gwynie. »Heraus mit der Sprache.«

Als er seinen Heiterkeitsausbruch endlich wieder unter Kontrolle hatte, drehte er sich zu Sorcha um und meinte: »Du bist in der Tat die Tochter deiner Mutter, Mädchen. Gute Arbeit.«

»Bin ich das? War es mein Pfeil, der ihn erledigt hat? Wo habe ich ihn getroffen?« Sie eilte zu dem Boot, doch der nächste Kommentar ihres Vaters ließ sie ruckartig stehen bleiben.

»Merewen hat ihn in der Seite erwischt, und wahrscheinlich war dies der Schuss, der ihn umgebracht hat, aber du hast ihn am besten getroffen, Sorcha. Ich bin stolz auf dich.«

»Wo, Papa? Cailean will mich nicht näher zu ihm lassen.«

»Direkt in sein Hinterteil, Mädchen.«

Die Gruppe brach in Gelächter aus und applaudierte.

»Gut gemacht, Tochter«, lobte Gwynie und umarmte Sorcha dabei.

# KAPITEL FÜNFUNDZWANZIG

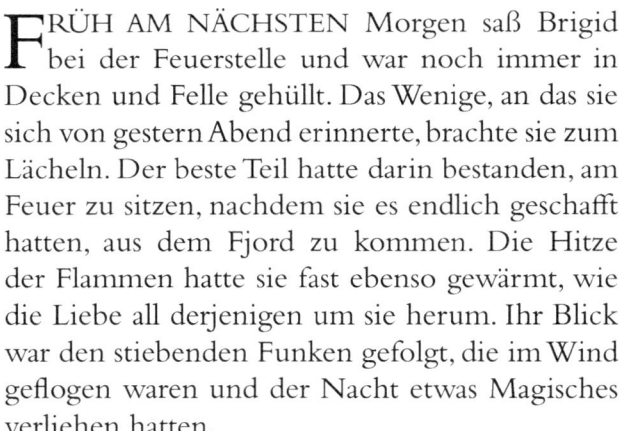

FRÜH AM NÄCHSTEN Morgen saß Brigid bei der Feuerstelle und war noch immer in Decken und Felle gehüllt. Das Wenige, an das sie sich von gestern Abend erinnerte, brachte sie zum Lächeln. Der beste Teil hatte darin bestanden, am Feuer zu sitzen, nachdem sie es endlich geschafft hatten, aus dem Fjord zu kommen. Die Hitze der Flammen hatte sie fast ebenso gewärmt, wie die Liebe all derjenigen um sie herum. Ihr Blick war den stiebenden Funken gefolgt, die im Wind geflogen waren und der Nacht etwas Magisches verliehen hatten.

Es war magisch gewesen. Marcas hatte sie gerettet, ihre Familie war hier, um sie zu unterstützen, doch Momente zuvor, in der Kälte des Fjords, hatte sie das Schlimmste befürchtet. Ein Holzscheit fiel und verursachte einen weiteren Funkenregen, der in die Luft aufstieg, als würde er ihr zustimmen.

Ihre gesamte Familie und auch Marcas' Clan hatten sich eifrig um sie gekümmert und die Wärme des Feuers hatte sie genügend durchdrungen, dass sie aufgehört hatte, äußerlich zu zittern. Sobald sie bei der Feuerstelle im Hauptturm gesessen hatte, war sie in ihrem Sessel eingeschlafen und konnte sich an nichts mehr danach erinnern.

Ihre Mutter und Merewen hatten sich gerade zu ihr gesellt, als Marcas mit ihrem Vater ihm Schlepptau eintrat. »Du bist wach«, hatte ihr Vater gemeint. »Wir wollen alle gern hören, was der Mistkerl dir erzählt hat.«

Tara und Jennet eilten gerade rechtzeitig die Treppe herab, um sich einen Becher warmer Gerstenbrühe zu nehmen und ihre Schemel zu der Gruppe herüberzuziehen. Gisela kam mit einem Laib frischem Brot in der Hand aus der Küche herbei.

Marcas kam herüber und küsste Brigid auf die Wange, ehe er fragte: »Geht es dir besser? Du wolltest gestern Abend nicht zu zittern aufhören.«

»Mir geht es gut, obwohl mir immer noch ein bisschen kalt ist«, gab sie zu. »Aber ich habe euch viel zu erzählen. Ich hatte gestern Abend nicht die Energie, die Geschichte in meinem Kopf zu sortieren, aber heute Morgen habe ich eine ganze Weile im Bett gelegen und über alles nachgedacht, was er gestanden hat.«

»Gestanden?«, fragte Marcas, mit hochgezogenen Augenbrauen, als er einen Sessel neben ihren zog. »Bitte erzähle uns davon.«

Sobald sich alle gesetzt hatten, richtete sie ihre Worte an Marcas. »Er hat alles getan.«

In dem Augenblick kamen Shaw und Ethan zur Tür herein. »Wer hat alles getan?«

Die Gruppe verstummte, als sie auf ihre

Antwort warteten.

»Soll ich allen über deine Frau erzählen? Dies ist ein wichtiger Teil davon. Hamon hat mir von Freda erzählt.«

Marcas rieb sich über die Stoppeln an seinem Kinn. »Fahre fort. Es sind nicht mehr viele von uns übrig und ich betrachte euch alle als Familie.«

Brigid wandte sich mit ihrem Bericht an die Gruppe. »Marcas´ Frau Freda war in Hamon Dingwall verliebt. Er war der Mann, der sich mir gegenüber als Morris ausgegeben hatte, als er sich mir im Burghof genähert hat. Niemand sonst hat ihn je gesehen. Als ich ihn das erste Mal traf, hatte er sich über den Brunnen gebeugt und ich hatte nicht an die Verbindung gedacht. Er hat mir gesagt, er hätte Halt gemacht, um sich zu erfrischen.«

Sie drehte sich wieder zu Marcas um. »Sie hatte ihm versprochen, dich zu verlassen, nachdem sie dir einen Sohn geschenkt hätte, also war Hamon ganz aufgeregt, sobald sie Tiernay hatte, da er dachte, sie würde dich gleich verlassen, aber sie war nicht schnell genug für ihn. Er hatte Freda angefleht, dich zu verlassen und nach Hause zu kommen, aber sie war geblieben. Also hatte er sich gewünscht, größeren Schaden anzurichten, indem er dich umbrachte, Marcas. Offensichtlich hatte er Freda gewarnt, dass er vergorene Milch in den Brunnen kippen würde, aber sie hatte ihm nicht geglaubt.«

Dieses Geständnis entlockte sowohl Jennet als auch Tara ein Keuchen, was Brigid erwartet hatte, und sie wandte sich wieder an die Gruppe.

»Dies war Neuland für ihn. Als er die saure Milch in den Brunnen geschüttet hatte, war er der Hoffnung gewesen, dass einige krank würden, aber er hatte nicht damit gerechnet, dass so viele erkranken würden. Dann war Freda wütend auf ihn, weil deine Eltern krank geworden waren. Anschließend wurde natürlich sie selbst krank.«

Brigid ließ die Worte einen Augenblick lang wirken und trank in der Zwischenzeit wieder einige Schlucke von der Gerstenbrühe. Die Kälte aus dem Fjord steckte ihr noch tief in den Knochen.

Ethan ergriff das Wort und streckte die Arme dabei weit aus, als ob er den Fall nicht ganz fassen könnte. »Dies? All unsere Toten, den Verlust unserer Eltern, unserer zahlreichen Clanangehörigen. All das war nur wegen Fredas Beziehung mit einem anderen Mann? All dies war nur wegen Eifersucht?«

Brigid nickte und dann griff sie nach Marcas´ Hand, die sie drückte. »Nichts davon war dein Fehler, Marcas. Keiner. Er hat Kara von Gisela gestohlen, während sie schlief, weil Freda ihm einen Schlüssel gegeben hatte, um durch die Tür an der Mauer in die große Halle zu kommen. Er wollte etwas von Freda, das er für immer behalten konnte.«

»Er wollte unsere Tochter?«, fragte Marcas und ließ von Brigids Hand ab, um aufzustehen und herumzugehen. Nach zwei Schritten blieb er wieder stehen und meinte: »Warum also hat er dich mit in das Boot genommen?«

Es würde schwierig für ihn sein, das zu hören,

aber er musste die Wahrheit wissen. »Er hat mich genommen, weil er gesehen hatte, dass du an mir interessiert warst. Oft war er in die Bäume geklettert und hatte alles von dort aus beobachtet. Er hatte uns gesehen, als wir außerhalb der Tore spazieren gegangen waren und du mich geküsst hattest.«

»Er hat dich geküsst«, brauste ihr Vater auf.

Sie war im Begriff, etwas zu sagen, doch ihre Mutter war schneller. »Ach Logan. hör auf. Dein kleines Mädchen ist eine junge Frau und du musst sie gehen lassen. In ihrem Leben auf Ramsay Land wird sie keinen Ehemann finden. Es gibt nur einen MacAdam.«

Ihr Vater verschränkte die Arme und brummte etwas, als Sorcha und Cailean sich zu ihnen gesellten.

»Aber das Boot?«, beharrte Marcas.

»Er hat mich auf den Fjord hinausgebracht, weil Freda ihm erzählt hatte, wie sehr du das Schwimmen im Fjord und den Algen verabscheust. Er dachte, dass du niemals zum Boot hinausschwimmen würdest. Und er erkannte erst, dass Ethan nicht du warst, als du wie ein Schlammmonster aus dem Wasser emporgesprungen bist. Da wäre er vor Schreck fast aus dem Boot gefallen.«

Die Gruppe zersplitterte gerade in unterschiedliche Gesprächskreise, bei denen es sich um die Geschehnisse drehte, als Nonie mit einem Tablett Porridgeschalen ankam. Edda, die Tiernay trug, kam hinter ihr her und ihr Bauch war immer größer und größer geworden.

»Wann ist es bei dir so weit, Edda?«, fragte Jennet.

Sie zuckte mit den Schultern. »Ich weiß es nicht. Ich habe keine Heilerin aufgesucht, aber ich mache mir ein bisschen Sorgen.«

»Warum?«

»Weil ich Bauchschmerzen habe. Mama sagt, es könnte bald so weit sein. Sollte das etwas bedeuten?« Sie strich sich mit den Händen über den großen Bauch, als ob sie aufhalten könnte, was immer sich dort drinnen abspielte.

Jennet starrte Brigid mit großen Augen an, und dieser Blick sagte Brigid, dass ihre liebste Cousine über die Ignoranz der anderen frustriert war, die ebendiese den Abläufen innerhalb ihres eigenen Körpers entgegenbrachte. Ein Kind auszutragen war eine Sache, die sich über so viele Monde hinzog, dass Frauen eine eindeutige Chance hatten, eine gewisse Neugier für den Prozess zu entwickeln, aber offensichtlich interessierte Edda dieses Wissen nicht.

»Komm, setz dich zu mir, Edda«, lud Brigid sie ein. »Tiernay kann sich hersetzen und auf einem Stück Brot kauen.«

Edda setzte sich und dann umklammerte sie ihren Bauch.

»Ein Schmerz?«, fragte Tara, die näher zu ihnen rückte.

»Aye«, antwortete Edda durch zusammengebissene Zähne. »Ich hoffe, es wird nicht noch schlimmer, oder ich will dieses Kind nicht haben.«

Jennet drehte sich um und ging zur Küche,

während Brigid dem Mädchen das Knie tätschelte. »Wir werden dir helfen, das durchzustehen. Vielleicht solltest du uns erlauben, dich jetzt zu untersuchen.«

Jinny kam aus der Küche gestürmt und ihr kam nur ein Wort über die Lippen. »Aye! Bitte untersucht sie. Unternehmt irgendetwas.«

Edda bemerkte den Gesichtsausdruck ihrer Mutter, die im Begriff war, in Tränen auszubrechen. Normalerweise hatte Jinny ihre Emotionen unter Kontrolle. Es musste ein wichtiger Moment bevorstehen.

Edda nickte nur und hielt sich den Bauch, als eine weitere Schmerzattacke sie überfiel.

Marcas saß nicht weit von dem Grab entfernt, in dem seine Eltern ruhten, auf einem Felsbrocken. Er schüttelte den Kopf, als ob jemand ihn beobachtete. Er war aus einem bestimmten Grund hierhergekommen.

Er musste mit seinem Vater reden.

Die frisch ausgehobenen Gräber waren mit den größten handgemachten Kreuzen markiert, die dazu bestimmt waren, die Gräber der Matheson Lairds und ihrer Familien zu markieren. Marcas´ Vater lag nicht weit von seinem Vater, der neben seinem Vater beerdigt worden war.

»Papa, es tut mir so leid. Ich taumele noch immer unter der Wahrheit über Freda, darüber, dass sie mich für einen anderen verlassen wollte und wie ihr Geliebter dich und die meisten unseres Clans vergiftet hat, weil sie sich nicht rasch genug entschlossen hatte. Es macht mich krank zu wissen, wie sehr dies mein Fehler war.«

Shaws Stimme drang aus einer Entfernung zu ihm. »Himmel, wie kannst du so etwas sagen?« Gisela stand direkt hinter ihm.

Marcas drehte sich zu seinen Geschwistern um. »Wenn ich imstande gewesen wäre, Fredas Liebe zu gewinnen, dann wäre all dies vielleicht gar nicht passiert. Aber ich habe ihre Bedürfnisse nicht erfüllt, also hat sie ihre Liebe anderswo gesucht.«

»Marcas, hör bitte auf, dir die Schuld für etwas aufzuladen, das nichts mit dir zu tun hat«, meinte Gisela. »Wenn Papa hier wäre, würde er dir sagen, es sei seine Schuld, da er dich gezwungen hatte, Freda zu heiraten.«

»Ich hätte mich ihm widersetzen können«, murmelte Marcas.

»Nein«, konterte Shaw. »Du hast unseren Vater nie abgewiesen. Nichts davon war deine Schuld.«

»Wie kannst du das sagen? Sie war meine Frau.« Die Hände in die Hüften gestemmt, stand Marcas auf.

»Weil sie nicht zu dir gepasst hat«, erklärte Gisela. »Diese Art von Argumentation ließe sich auch auf mich anwenden, und man könnte mir die Schuld zuschreiben. Ich hätte etwas zu dir sagen sollen. Freda war eine Heuchlerin. Ich habe sie wegen dir dafür gehasst. Sie war eine Lügnerin und sie war verwöhnt und so viele andere Dinge, die ich jetzt nicht zu sagen brauche, aber früher hätte sagen sollen. Du hattest wahrhaftig etwas Besseres als Freda verdient.«

Shaw nickte zustimmend. »Du kannst niemanden zwingen, dich zu lieben, wenn sie nur sich selbst liebt. Sie war eine schlechte Partie. Selbst Papa wusste es.«

»Was?« Marcas drehte sich um und richtete den Blick auf die Grabstätte, als ob sein Vater ihm antworten könnte. »Papa? Sagt Shaw die Wahrheit?«

Gisela rückte dicht an ihren Bruder heran und schlängelte ihren Arm unter seinen. »Mama wusste es auch.« Seufzend schaute sie zu den Bäumen über ihr und meinte: »Sie hat mir erzählt, Freda hätte einen anderen geliebt, doch Fredas Mutter hatte ihrer Tochter gesagt, sie solle Hamon vergessen, gleichwohl sie mir nie seinen Namen genannt hatte. Doch das hat sie nicht gemacht.«

»Mama und du habt darüber gesprochen, ohne mir etwas zu sagen?« Er konnte nicht glauben, was er während des letzten Tages alles zu hören bekommen hatte. Alle hatten von Freda und ihrem Liebhaber gewusst. Wahrscheinlich hatten sie es sogar vor ihm gewusst. Er kam sich wie ein Narr vor.

»Aye«, antwortete Gisela geringschätzig. »Ich habe es gehasst, wie diese Schlampe dich behandelt hat. Nach der Geburt von Kara bin ich zu Mama gegangen. Ich hatte Angst, die Kleine würde sich wie ihre Mutter benehmen. Freda wollte, dass sich jeder um sie kümmert und sie war selten nett zu dir. Sie hat nicht mal ihre eigenen Kinder stillen wollen. Sie hat sich von der Heilerin eine Amme suchen lassen, die sie stillte, wenn du nicht da warst.«

Marcas war so verblüfft, dass er sich wieder auf den Felsbrocken setzte. »Sie hat unsere Kinder nicht an ihre eigene Brust gelegt?«

»Nein. Ellice hat andere Mütter mit Neugeborenen gesucht, um die Kinder zu stillen. Nun, das hat sie eine Zeitlang getan. Dann, mit Tiernay, als die Milch der anderen Frau versiegte, verabreichte sie Tiernay Ziegenmilch und Wasser aus dem Brunnen. Er wäre vielleicht nie krank geworden, wenn er nur die Milch seiner Mutter getrunken hätte.«

»Papa wusste, dass er einen Fehler begangen hatte«, setzte Shaw hinzu. »Er ging zu Fredas Vater, der ihn daran erinnerte, dass sie versprochen hatte, dir einen Sohn zu schenken. Und das tat sie. Aber wer konnte schon ahnen, was dann alles folgen würde? Es war eine traurige Situation, aber alle Schuldigen sind tot. Ich wüsste nicht, was man da noch machen könnte.«

Gisela schmunzelte und sagte: »Ich schon.«

»Was?«, fragte Marcas und hob den Kopf.

»Heirate Brigid. Ihr zwei seid ein wunderbares Paar. Ich hoffe, du wirst sie fragen, ob sie deine Frau werden will.«

»Und ich hoffe, dass sie einwilligt«, fügte Shaw hinzu.

Marcas lachte leise. »Das habe ich, und das hat sie getan. Jetzt muss ich nur noch mit ihrem Vater reden.«

Shaw trat zwei Schritte zurück und hielt seinem Bruder die Handflächen entgegen. »Dabei werde ich dir nicht helfen.«

# KAPITEL SECHSUNDZWANZIG

BRIGID SASS AM Kopfende des Bettes auf einem Schemel, während Jennet und Tara Eddas Fortschritte überprüften. Nonie und Jinny hatten die Kammer für sie hergerichtet, nachdem Tara verkündet hatte, dass Edda ihr Kind nun bald auf die Welt bringen würde.

Brigid musste zugeben, dass sie ein bisschen aufgeregt war. Sie liebte es, neues Leben auf die Welt zu bringen. Schon so oft war sie mit Tante Brenna zugegen gewesen, dass sie eine Geburt wahrscheinlich auch allein gemeistert hätte. Die Freude, die sich einstellte, wenn ein Neugeborenes endlich seinen ersten Atemzug tat, trieb ihr noch immer die Tränen in die Augen.

Würde sie jemals ein eigenes Kind haben?

Seit Brigid und Jennet etwa fünf oder sechs Sommer alt gewesen waren, hatten sie Jennets Mutter geholfen. Neugier war der ursprüngliche Antrieb für Brigid gewesen, gleichwohl sie auch ihrer Cousine hatte folgen wollen. Sie war immer hinter Jennet hergelaufen, ihrer besten Freundin, die ein Jahr älter war als sie, aber Brigid hatte schon vor langer Zeit gelernt, dass ihr Verstand nicht der Gleiche war wie Jennets. Oft hatte ihre Mutter zu ihr gesagt: »Brigid, du hast deine eigenen Talente. Es liegt an dir, sie zu finden. Sie sind da. Tu, was *du* tun willst.«

Zuerst war sie der Annahme gewesen, sie würde wie Jennet gern Haut zusammennähen oder in das Innere von Menschen schauen, doch das hatte sie nicht lange interessiert. Brigid zog es vor, bei der Geburt von Babys zu helfen oder sich der kleinen Kinder anzunehmen.

Tara untersuchte Edda und deckte sie dann wieder mit einem Tuch zu, ehe sie allen Anwesenden ihre Ankündigung machte. »Edda, ich glaube, du wirst dein kleines Kind innerhalb von einem Tag zur Welt bringen. Wir müssen Sorge dafür tragen, dass wir alles haben, was wir für dieses bedeutsame Ereignis brauchen.«

Brigid stand auf, doch Jennet hielt ihr die Hand entgegen. »Brigid, du musst immer noch erschöpft sein. Ich werde das Laufen übernehmen. Du bleibst hier bei ihr.« Dann beugte sie sich vor und flüsterte ihr ins Ohr. »Du warst schon immer besser im Entbinden von Kindern als ich.«

Brigid lehnte sich zurück und schaute ihre Cousine an. Wann hatte man ihr jemals gesagt, dass sie etwas besser konnte als Jennet?

Jennet gluckste, ein seltener Laut. »Du glaubst mir nicht? Aber natürlich bist du das. Du weißt, dass ich dieses Gebiet des Heilens noch nie gemocht habe. Aber ich tue, was ich tun muss. Aber du? Du bist so viel besser darin, Frauen zu beruhigen und zu ermuntern, dieses Ritual mit der besten Einstellung durchzustehen. Du hast den Dreh heraus, sie durch eine schwierige Phase zu führen, wenn die meisten Frauen aufgeben wollen. Dies ist eine seltene und nützliche Fähigkeit, die ich nicht besitze.«

»Wirklich?«, flüsterte Brigid, die sich noch nie Gedanken darüber gemacht hatte, was Jennet ihr da gerade sagte. Sie hatte gewusst, dass sie den Frauen in dieser besonderen Phase gerne beistand, doch nie hätte sie sich vorstellen können, dass sie darin begabt war.

Dann tat ihre liebe Cousine etwas sehr Untypisches. Sie schnaubte.

Was zum Teufel sollte das bedeuten?

»Ich habe einfach nicht die Geduld, und du schon«, antwortete Jennet. »Ich würde sie lieber schütteln, bis das Kind aus ihnen herausflutscht.« Dann lachte sie über ihren eigenen Scherz und ging.

Tara schaute Brigid an und meinte: »Ich habe Jennet noch nie so scherzen sehen. Sie muss es ernst meinen. Aber ihre Zuversicht sagt viel über dich aus. Willst du dich mir anschließen?« Sie warf einen Blick auf Edda, die eingeschlafen war, und zeigte dann auf einen weiteren Schemel am Fußende des Bettes.

»Einverstanden. Ich werde mich waschen und ein anderes Kleid anziehen. Ich fühle mich schon viel besser.«

»Gut«, freute sich Tara. »Denn ich glaube nicht, dass Jennet zurückkommen wird, und ich könnte ein paar zusätzliche Hände gebrauchen.«

Tara hatte recht.

Marcas hatte die unumgängliche Sache lange genug aufgeschoben. Als er Brigids Vater aus den Stallungen kommen sah, trat er direkt an ihn heran. »Mylord, kann ich Euch kurz in meiner Kabinettstube sprechen?«

Logan warf dem Mann einen strengen Blick zu, doch dann nickte er langsam.

So leicht würde Marcas sich nicht einschüchtern lassen. Er konnte sehen, dass der alte Krieger diesen »Blick« geübt hatte, den er jedem zuwarf, den er einschüchtern wollte.

Nicht so heute.

»Eddas Zeit naht. Ich habe gehört, die drei Heilerinnen seien bei ihr, und ich bin ihnen sehr dankbar«, meinte Marcas in seinem Bemühen, ein Thema zu finden, das dem Mann keine harschen Worte entlockte. Er hielt ihm die Tür auf, als sie in den Burghof traten und dann auch beim Eintreten in die große Halle.

Jennet war damit beschäftigt, Nonie, Sorcha und Merewen Anweisungen zu erteilen, damit sie helfen konnten, während Jinny daneben stand und beharrte. »Nein, gib mir etwas zu tun, bitte. Ich kann nicht warten, ohne etwas zu tun.« Jennet wies auch ihr ein paar Aufgaben zu, dann ging sie weiter.

»Ist das Kind im Kommen, Jinny?«, rief Marcas ihr zu.

»Ja, vielleicht schon morgen, wird gesagt.« Ihre Miene hellte sich auf, doch sie knetete nervös die

Hände vor sich und strich dann über ihr Gewand. »Ich habe zu tun, Laird. Der Eintopf köchelt und das Brot ist gebacken, aber wir müssen uns auf mein erstes Enkelkind vorbereiten. Bitte entschuldigt mich, aber ich muss weiter.« Grinsend machte sie sich auf den Weg zum Küchentrakt.

Neues Leben zog im Matheson Clan ein. Marcas musste gestehen, dass er überglücklich war. Er betete, dass das Kind gut auf die Welt kam, denn andererseits würde man sie beschuldigen, noch immer einen Fluch auf sich lasten zu haben. Mit Logan im Schlepptau strebte er auf seine Kabinettstube zu, doch als er anhielt, um dem Mann die Tür zu öffnen, wurden sie von einer lauten Stimme unterbrochen, und eine Gestalt stürmte auf sie zu.

»Nein, das wirst du nicht. Nicht ohne mich, Logan Ramsay.« Gwyneth flog durch die große Halle, als wäre sie nicht älter als zehn Sommer.

Marcas hielt ihr stattdessen die Tür auf, und sie schob sich an den beiden vorbei. Logan grinste. »Meine Frau verpasst nie etwas.« Dann zwinkerte er Marcas zu.

Er war sich nicht ganz sicher, was er von dem ganzen Spektakel halten sollte, von der Frau, die darauf bestand, in ein Gespräch zwischen Männern einbezogen zu werden, oder von dem Umstand, dass ihr Mann dies erlaubte, oder von dem Zwinkern. Aber er nahm seinen Platz auf der anderen Seite des Tisches ein und lud die beiden mit einem Handzeichen ein, die beiden Plätze ihm gegenüber einzunehmen.

Gwyneth saß bereits. »Also, warum sind wir

hier, Marcas?« Die Frau kam sofort auf den Punkt.

Marcas hielt das für eine gute Sache. Sie musste einen Verdacht haben, warum er Logan in seine Kabinettstube gebeten hatte und außer ihm keinen anderen, nicht einmal seine Brüder. Das verriet ihm, dass sie mit großer Wahrscheinlichkeit einverstanden sein würde.

Das hoffte er zumindest. Mit etwas Glück hätte er einen der beiden auf seiner Seite.

»Freilich ist euch nicht entgangen, dass ich eure Tochter liebgewonnen habe«, begann Marcas. »Ich hoffe, ihr hattet Gelegenheit, sie über ihre Gefühle für mich zu befragen. Ich bin bereit ihr einen Antrag zu machen, meine Frau zu werden. Ich bitte Euch um ihre Hand, und ...«

»Nein.« Logan blaffte seine Antwort, stand von seinem Platz auf und strebte zur Tür.

»Aye, ich erteile dir meine Erlaubnis. Vergiss ihn«, verkündete Gwyneth.

Logan wirbelte so schnell herum, dass sein Plaid in die Luft flog. »Gwynie, komm mir dabei nicht in die Quere. Sie ist noch nicht so weit.«

Gwyneth fuhr aus ihrem Stuhl hoch und mit verschränkten Armen stellte sie sich ihrem Mann entgegen. Marcas musste zugeben, dass er noch nie erlebt hatte, dass eine Frau ihren Mann so herausforderte, wie es diese Frau. »Logan, es ist nicht genügend Zeit auf dieser Welt für *dich*, um bereit zu sein, und du bist es, der wirklich nicht bereit ist. Ich wäre lieber noch am Leben, um die Hochzeit unserer Tochter zu erleben. Kümmere dich um Beatris und hilf Simone, einen Ehemann aus deinen eigenen Reihen von Kriegern zu finden, aber Brigid hat den ihren schon gewählt. Gib dein Einverständnis, damit wir zur Hochzeit bleiben können.«

»Gwynie, hast du den Verstand verloren? Warum willst du, dass Brigid jemanden heiratet, der so weit entfernt wohnt? Wir werden sie nie sehen. Ich finde jemanden in Ramsay Land, den sie heiraten kann. Ich weiß, du hast mir schon einmal gesagt, dass es Zeit für sie ist, jemanden zu finden, und ich gestehe meinen Fehler dabei ein. Ich habe nur widerstrebend anerkannt, dass sie volljährig ist. Jetzt sehe ich meinen Fehler ein. Wir werden heimkehren und jemanden für sie finden.«

»Nein«, beharrte Gwyneth. Ihre geschürzten Lippen verrieten Marcas, dass es an der Zeit für ihn war, das Wort zu ergreifen.

»Bei allem Respekt, Mylord …«, setzte Marcas an.

»Hör auf, mich so zu nennen. Ich bin nicht dein Mylord.« Logan schüttelte den Kopf. »Siehst du Gwynie. Er ist blöde.«

»Er ist höflich und bringt dir Respekt entgegen. Das würde ich nicht. Ich würde dir sagen, du könntest mir den Hintern küssen.« Ihr Starren war furchtbar intensiv und Marcas fragte sich, ob Brigid dasselbe tun würde.

Er hoffte nicht.

Grinsend entgegnete Logan: »Frau, du weißt, dass dies meine Lieblingssache ist. Warum sagst du das? Beug dich vor und ich werde ihn gleich jetzt küssen. Das wird meine Meinung aber nicht ändern.«

Marcas fiel beinahe die Kinnlade herunter, doch er behielt sich unter Kontrolle. »Ich bin nicht hier, um einen Streit zu verursachen«, sagte er zu den beiden. »Bitte setzt euch.«

Die beiden nahmen wieder Platz, nachdem sie einander angestarrt hatten. Dann fuhr er fort, sobald er ihre volle Aufmerksamkeit hatte. »Ich liebe eure Tochter. Ich denke, ihr solltet sie fragen, was sie sich wünscht.«

»Das ist egal«, gab Logan zurück. »Es ist immer noch zu früh.«

»Den Teufel tut es, Logan. Ich dachte, du würdest angesichts der Heirat dieser Tochter Besserung zeigen.« Gwyneth zupfte an ihrem Plaid und zwirbelte den Zipfel. Dies war eine Angewohnheit, die Marcas bei ihr früher schon als Anzeichen von Anspannung erkannt hatte.

»Mit den anderen Eheschließungen hatte ich nie Probleme.«

Gwyneth stieß ein leises Grollen hervor. »Du hattest auch nicht gewollt, dass unsere anderen Töchter heiraten.«

Logan weigerte sich, ihr in die Augen zu blicken. »Es hat ein paar Probleme gegeben. Aber nicht bei Maggie.«

»Du hast Will das Versprechen abgenommen, sie zu heiraten, ehe du ihm erlaubt hast, sie aus ihrer Gefangenschaft zu stehlen.« Gwyneth schlug sich mit solch einer Vehemenz auf die Oberschenkel, dass er sich fragte, ob sie bald noch jemand anders schlagen würde.

Marcas tat sein Bestes, um bei dieser Enthüllung nicht eine Augenbraue hochzuziehen. Es war eine Geschichte, die er noch nicht gehört hatte, aber nach der er sich mit Sicherheit erkundigen würde.

Gwyneth fuhr fort und erklärte Marcas. »Will hatte die Nacht mit ihr verbringen müssen. Er musste sie aus Edinburgh fortbringen, und wir konnten es nicht selbst tun, weil der König uns verfolgt hätte.«

Logan verschränkte die Arme und wurde bei ihren Worten abweisend, aber er sagte keinen Ton, und überließ es seiner Frau, die Erklärung zu liefern.

Gwyneths Aufmerksamkeit wanderte zu ihrem Ehemann und der Ausdruck auf ihrem Gesicht ließ jeden wissen, dass sie nicht glücklich war. »Es war eindeutig der einzige Weg gewesen, wie du jemanden für ihre Rettung hattest gewinnen können, Logan. Außer Will hätte das kein anderer machen können. Wenn er sie nicht geraubt und die Nacht mit ihr in der Höhle verbracht hätte, hätten die beiden noch vor dem Morgengrauen ihre Köpfe in Schlingen gehabt. Es war die einzige Möglichkeit gewesen, sie am Leben zu erhalten.«

»Also habe ich den ultimativen Preis gezahlt.«

»Und hast du es bedauert?« Ihr Tonfall wurde ein bisschen weicher.

»Nein, er ist ein guter Mann.« Seine Stimme war ein leises Brummen, aber er wollte ihr noch immer nicht in die Augen schauen.

»Und wir mussten dich festbinden, bevor Cailean Sorcha von der Hochzeitsfeier wegbringen konnte. Ich werde das nicht noch einmal durchmachen, Logan Ramsay. Stimme dieser Heirat zu, oder du wirst bald alleinstehend sein.«

»Gwynie, das meinst du nicht ernst«, schnaubte Logan.

Ihre Stimme wurde wieder lauter. »Nun, wenn du je wieder meinen Hintern küssen willst, wirst du dieser Heirat zustimmen.«

Marcas widerstand dem Drang, vor dieser überaus intimen Unterhaltung davonzulaufen. Er wusste nicht, ob er je in der Lage sein würde, dies jemandem gegenüber zu wiederholen.

Logan drehte sich schließlich zu seiner Frau um und Marcas sah eine offene Verletzlichkeit, die er vorher nicht gesehen hatte. Dieser Mann betete Brigid an, wie er all seine Kinder anbetete.

»Er ist ein guter Mann, Logan«, stellte sie mit ruhigerer Stimme fest.

Marcas hielt den Zeitpunkt für perfekt, um das Wort zu ergreifen. »Ich gelobe euch, sie mit meinem Leben zu beschützen. Habt ihr daran Zweifel?«

»Nein, ich weiß, dass du das tun wirst. Das hast du im Fjord bereits bewiesen.«

»Ich verspreche, dass wir das Gebiet der Ramsays zweimal im Jahr besuchen werden«, bot Marcas an. Er bemerkte, wie Gwyneth darauf grinste. »Und ihr seid jederzeit auf Black Isle willkommen.«

Logan stieß das lauteste Seufzen aus, das er je gehört hatte, doch dann sagte er: »Ich werde meine Zustimmung geben, aber ihr müsst uns zweimal im Jahr besuchen und wir werden oft hierher zu Besuch kommen.«

»Ihr seid herzlich eingeladen, hierher umzusiedeln, wenn ihr wollt.«

Gwyneth schoss von ihrem Stuhl hoch und entgegnete: »Nein! Sag ihm das nicht!«

Mit einem Grinsen schob Logan seinen Stuhl zurück und verließ den Raum.

Was um alles in der Welt bedeutete das?

# KAPITEL SIEBENUNDZWANZIG

BRIGID UND TARA schauten sich an, und der Schweiß stand Tara sichtbar auf der Stirn, während er bei Brigid zwischen den Brüsten rann. Beide wischten sich über die Stirn, ehe sie sich an Nonie wandten. »Bitte geh Jennet suchen und sag ihr, dass sie sofort gebraucht wird.« Die Geburt stellte sich als schwieriger heraus, als sie erwartet hatten, und schwierige Geburten hatten oft einen katastrophalen Ausgang.

Edda wimmerte und beugte sich vor, um noch einmal zu pressen, was ihr zweifellos keine Lösung bringen würde. Sie drückte und drückte mit aller Kraft, wobei sie die Arme um ihre Knie schlang, um sich abzustützen, aber das Kind kam nicht heraus. Jinny saß neben ihrer Tochter, wischte ihr über die Stirn und ermutigte sie, während sie versuchte, das fast unmögliche Kunststück fertigzubringen, dass Baby aus sich herauszupressen.

Als der Drang aufhörte, sank Edda in die Kissen zurück und wimmerte: »Was ist los? Warum will dieses Kind nicht aus mir raus kommen? Ich kann das nicht mehr lange durchhalten.«

Brigid beugte sich vor und nahm Eddas Hand. »Das Kind ist nicht in der richtigen Position.«

»Was soll das heißen?«, fragte die arme Frau, die von der heftigen Anstrengung, die sie hatte leisten müssen, keuchte und schnaufte.

Die Tür öffnete sich, und Jennet trat ein, die schnell einen weiteren Schemel zum Fußende des Bettes zog. Saubere Tücher lagen griffbereit, um das Neugeborene darin einzuschlagen, sobald es geboren war und seinen ersten Atemzug tat.

»Was ist los?«, flüsterte Jennet.

»Das haben wir auch gerade gefragt«, antwortete Jinny und drückte die Hände ihrer Tochter fest an sich. »Es muss etwas geben, was sich tun lässt.«

»Es gibt etwas«, fuhr Brigid in ihrem beruhigenden Tonfall fort. »Mit Jennet hier, werden sie und Tara bei jeder Wehe auf Eddas Bauch drücken, oder wenn sie das Bedürfnis zu pressen verspürt. Bei den Babys soll der Kopf zuerst herauskommen. Bei dem Kleinen ist der Po jedoch unten, und das ist eine schwierige Position.«

»Also wirst du es aus mir herauspressen? Wird das nicht noch mehr wehtun?« Edda schaute von einem Gesicht zum anderen, in der Hoffnung auf eine gute Nachricht, oder irgendeine Nachricht, die diesen beschwerlichen Prozess beenden würde.

Brigid tätschelte ihr den Fußrücken. »Nein, ich glaube nicht, dass du einen Unterschied spüren wirst. Wir müssen das Kind umdrehen, sodass entweder der Kopf oder die Füße zuerst herauskommen. Wir hoffen, dass es der Kopf sein wird, aber wenn es die Füße sind, können wir das auch schaffen.«

»Habt ihr das schon einmal gemacht?«

»Ich nicht, aber die anderen beiden schon. Tante Brenna hat die Kinder schon oft umgedreht«, gab Tara zur Antwort.

Jennet und Tara machten Anstalten, sich über Eddas Bauch zu beugen. Brigid schaute Jennet an, um ihr Mut zu machen. Ihre liebste Cousine hatte nur mit einem Schwierigkeiten, und zwar wenn ein Patient wach war und schrie. Mit diesem zusätzlichen Stress konnte sie nicht umgehen. Jennet zog ihre Patienten schlafend vor oder zumindest mit ein bisschen Ale in ihren Bäuchen.

Tante Jennie hatte ein spezielles Pulver, das die Mönche für sie mitgebracht hatten, um die Schmerzen der Patienten zu lindern, aber die Mädchen wussten, dass sie es niemals während der Entbindung eines Kindes verwenden durften. Sie brauchten die Mitarbeit der Mutter, sonst würde die Geburt nicht erfolgreich sein.

»Gib uns Bescheid, kurz bevor du das Ziehen in deinem Bauch spürst, und dann kannst du von innen pressen, während Jennet und Tara von außen Druck ausüben.«

Brigid tastete Eddas Bauch ab. »Es tut mir leid, wenn das wehtut, aber ich versuche, die genaue Position des Kindes zu bestimmen.«

»Es tut nicht weh«, antwortete Edda mit einem Schniefen.

»Ich glaube, das ist der Kopf«, meinte sie und zeigte es Tara mit den Händen. »Wir müssen also versuchen, ihn nach unten zu dirigieren. Oder wenn der Kopf sich nicht ganz bewegen lässt, müssen wir es mit den Füßen versuchen. Ich greife hinein, wenn sie die Wehe hat, und versuche, eines der Gliedmaßen zu fassen.«

Füße wären besser als Hände, dachte sie.

Sie hatten das schon dreimal gemacht, aber immer unter der fachkundigen Anleitung von Tante Brenna. In einem Fall kam das Baby nach vielen Manipulationen mit dem Kopf voran heraus, im zweiten Fall wurde es mit den Füßen voran geboren. Doch beim dritten Mal starben sowohl Mutter als auch Kind.

Tante Brenna hatte geweint, sie hätte der Frau am liebsten einfach den Bauch aufgeschnitten und das Kind herausgezogen, aber sie wusste, dass es zu riskant war.

Brigid war klar, was hier noch auf dem Spiel stand. Wenn das Kind nicht sicher zur Welt kam, würde es den Anschein haben, der Fluch von Black Isle würde weiter bestehen.

»Ich spüre, dass eine Wehe kommt!« Edda beugte sich vor, um zu pressen, während Jennet in die eine und Tara in die andere Richtung drückten. Die beiden Bewegungen zusammen sollten das Kind im Mutterleib drehen. Sie versuchten, das Baby zu verschieben, als wäre es ein Rad. Edda stöhnte und ächzte mit aller Kraft, aber nichts geschah.

Jennet fragte: »Kannst du etwas sehen, Brigid? Irgendwelche Füße? Haare?«

Sie hatte so nah wie möglich hingesehen und die Kerze gehalten, um die Umgebung zu beleuchten, doch Brigid hatte nichts erkennen können. Und sie hatte auch keine Bewegung gesehen. Sie stellte die Kerze so ab, dass sie den Bereich, den sie untersuchen wollte, am besten ausleuchtete.

»Da kommt schon wieder eine!«, meldete sich Edda.

Die beiden Frauen drückten auf ihren Bauch, während Tara fragte: »Siehst du etwas, Brigid?«

»Nein.«

Edda stieß einen lauten Atemzug aus, als die Wehe endete, und heulte: »Warum ich? Warum funktioniert das nicht? Herr, bitte hilf mir. Ich kann nicht mehr viel aushalten!«

Jennet schaute Edda und dann Brigid mit großen Augen an.

Brigid musste etwas tun. »Edda, du machst das ganz toll. Wenn du mir noch zwei kräftige Stöße gibst, schaffe ich es.«

»Das sagst du nur so. Ich mache es nicht toll. Ich kann nicht einmal mein eigenes Kind zur Welt bringen. Ich bin so eine Versagerin. Es tut mir leid, Mama.«

Jinny fing zu weinen an und murmelte ihrer Tochter unverständliche Worte zu.

Brigid würde Edda nicht in ein Loch fallen lassen, aus dem sie sie nicht zurückholen konnten. Sie waren auf ihre Mitarbeit angewiesen. »Sag mir wieder, wann du den Druck spürst, Edda.«

»Die nächste kommt!«, japste Edda fast sofort.

Tara schaute Brigid an. »Was tust du?«

»Ich werde meine Hand einführen und nach einem Fuß tasten. Glücklicherweise habe ich sehr kleine Hände.« Brigid schob ihre Hand so weit in Edda, wie sie konnte, und sie wusste, dass die Wehe heftig gegen ihr Handgelenk pressen würde, aber sie war der Meinung, dass ihr Handgelenk keinen Schaden nehmen würde, wenn eine Wehe den Schädel eines Kindes nicht verletzte. Dann fühlte sie es. Etwas. Ein Arm oder ein Bein und sie musste nur herausfinden, was es war. An einem Arm zu ziehen wäre schlimmer. Ein Kind konnte niemals seitwärts herauskommen, also betete sie, dass es ein Fuß war.

Die Wehe wurde stärker und schloss sich um ihre Hand und bei Eddas festem Pressen oder Taras oder Jennets, ging eine plötzliche Veränderung durch das Kind und sie konnte eine zweite Gliedmaße neben der ersten fühlen, was sie überzeugte, dass es ein Fuß sein musste, und kein Arm. Sie packte die beiden und sagte. »Ich habe die Füße. Press!«

Edda presste mit all ihrer Kraft. Sobald die Wehe ein bisschen nachließ, konnte Brigid ihre Hand zurückziehen und die beiden Füße in Eddas Geburtskanal bringen. Sie schaute zu Jennet und Tara auf und nickte.

»Ich habe die beiden Füße, Edda. Noch einen guten Stoß und ich denke, das Kind wird herauskommen.« Sie benutzte ihren Ärmel, um sich den Schweiß von der Stirn zu wischen, während sie wartete.

Jinny fing an, wieder und wieder zu beten.

Edda richtete sich auf und rief: »Sie kommt schon wieder!« Mit Jennets Hilfe presste sie immer wieder und Brigid hatte gerade noch rechtzeitig eine Decke genommen, als sie das Kind mit einem Rutsch herauszog und es mit dem Kopf nach unten hielt, damit die Nabelschnur genügend Raum hatte, um herauszukommen, ehe sie das Neugeborene in ihren mit einer Decke bedeckten Arm sinken ließ und es rasch darin einschlug.

Alle jubelten ehrfürchtig.

»Was ist es?«, quengelte Edda.

Brigid und Tara schauten beide nach und verkündeten: »Es ist ein wunderschönes Mädchen.« Brigid säuberte den Mund der Kleinen vom Schleim und hielt sie hoch, wie es ihre Tante oft tat, wobei sie der Neugeborenen den Mund öffnete, bis diese mit einem lauten Schrei die Welt begrüßte und ihr Gesicht so rot wurde wie der leuchtendste Apfel, und sie in ein kräftiges Wutgeschrei ausbrach, da sie so abrupt gestört und dem wohligen Leib ihrer Mutter entrissen worden war.

Tara und Jennet wurden aktiv und halfen Brigid mit all den Aufgaben, die nach einer Geburt anfielen. Das Neugeborene musste gesäubert und seiner Mutter in die Arme an die Brust gelegt werden. Die Nachgeburt musste entfernt und die Nabelschnur durchtrennt werden. Dann mussten sie saubermachen, so gut es ging – es war viel zu tun. Es war wie ein fein abgestimmter Tanz, den Brigid und Jennet viele Male miteinander getanzt hatten.

»Brigid, du warst wunderbar«, lobte Tara. »Ich hatte angefangen, mich zu sorgen.«

»Ich würde deine Arbeit als brillant bezeichnen,

Cousine«, setzte Jennet hinzu. »Du bist so viel besser darin als ich.«

Beinahe hätte Brigid in ihrer Tätigkeit innegehalten, da sie eine andere Meinung zu Jennets Worten äußern wollte. »Jennet, ich bin nie so eine gute Heilerin gewesen wie du.«

Jennet antwortete sachlich, also würde jeder die gleiche Wahrheit kennen wie sie. »Keine Heilerin, aber du bist immer eine bessere Hebamme gewesen als ich, Brigid. Du besitzt das Gefühl und die Geduld, die ich nicht habe.«

Brigids Gedanken waren aufgewühlt von allem, was Jennet gesagt hatte und der Anspannung von der Geburt. Edda strahlte mit ihrem Mädchen im Arm, das sich ruhig an die Brust ihrer Mutter schmiegte.

Aber Brigid fühlte sich nicht wohl. Nonie warf einen Blick auf sie und sagte: »Mylady, Ihr habt es übertrieben. Nun habt Ihr den schwierigen Teil abgeschlossen. Jinny und ich werden Edda säubern und ihr ein frisches Nachthemd anziehen.«

Mit einem Nicken versetzte Jennet Brigid einen Schubs. »Ich glaube, du brauchst etwas zu essen. Wir machen das schon. Du hast den schwierigen Teil erledigt.«

Brigid wusch sich die Hände und zog das blutbesudelte Übergewand aus, das sie für die Geburt angelegt hatte, und dann rannte sie zur Tür hinaus. Sie konnte nicht schnell genug vorankommen, weil sie plötzlich schluchzen musste. Sie eilte den Korridor entlang und als sie die Tür zur Brüstung öffnete, seufzte sie erleichtert über die frische Brise, die ihr das Haar aus dem Gesicht blies. Dann stürmte sie blindlings die Treppe hinauf.

Auf der Brüstung angekommen, prallte sie direkt auf eine steinharte Brust, deren Wärme ihr in der kalten Nachtluft entgegenströmte. Sie erkannte Marcas allein an seinem Geruch. Brigid sank an seine Brust und ihre angestauten Tränen brachen aus ihr hervor.

Marcas schlang die Arme um sie und schmiegte sie an sich, wobei sein Kinn auf ihrem Kopf ruhte, während sie schluchzte und dankbar dafür war, dass er ihr diese Zeit gewährte, ihren Gefühlen freien Lauf zu lassen.

»Eine Frage an dich, Mädchen, und dann überlasse ich dich deinen Tränen.«

Sie nickte an seiner Brust.

»Ist das Kind geboren und wohlauf?«

Sie nickte wieder und schluchzend brachte sie die Worte hervor: »Ein kleines Mädchen.« Dann weinte sie wieder an seiner Brust, wo sie die Arme um seine Taille schlang und sich an ihn klammerte, als wäre er die einzige Zuflucht auf dem Wasser.

So wie im Fjord.

»Dann hast du deine Sache gut gemacht, aye?«

Immer noch schluchzend nickte sie erneut.

»Ich danke dir und deinen Cousinen. Ich wusste nicht, dass wir eure Talente für diese Aufgabe brauchen würden, aber ich bin dankbar, dass ihr hier wart, um Edda und Jinny zu helfen. Ich kann es kaum erwarten, das neue Mädchen kennenzulernen.«

»Ich dachte nicht, dass ich ein besonderes

Talent hätte, doch gerade hat Jennet gesagt, ich sei die bessere Hebamme.« Dann weinte sie noch ein bisschen mehr.

»Stimmt dich das traurig?«

»Nein, es gibt mir das Gefühl, etwas Besonderes zu sein. Ich habe das nicht gewusst. Immer war sie in allem besser als ich.«

Er küsste Brigid auf die Stirn. »Nicht für mich«, raunte er. Er sprach lange Zeit nicht mehr, aber dann flüsterte er: »Es geht dir gut, nicht wahr? Du brauchtest nur dieses Loslassen, habe ich recht?«

Sie seufzte und drehte den Kopf so, dass sie sprechen konnte, doch sie war immer noch nicht imstande, von ihm abzulassen. »Das passiert mir oft nach einer schwierigen Situation, wenn wir versucht haben, jemandem zu helfen. Solange ich mittendrin bin, mache ich einfach weiter, aber wenn alles erledigt ist, weine ich wie ein kleines Kind. Verzeih mir, dass ich dich mit meinen Tränen überschüttet habe, Marcas. Ich kann jetzt aufhören.«

»Weine dir die Seele aus dem Leib, wenn es dir hilft, Brigid. Ich bin für dich da.« Er setzte sich auf einen Sims bei der Mauer, sodass sie sich ansahen. »Und das werde ich auch immer sein, wenn du mich haben willst.«

Irgendwie erkannte sie die Wahrheit dieser Aussage. Was auch immer geschehen mochte, würde Marcas immer da sein, um sie vor den Übeln der Welt zu bewahren, ganz gleich, ob diese Übel in ihrem Verstand oder in der Realität herrschten. Er würde sie trösten, sie besänftigen und sie immer lieben. Er hatte das Herz eines treuen Mannes. Er hatte eine Tragödie erlebt, wie kaum ein anderer, und sie mit aller Stärke überstanden.

An seine Brust geschmiegt, flüsterte sie. »Ich liebe alles an dir, Marcas Matheson. Ich möchte Black Isle nie wieder verlassen.« Dann lehnte sie sich zurück und blickte ihm in die Augen. »Ich erinnere mich noch, was du vorher gefragt hast. Falls du zweifelst, solltest du wissen, dass ich dich mit Freuden heiraten werde. Leider jedoch musst du die Zustimmung meines Vaters einholen. Das wird keine leichte Aufgabe für dich werden.«

Er nahm ihr Gesicht zwischen seine Hände und gab ihr einen sanften Kuss auf die Lippen. »Das habe ich schon getan und er hat eingewilligt.«

»Tatsächlich?«, fragte sie schockiert, und ihre Lippen schürzten sich zu einem Schmollmund. »Ach, dann liebt er mich nicht so sehr wie meine Schwestern.«

»Er liebt dich ganz genauso. Anfangs hat er mich ganz und gar abgewiesen. Es war deine Mutter, die ihm gedroht hat. Nach einigem Hin und Her hat sie sein Einverständnis gewonnen.«

»Oh, ich kann es kaum erwarten, alles darüber zu erfahren.«

Marcas starrte sie aus aufgerissenen Augen an. »Das werde ich nie verraten. Nein, du willst es gar nicht wissen.«

# KAPITEL ACHTUNDZWANZIG

ZWEI TAGE SPÄTER trat Marcas außerhalb der Ringmauer. Endlich war Hoffnung in seinem Leben und ein Versprechen auf großes Glück, denn die Hochzeit sollte in zwei Tagen stattfinden. Er hatte das Nachtmahl mit seinem Clan und den Ramsays eingenommen und war dann hinausgegangen, um die Umgebung zu kontrollieren. Als die jungen Frauen anfingen, sich über die Hochzeit und die Ausschmückung der Halle zu unterhalten, wusste er, dass die Zeit für ihn reif war, sich zurückzuziehen. Logan war mit Gwyneth nach Inverness geritten, um sich mit anderen Angehörigen ihres Clans zu treffen, nachdem sie ihre Einkäufe auf dem Markt in der Stadt erledigt hätten.

Offenbar liebte Brigids Mutter es ebenso sehr einzukaufen wie Brigid, und sie war auf der Suche nach dem geschmeidigsten Stoff für ihre nächste Tunika und Strumpfhose. Logan hatte seiner Tochter versprochen, ihrer Mutter zu helfen, ein Kleid für die Hochzeit zu finden.

Gwyneth hatte kein solches Versprechen gegeben und ihren Mann stattdessen böse angeschaut.

Er hatte sich noch nicht weit von den Toren entfernt, als Cailean und Kyle ihm entgegenkamen und ihn aufhielten, um sich mit ihm zu unterhalten. Cailean grinste und sagte: »Wir bringen dich von hier fort.«

Marcas wusste nicht, was er von dieser Aussage oder dem sonderbaren Grinsen des Mannes halten sollte, also richtete er in Erwartung weiterer Erklärungen den Blick auf Kyle.

»Ich weiß, es klingt sonderbar, aber du musst uns vertrauen«, meinte Kyle. »Brigid wartet in einem Häuschen auf dich, das im Wald versteckt liegt.«

Fragend sah Marcas mit hochgezogener Augenbraue zu Kyle, und der Gedanke an Brigid allein in einem Häuschen war sowohl verlockend als auch beängstigend. »Warum?«

»Hör zu«, setzte Cailean zu einer Erklärung an. »Wir versuchen, es leichter für euch zu machen. Die Idee ist von Brigid und Sorcha, weil sie ihren Vater kennen. Er ist unterwegs, und Brigid möchte ... ähm ...« Cailean rieb sich den Kiefer und fühlte sich bei diesem Thema sichtlich unwohl. Marcas hatte keine Ahnung, wohin dieses Gespräch führen sollte.

»Geh einfach«, meinte Kyle. »Du musst sie zu deiner Frau machen, ehe Logan zurückkehrt. Das ist das einzige Argument, das bei ihm Wirkung zeigen wird. Du musst die Ehe mit ihr besiegeln, denn dann wird er nicht versuchen, die Hochzeit zu verhindern. Das ist in deinem besten Interesse. Wir werden uns alle vom Häuschen fernhalten.

Du hast Zeit bis morgen.«

»Ist das dein Ernst? Er würde es verhindern?«

»Wenn du das nicht tust«, meinte Cailean, »kannst du von Glück sagen, dass du nach der Hochzeit noch deine Hoden hast. Ich hatte fast sterben müssen, ehe er mich in Ruhe gelassen hat.«

»Geh zum Häuschen und sprich wenigstens mit Brigid«, schlug Kyle vor. »Was ihr anschließend tut, bleibt euch überlassen.«

Marcas hielt diesen letzten Vorschlag für den sinnvollsten, soweit sie nicht scherzten, um ihn von seinen Kriegern fortzulocken. Er bestieg sein Pferd und folgte ihnen, wobei er über ihre Worte nachdachte.

Als sie angekommen waren, bemerkte Kyle: »Du warst schon einmal verheiratet, also brauchst du keinen Rat. Denk nur daran, dass du in der Nähe einer großen Anzahl von Ramsay Kriegern bist. In anderen Worten, keine Tränen von Brigid.«

Dann entfernten sich die beiden.

Marcas ging auf das Häuschen zu, klopfte leise an und öffnete die Tür, als er Brigids Stimme hörte, die ihn einlud. Er trat ein und immer noch neugierig auf dieses ganze Unterfangen, zog er die Tür hinter sich zu.

Was er beim Eintreten erblickte, löschte jeden Gedanken in seinem Kopf. Brigid stand in einem durchscheinenden Gewand vor dem Kamin, und trug ein nervöses Lächeln auf ihrem Gesicht. Sie war so schön, dass ihm die Worte fehlten. Er trat näher zu ihr heran, bis er vor ihr stand, und stieß den Atem aus, von dem er nicht wusste, dass er ihn angehalten hatte. Er nahm alles an ihr in sich auf – das Lächeln in ihrem Gesicht, die kastanienbraunen Locken, die ihr bis zu den Hüften fielen, die Rundung ihrer Brust, die im Licht des Feuerscheins hinter ihr sichtbar wurde.

Er tauchte in ihre waldgrünen Augen und legte eine Hand auf ihre Hüftbeuge. »Du bist umwerfend. Bist du sicher, dass du dir das wirklich wünschst, Mädchen? Du weißt, dass es sich nicht rückgängig machen lässt.«

»Aye«, antwortete sie und stellte sich auf die Zehenspitzen, um ihm einen sanften Kuss auf die Lippen zu drücken. »Ich wünsche mir das mehr, als du dir vorstellen kannst. Ich liebe dich, Marcas. Ich wünsche mir, dass du mich liebst.«

»Nicht vor der Besiegelung. Wir müssen uns gegenseitig die Treue schwören.« Er nahm sein Plaid, das einen Ton grüner war als das Ramsay-Plaid, und wand es um ihre verschlungenen Hände. »Ich schwöre dir die Treue, Brigid Ramsay. Ich verspreche, dich für immer zu lieben und zu beschützen. Gibst du mir dein Treuegelöbnis?«

»Aye, das will ich. Liebe mich, Marcas Matheson.«

Er stöhnte und ließ seine Lippen auf ihre sinken, mit einem Knurren, das er eigentlich nicht so laut hatte hervorbringen wollen, aber er hoffte, ihr damit zu verstehen zu geben, wie sehr auch er das wollte. Er hob sie in seine Arme und setzte sie auf das Bett, dessen Bettdecke bereits zurückgeschlagen war. Er griff nach seinem Plaid und meinte: »Bist du sicher? Wäre es dir lieber, wenn ich mich unter der Bettdecke ausziehe?«

Er wollte sie nicht beunruhigen, da er nicht wusste, wie viel sie von alldem wusste, was nun geschehen würde.

Sie warf ihm einen verführerischen Blick zu, schüttelte den Kopf und zog sich das Gewand über den Kopf, das sie dann einfach zu Boden fallen ließ.

»Nein, ich will alles von dir, Matheson.«

Er zog sich seine Kleidung und die Stiefel aus, ehe er neben sie unter die Bettdecke schlüpfte. Marcas küsste sie überall, wo er es wagte, und streichelte und liebte sie mit all seinen Sinnen, wobei er sicherstellte, dass sie für ihn bereit war.

Ihr die Unschuld zu nehmen, beunruhigte ihn ein bisschen, aber da es sie nicht zu belästigen schien, vergrub er sich tief in ihr und rief sie beim Namen, als er sie zum Höhepunkt brachte und sich in all dem verlor, was Brigid Ramsay ausmachte.

Sie war seine neue Frau, und sie war die Frau, die ihn zu einem Ort geführt hatte, an dem zu sein er erwartet hatte – einem Ort der Glückseligkeit, Klarheit und Hoffnung.

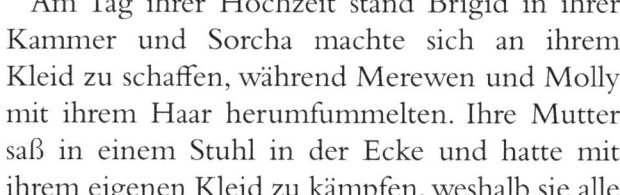

Am Tag ihrer Hochzeit stand Brigid in ihrer Kammer und Sorcha machte sich an ihrem Kleid zu schaffen, während Merewen und Molly mit ihrem Haar herumfummelten. Ihre Mutter saß in einem Stuhl in der Ecke und hatte mit ihrem eigenen Kleid zu kämpfen, weshalb sie alle anderen ignorierte.

»Mama, ich weiß, du verabscheust es, aber du

musst es nur eine kurze Zeit tragen. Wenn du es in Ruhe lässt, wird es länger ohne Falten bleiben.« Sorcha warf einen Blick zurück zu ihrer Mutter. Immer schon hatte sie lieber Strumpfhosen getragen und zog nur ein Kleid an, um ihrem geliebten Bruder Rab eine Freude zu machen.

»Dieses würde ich nur für meinen Bruder tun.« Gwyneths ernster Tonfall sagte ihnen allen, wie sie sich darüber fühlte, sich von ihrer geliebten Strumpfhose zu trennen, und wenn es auch nur für eine kurze Zeit war.

Brigids Onkel Rab war Priester und er war den ganzen Weg von West Lothian gekommen, um das Paar zu trauen, wobei er von den restlichen Brüdern und Schwestern, Nichten und Neffen und vielen ihrer Cousins begleitet wurde.

Ihre Mutter sprang auf und ging hinaus, wobei sie die Tür hinter sich zuschlug.

Sorcha fasste Brigid am Arm und flüsterte: »Also war es nicht so wundervoll, wie du gedacht hast?« Nach Brigids Nacht im Häuschen hatten sie keine Gelegenheit gefunden, sich unter vier Augen auszutauschen.

Brigid schaute zu Merewen und Molly, und dann kicherte sie. »Oh, es war eine überaus wundervolle Nacht. Vielen Dank für eure Hilfe, dass sie stattfinden konnte.«

»Wir wissen alle, wie Papa sein kann. Du hast dieses Glück verdient und jetzt wird er dich nicht mehr aufhalten.« Sorcha machte sich weiter an Brigids Haar zu schaffen und stellte sicher, dass jede Strähne akkurat lag.

Da sie ihren Bund insgeheim besiegelt hatten,

war alles noch besonderer geworden. Sie kannte viele in ihrem Clan und im Clan Grant, die ihre Ehe durch einen Handschlag besiegelt hatten, doch noch nie hatte sie viel darüber nachgedacht, bis Marcas sein Plaid um ihre ineinander verschlungenen Hände gewunden und ihr sein Treuegelöbnis gegeben hatte. Vor lauter Glück waren ihr fast die Tränen gekommen, doch sie hatte sich beherrscht und ihm das gleiche Versprechen gegeben. Dann hatten sie eine vollkommen glückliche Nacht miteinander verbracht, in der viele ihrer Geschwister als Aufpasser vor ihrem Vater fungierten, für den Fall, dass er vorzeitig heimgekehrt wäre.

Nach dieser herrlichen Nacht hatte sie sich beruhigt und war froh von der Stärke ihrer Liebe zu wissen, und dass ihr Vater sie nicht fortzerren konnte, wie er es angedroht hatte. Jetzt gehörte Brigid zu Marcas, und selbst ihr Vater würde das nicht bestreiten.

Merewen trat zurück, als sie das letzte Band auf der Rückseite von Brigids Kleid gebunden hatte. »Brigid, du bist absolut atemberaubend.«

Ein rasches Klopfen ertönte an der Tür, und als sie aufging, kam ihre Mutter mit Simone und Beatris im Schlepptau zurück. Beatris kicherte und umarmte Brigid, während Simone sie bewundernd ansah.

»Merewen, habe ich dir schon gesagt, wie sehr ich mich freue, dass du und Gavin zusammen mit Tara und Jennet zumindest für einen Mond auf Black Isle bleibt?«, fragte Brigid. »Das bedeutet mir wirklich sehr viel.«

»Mindestens viermal, Brigid«, entgegnete Gwyneth. »Ich werde keine Möglichkeit haben, irgendjemanden mit nach Hause zu nehmen, wenn du es immer wieder sagst.«

Brigid beugte sich vor und drückte ihre Mutter kurz. »Ach Mama. Es ist doch nur für eine kurze Zeit.«

»Ich weiß. Und das alles ist auch verständlich, aber ich muss zurück zu den Kindern. Da gehöre ich jetzt hin. Zu meinen Enkelkindern. Ich muss euch allen erlauben, euren eigenen Weg zu gehen. Im Matheson Clan werden Bogenschützen gebraucht, also war es klug von Marcas, Gavin und Merewen zu bitten, hierzubleiben und ein paar auszubilden. Das ist notwendig.«

»Ihr habt immer noch Sorcha und mich zu Hause«, meldete sich Molly zu Wort. »Maggie wird zur Genüge anwesend sein.«

»Ich bin überrascht, dass du dich nicht entschieden hast, hierzubleiben, Sorcha«, meinte Merewen. »Du bist auch eine gute Bogenschützin.«

»Ich erweise meiner Schwester einen Gefallen. Wenn ich Cailean mitnehme, hat mein Vater ein Zielobjekt. Das lenkt die Aufmerksamkeit von Marcas ab.«

»Armer Cailean«, erwiderte Molly.

Sorcha schnaubte unfein. »Er liebt es. Lass dich von ihm nicht von etwas anderem überzeugen. Genug geredet. Bist du bereit, den Bund der Ehe einzugehen, Schwester?«

Brigid nickte und drückte Beatris.

Während Sorcha alle arrangierte, blickte

Simone zu Brigid auf. »Der Grünton hebt deine Augen hervor, und die Art, wie Sorcha dein Haar frisiert hat, ist umwerfend. Die Einflechtung der Blumen am Hinterkopf ist perfekt. Ich wünschte, du könntest es sehen.«

Es klopfte an der Tür, und Bethia trat ein, um dann mit einem Keuchen stehen zu bleiben. »Oh, Brigie, du bist so wunderschön. Papa wird gewiss Tränen vergießen. Sorcha, du bist noch immer sehr geschickt mit der Nadel. In diesem Grün sieht sie wie ein Engel mitten im Wald aus. Die Rosatöne der Bänder harmonieren perfekt.«

Alle verließen nach Brigid die Kammer, um ihr zu folgen, doch als sie das Ende des Korridors erreichte, wartete sie auf ihre Mutter und hakte sich bei ihr unter. »Mama, bist du glücklich?«

Gwyneth küsste sie auf die Stirn. »Sehr. So lange warst du das kleine Mädchen deines Vaters, dass ich nicht geglaubt hatte, er würde dich jemals gehen lassen. Ich bin stolz auf ihn, dass er seine Zustimmung gegeben hat.«

»Keine Tricks heute, möchte ich hoffen«, entgegnete Brigid. »Das heißt, kein Seil.«

»Keine Sorge«, entgegnete ihre Mutter und tätschelte ihre Hand. »Ich habe es versteckt, falls ich es brauche.«

Brigid schritt die Treppe hinunter und blieb auf halbem Wege stehen. Jedem der Anwesenden in der Halle gehörte ein besonderer Platz in ihrem Herzen, aber es war der Blick ihres Vaters, der sie innehalten ließ. Sie konnte die Tränen von so weit weg sehen.

»Papa, ich verlasse dich nicht.«

Ihre Mutter ging zu ihm und küsste ihren Vater. Dann sagte sie zu den anderen, »Geht vor in die Kapelle. Lasst Brigid und ihren Vater einen Moment allein.«

Als sich die Tür schloss, ging Brigid die Treppe hinunter. »Papa, ich komme schon zurecht. Ich liebe ihn von ganzem Herzen. Ich habe versucht, jemanden bei den Ramsays zu finden, doch es wollte einfach nicht klappen.«

Die Tränen liefen ihm unaufhaltsam über die Wangen, und als sie vor ihm stand, erhob sie sich auf die Zehenspitzen und gab ihm einen Kuss auf die Wange. »Ich liebe dich, Papa.«

»Du bist so schön, Brigie«, flüsterte er. »Vermutlich sollte ich dich von nun an Brigid nennen.«

»Das ist in Ordnung. Du nennst Mama immer noch Gwynie. Das zeigt ihr, dass du sie liebst. Ich mag es nicht, wenn du sie Gwyneth nennst.«

»Sehr scharfsinnig, Brigie«, schmunzelte Logan, dessen Tränen versiegten, als er ihren Namen betonte. »Ich werde dich vermissen, aber du bist nicht allzu weit von mir entfernt. Du hast dir einen guten Mann ausgesucht. Da kann ich nicht klagen. Ich verlasse mich auf ihn, dass er sein Versprechen einhält, uns zweimal im Jahr zu besuchen.«

Die Tür öffnete sich, und Torrian steckte seinen Kopf herein. »Sie warten auf dich. Du solltest den dunklen Wolken zuvorkommen, die gerade aufziehen.«

Ihr Vater hielt ihr den Arm entgegen, und sie ergriff ihn. Sie bemerkte gerade noch, wie Beatris unter Torrians Arm hindurchschlüpfte und ihr einen wunderschönen Strauß weißer und gelber Blumen überreichte. »Ich danke dir, mein Schatz. Sie sind perfekt.«

Draußen angekommen, schritten sie gemessen zur Kapelle hinüber, vor der ihr Onkel Rab in seinen wallenden Roben auf sie wartete. Der Burghof war zur Hälfte mit den Clanangehörigen gefüllt, denjenigen, die sie kannte, und mit einigen, die neu zurückgekommen waren, weil sie gehört hatten, dass der Fluch Vergangenheit war.

Der Matheson Clan war wieder zum Leben erwacht. Etwas abseits brutzelte ein Schwein am Spieß in Vorbereitung auf die Feierlichkeiten, doch sie hatte nur Augen für ihren stattlichen Ehemann. Ethan stand auf einer Seite neben Marcas und Shaw auf der anderen. Gisela hielt Tiernay auf dem Arm. Als Logan und Brigid neben Marcas erschienen, stellte sich die kleine Kara zwischen Brigid und Marcas und reichte jedem eine Hand, um sie in die Kirche zu führen. Logan folgte ihnen.

Brigids Blick war auf ihren Mann geheftet. Sie glaubte, ihr Herz würde vor Freude zerspringen. Nie hätte sie sich träumen lassen, einmal einen Mann zu finden, der sie so bedingungslos lieben würde, und der ihr Herz mit einem Blick zum Jubilieren bringen konnte.

Dann taten sie, was sie beide am besten zusammen konnten.

Sie lachten.

Noch nie war Marcas so glücklich gewesen. Die Hochzeit war wunderschön gewesen, und es war ihnen gelungen, dem Sturm zu zuvorzukommen. Alle hatten sich in der Halle versammelt, um zu feiern, ehe der Himmel seine Schleusen öffnete. Aber der Regen war nur von kurzer Dauer gewesen, und dann war die Sonne herausgekommen.

Die Halle stand voller Tische mit verschiedenen Gerichten, und ein paar Musikanten sangen und spielten auf ihren Lauten zum Tanz.

An einem Punkt rief Tara den Neuvermählten zu und winkte an der Tür. Sie folgten ihr auf die Stufen draußen und ließen alle anderen drinnen zurück, die sich an dem Fest erfreuten. Tara zeigte auf eine Stelle über den Bäumen beim Fjord. »Seht, das ist etwas ganz Besonderes. Ich glaube, er ist für euch beide bestimmt.«

Ein Regenbogen.

Tara fuhr fort: »Mama glaubt, dass eure Vereinigung gerade gesegnet wurde, deshalb wollte ich, dass ihr ihn seht.«

Marcas staunte über die Farben, die den Himmel überzogen, nicht dass er noch nie einen Regenbogen gesehen hätte. Er hatte im Laufe seines Lebens schon viele gesehen, aber die Farben dieses Regenbogens waren so leuchtend, dass sie etwas bedeuten mussten.

Dann schaute er zu Brigid, deren Blick noch immer auf die atemberaubende Schönheit der

Natur gerichtet war und dessen Leuchten ein Glitzern über den Fjord warf, der im Licht flimmerte. Sie traten an eine Stelle, von der aus sie diesen Anblick besser genießen konnten.

Tara stand hinter ihnen und meinte: »Ehe ich euch allein lasse, damit ihr euch daran erfreuen könnt, möchte ich euch noch etwas sagen. Meine Schwester, die eine Seherin ist, würde euch erklären, dies ist jemand, der euch sagen will, dass er sich für euch freut. Ich würde sagen, es sind deine Eltern, Marcas. Das ist ihre Art, hier zu sein.«

Dann ging sie davon.

»Oh, Marcas«, brachte Brigid hervor und drückte seine Hand. »Glaubst du, dass es wahr sein könnte?«

Erneut richtete er den Blick auf die Szenerie und flüsterte: »Ja, denn ich hoffe, es ist wahr. Ich vermisse sie furchtbar, aber irgendwie weiß ich in meinem Herzen, dass sie dich und unsere Ehe gutheißen.«

Eine leise Stimme ertönte hinter ihnen, und als beide sich umdrehten, sahen sie Kara oben auf der Treppe stehen, während Gisela ihre Hand festhielt. Marcas Schwester hatte Tränen in den Augen und nickte ihm zu, um ihm mitzuteilen, dass sie den beiden zugehört hatte und ihnen zustimmte.

Aber es war Karas Stimme, die ihn tief berührte. »Schau, Papa«, meinte sie und deutete auf das Ufer des Fjords. »Das ist Mama. Sei gegrüßt, Mama.«

Sie kicherte, während sie den Regenbogen betrachtete, dann wieder auf die Stelle am Ufer, auf die sie zuvor gezeigt hatte. Marcas hatte keine Ahnung, warum sie das über Freda gesagt hatte, denn er konnte nichts erkennen. Er schaute zu Brigid, die mit den Schultern zuckte und dann zu seiner Tochter zurück, deren Gesicht noch immer leuchtete, während sie mit ihrem kleinen Finger zeigte.

Gisela fragte mit tränenerstickter Stimme: »Was sagt sie noch, Kara?«

»Sie sagt, ich kann nicht zu ihr kommen. Aber sie liebt mich und wird mich eines Tages wiedersehen. Und sie sagt, sie möchte Papa etwas sagen.«

»Was?«, fragte Marcas, der fast ängstlich war, zu fragen.

»Sie freut sich für dich, sagt sie.« Dann hob Kara die Hand und winkte. »Tschüss, Mama.«

# KAPITEL NEUNUNDZWANZIG

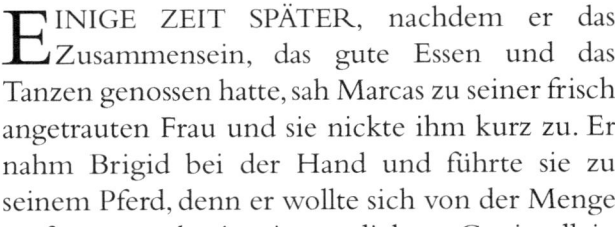

EINIGE ZEIT SPÄTER, nachdem er das Zusammensein, das gute Essen und das Tanzen genossen hatte, sah Marcas zu seiner frisch angetrauten Frau und sie nickte ihm kurz zu. Er nahm Brigid bei der Hand und führte sie zu seinem Pferd, denn er wollte sich von der Menge entfernen und mit seiner geliebten Gattin allein sein. Doch offenbar war es noch nicht so weit.

Logans Stimme schallte durch die Menge und brachte Marcas abrupt zum Stehen. »Warte, Matheson. Du wirst meine Tochter nirgendwohin mitnehmen, wenn du nur vorhast, sie zu schänden. Sie bleibt hier.«

Marcas drehte sich um und war nicht überrascht, als er Gwyneth mit einem Seil in den Händen sah, bereit, das Gleiche zu tun, was sie mit Logan auf Sorchas Hochzeit getan hatten. Doch das würde Marcas nicht zulassen.

Er hielt Gwyneth, Gavin und Torrian die Hand hoch, die alle breit grinsten.

»Das wird nicht nötig sein.«

Sie alle erstarrten und schauten ihn mit großen Augen an, als sie darauf warteten, was als Nächstes passieren würde.

Logans Brust blähte sich noch ein bisschen mehr, wenn das überhaupt möglich war. Er konnte ein arroganter Mistkerl sein. »Gut, es ist schön zu sehen, dass wir uns verstehen, Junge. Lass meine Tochter gehen. Brigie, komm hierher.« Er winkte seiner Tochter zu und wies auf einen Platz neben sich.

Marcas manövrierte sich vor Brigid und schob sie ein wenig hinter sich. »Sie ist meine Frau, Ramsay, und sie kommt mit mir.«

»Den Teufel wird sie tun«, knurrte Logan. »Brigid, jetzt!«

Marcas zog sein Schwert aus der Scheide und warf es zu Boden. »Sie ist meine Frau, und ich werde mich um sie kümmern. Du brauchst dich nicht in unsere Angelegenheiten einmischen.«

»Genau das habe ich befürchtet. Du wirst sie nicht vernaschen.«

Marcas trat einen Schritt näher an Logan heran und sagte: »Ich habe keine Angst vor dir, Ramsay, und ich werde sie vernaschen, wenn sie es wünscht. Jetzt musst du dich zurückhalten, jetzt und für immer. Wenn sie sich beschwert, wird sie es dir sicher sagen.«

»Zurückhalten? Hast du mit Feen geschlafen und ihren Staub eingeatmet? Ich halte mich nicht zurück.« Logan stemmte die Hände in die Hüften und warf sein Schwert ebenfalls zu Boden. »Das ist meine Tochter, und du wirst dich immer vor mir verantworten müssen.«

»Wir müssen das jetzt zu einem Ende bringen. Ich werde mich nicht die ganze Zeit über meine Schulter nach dir umsehen, solange wir verheiratet sind.« Er trat zwei Schritte näher und nahm die gleiche Haltung wie Ramsay ein, wobei sein Blick auf Brigids Vater gerichtet war. »Zeig deinen besten Schlag, alter Mann.«

Marcas hörte die Menge aufkeuchen. Er hatte genug von all dem gehört, was Cailean durch die Hand dieses Unmenschen erduldet hatte, und er würde sich das nicht gefallen lassen. Noch ein Schritt nach vorn. »Schlag mich. Ich habe keine Angst vor dir.«

Eine Vielzahl von Emotionen zog über das Gesicht des alten Kriegers, aber diejenige, die Marcas am meisten auffiel, war eine leichte Trübung in den Augen des Mannes. Da er selbst eine Tochter hatte, konnte Marcas es Logan nicht verübeln, dass er sich Sorgen um seine Jüngste machte, also senkte er die Stimme und meinte: »Ich schwöre dir, dass ich sie immer beschützen werde. Ich bete sie an. Sie ist mein Leben. Ich werde niemals zulassen, dass ihr etwas zustößt, also musst du dir keine Sorgen machen.«

Logan senkte den Blick zu Boden und die Menge wartete schweigend auf seine Reaktion. Marcas wartete, weil er musste. Er konnte nicht tolerieren, dass dieser Mann sich ständig in ihr Leben einmischte.

Nach einer langen Pause hob Logan den Blick zu Marcas und ein breites Lächeln überzog sein Gesicht, ehe er seine Haltung aufgab und vortrat, um Marcas an der Schulter zu fassen. »Das war nur ein Test, Chief. Ich wollte sehen, ob du Manns genug bist, um sie zu beschützen.« Logan lenkte den Blick an ihm vorbei und meinte: »Brigie, du hast gut gewählt. Wenn du deine Meinung änderst, weißt du, wo du mich findest.«

Die Menge brach in Jubel aus, während Marcas Brigid auf sein Pferd hob und dann hinter ihr aufsaß. Dann winkten die beiden der Menge zu. Sie waren nur ein kurzes Stück weit gekommen, als er Cailean sagen hörte: »Ich habe keine Angst mehr vor dir, Logan.«

»Nun, das solltest du besser. Das hat nur einmal bei mir funktioniert.«

»Ach, Papa …«, meinte Sorcha gedehnt.

Brigid drehte sich vor Marcas um und schaute über seine Schulter hinweg zu dem Geplänkel ihrer Familie zurück. Dann schmunzelte sie.

Ohne sich zurückzudrehen, fragte er: »Dein Vater beobachtet uns, nicht wahr?«

»Aye, und das wird er wahrscheinlich immer tun.«

# EPILOG

LOGAN WOLLTE NICHT tun, worum Brenna ihn bat. Er hatte keinen Wunsch, zur Black Isle zurückzureisen.

Freilich hatte er seine geliebte Brigid seit einer Weile nicht mehr gesehen, aber es war nicht so lange her, und der härteste Teil daran war der Grund, warum er diesen Besuch machen würde.

Sein geliebter ältester Bruder, Quade, der frühere Laird des Ramsay Clans, war hinfällig. Er war aus keinem Grund, den seine Frau herausfinden konnte, jeden Tag kranker geworden. Brenna hatte sofort nach Logan schicken lassen.

»Du musst Jennet holen.«

»Brenna, er ist auch mein Bruder. Ich würde vielleicht gern bei ihm bleiben.«

»Es gibt nichts, was du tun könntest, Logan. Und Micheil wird bald hier sein. Ich habe Kyle bereits mit einer Nachricht zu ihm geschickt, aber du musst zur Black Isle. Bring sie zurück.« Brenna wischte sich eine Träne fort.

»Zuerst will ich ihn sehen.« Gwyneth trat hinter ihn und flüsterte ihm ins Ohr. Er drehte sich um. »Ich weiß, Gwynie, aber er ist mein Bruder. Ich möchte nicht heimkehren und erleben, dass er verstorben ist.«

»Komm schon, du kannst ihn sehen.« Brenna führte die beiden in die Kammer der Heilerin, die von der großen Halle abzweigte und die sie dort gleich nach ihrer Heirat mit Quade eingerichtet hatte.

Sein Bruder kämpfte schon so lange mit Hüftschmerzen, dass es ihm mehr als recht war, sein Pferd zu reiten, aber dies, dies war einfach zu viel. Ihn zu beobachten, wie er langsam ohne Erklärung dahinsiechte, war nicht zu akzeptieren. Stets hatte er in Brenna vertraut, ihren Clan gesund zu halten, aber sie hatte keine Ahnung, was Quades Krankheit war, oder was ihre Ursache war.

Sie fürchtete das Schlimmste. Dass er bald tot sein könnte. Brenna saß auf einem Schemel neben dem Bett und dann bewegte sie sich zur anderen Seite, und bedeutete Logan, sich zu setzen. Brenna nahm auf der anderen Seite des Bettes Platz und ihr Lächeln erschien magisch, wobei sie nicht viel anders aussah als das Mädchen, das er vor so langer Zeit von den Grants gestohlen hatte, um Quade zu retten.

Sie war eine Schönheit mit einem großen Herzen und die weiseste Frau, die er kannte. Fast wollte er das schon laut sagen.

Dann änderte er seine Meinung mit einem Grinsen. Quade würde es lieben, diese Worte von ihm zu hören, aber das würde er nicht in ihrer Gegenwart tun. Sie war nicht nur die klügste Frau, die er kannte, sondern sie war die klügste *Person,* die er kannte. Er würde nie wissen, wo sie all ihre Begabung und ihre Weisheit gesammelt hatte, die sie nicht nur für ihren Clan einsetzte, sondern sie hatte ihnen zudem noch drei wundervolle Kinder mit Quade geschenkt – Bethia, Gregor und Jennet.

Vielleicht hatte sie der Welt sogar jemanden noch Klügeren als sie selbst geschenkt – Jennet.

Seufzend schaute Logan zu seinem Bruder Quade, dessen Verstand so scharf wie immer war. So viel konnte er sagen. Er nahm Quades Hand, der sich kaum rührte.

»Er ist zu schwach, um viel zu tun, Logan.«

Logan hatte keine Ahnung, was das gesundheitliche Problem seines Bruders war, aber wenn ihn jemand heilen konnte, dann Brenna. Er nickte und drückte seinem Bruder kurz die Hand, und war überrascht, als dieser seinen Druck so fest erwiderte, dass es wehtat.

»Was um alles in der Welt, Quade? Was willst du von mir?«

In den Augen seines Bruders brannte ein Bedürfnis und als er endlich sprach, war sein Atem keuchend. »Geh und hol sie.«

Logan war überrascht, welche Anstrengung es Quade kostete, zu sprechen. Zum Teufel, am liebsten hätte er Brenna angeschrien. Wie konnte sie bei all diesem Geschehen die Ruhe bewahren? Wie konnte sie ihren Mann nicht anschreien, seinen Hintern aus dem verdammten Bett zu heben?

»In Ordnung«, lenkte er ein. »Ich werde mein Bestes tun. Du möchtest, dass ich Jennet nach

Hause bringe?«

Quade nickte und seine grünen Augen waren größer, als Logan je gesehen hatte. Dann drückte er Logans Hand noch einmal.

»Also gut. Ich hole sie, aber ich würde es lieber nicht tun.« Logan fuhr sich mit der Hand übers Gesicht. »Ich würde lieber hier bei dir bleiben.« Er gehörte an die Seite seines Bruders. Was, wenn Quade starb, während er unterwegs war?

Das würde er sich nie verzeihen. Es war seine Pflicht, an der Seite seines Bruders zu sein, wie es seine Pflicht war, an Gwynies Seite zu sein, wenn ihre Zeit kam.

Sein Bruder drückte seine Hand noch fester und dann schaffte er es, sich auf die Seite zu rollen, was ihm die Möglichkeit gab, seine Hand an Logans Hals zu heben.

Beinahe.

So dumm war Logan nicht. »Du hast mich oft genug gewürgt, als wir kleine Jungen waren, Quade. Selbst jetzt bin ich mir deiner Vorhaben bewusst. Na schön. Ich werde gehen. Nur so bald wie … «

»Bring meine Tochter jetzt her, Logan.« Quade packte die Oberkante der Tunika seines Bruders und schüttelte ihn genug, um ihn vom Schemel zu reißen.

»Einverstanden!« Er packte die Hand seines Bruders und schob sie fort. »Du willst, dass ich Jennet für dich hole, und ich werde dir gehorchen du missmutiger alter Ziegenbock.«

Quade nickte heftig, um seine Hand dann wieder auf das Bett zurückfallen zu lassen. Logan erhob sich von seinem Schemel und ging zum Fenster hinüber, von dem er das Fell zurückzog und auf den Rand des Innenhofes hinausschaute, der das Einzige war, was er erkennen konnte. »Aber ich sollte bei dir bleiben, Quade. Ich will dich nicht verlassen.«

Freilich würde er liebend gern zur Black Isle reiten, um zu sehen, wie es Brigid erging und um seinen neuen Schwiegersohn, Marcas zu besuchen. Er fragte sich, wie der Matheson Clan nun gediehen war. Selbst Gavin und Merewen waren zurückgeblieben.

Aber nicht jetzt. Dies war sein älterer Bruder, sein Mentor und sein bester Freund.

Dies war Quade.

Brenna kam herbei und blieb neben ihm stehen. »Erinnerst du dich an eine sehr lange Zeit zurück, als du mir ein Versprechen gegeben hast? Ich fordere es jetzt ein. Du sagtest, du schuldest mir etwas.«

Logan schmunzelte. »Ich besinne mich gut. Ich habe deiner lieben Mutter ihr Heilbuch gestohlen, aber ich habe es zurückgegeben. Und weil ich es gestohlen hatte, gewährte ich dir eine Bitte. Ich gelobte, zu tun, um was auch immer du mich bitten würdest, ohne Fragen zu stellen. Meine Erinnerung ist noch intakt, Brenna, und du hast diese Bitte bereits in Anspruch genommen, als ich dich in der Nacht der Beischlaf-Zeremonie beschützt hatte.«

Gwynie äußerte nur ein Wort. »Logan …«

Dann trat sein Bruder im Bett um sich, riss die Decke fort und machte Anstalten, auf ihn loszugehen. Stattdessen fiel er auf den Boden.

Gwynie blickte Logan mit hochgezogener Augenbraue an, während Brenna auf das Bett zustürzte. »Er ist zu schwach zum Laufen. Komm, wir müssen ihn wieder ins Bett schaffen.«

Zu dritt hievten sie den großen Mann wieder auf das Bett zurück, dessen grüne Augen Logan folgten. Zum Teufel, er hasste es, wenn sein Bruder das tat. Quade wusste genau, wie er ihm ein schlechtes Gewissen machen konnte. »Ich glaube immer noch, dass ich zuerst geboren wurde, du schrulliger alter Mann.«

Er grinste seinen Bruder an und zum ersten Mal leuchteten dessen Augen vor Gelächter auf.

Torrian trat ein. »Wenn er nicht geht, werde ich es tun, Pa.«

»Nein, Logan geht«, gelang es Quade, zu sagen.

»Ich weiß«, konterte Logan. »Torrian gehört mit Lily und Brenna und seiner eigenen Familie hierher. Ich werde gehen. Gwynie, du musst hierbleiben. Bitte. Du weißt, dass ich zu schnell für dich reite.«

Logan ging zur Tür und drehte sich um, als er dort angelangt war. »Du hast deinen Hintern bei meiner Rückkehr besser aus dem Bett gehievt, alter Mann.«

Dann schloss er die Tür, ehe etwas von innen krachend dagegen flog.

Zumindest war seines Bruders Verstand noch hellwach.

ENDE

LIEBER LESER UND Leserinnen,

danke fürs Lesen! Wie Sie sehen können, ist dies eine neue Serie und ich habe noch keine Ahnung, wie viele Bücher sie einmal umfassen wird! Wir werden sehen, was meine Muse sagt, während ich vorankomme.

Jennet ist die Nächste.

Viel Spaß beim Lesen,
*Keira Montclair*

*keiramontclair@gmail.com*

*www.keiramontclair.net*
*http://facebook.com/KeiraMontclair/*
*http://www.pinterest.com/KeiraMontclair/*

SORCHA aus den Highlands – Buch Acht
KYLA aus den Highlands – Buch Neun
BETHIA aus den Highlands – Buch Zehn
LOKIS WINTERREISE – Buch Elf

## DIE BANDE DER COUSINS

1-Highland Rache

2-Highland Entführung

3-Highland Vergeltung

4-Highland Lügen

5.-Highland Stärke

6.Highland Verehrung

7.-Highland Treue

8.- Highland Kraft

## HIGHLANDSCHWERTER

DER VERRAT DER SCHOTTIN

DIE SCHOTTISCHE SPIONIN

DIE JAGD DES SCHOTTEN

DIE PRÜFUNG DES SCHOTTEN

DIE TÄUSCHUNG DES SCHOTTEN

DER ENGEL DER SCHOTTEN

## HIGHLAND HEILERINNEN

Der Fluch von Black Isle

Die Hexe von Black Isle

Die Geißel von Black Isle

Die Geister von Black Isle

Die Engel von Black Isle

## WEITERE BÜCHER

DIE VERBANNUNG DES HIGHLANDERS

# ÜBER DIE AUTORIN

Keira Montclair ist das Pseudonym einer Autorin, die mit ihrem Ehemann in South Carolina lebt. Sie schreibt aufregende historische Romane, oft mit Kindern als Nebenfiguren.

Wenn sie nicht schreibt, verbringt sie gern Zeit mit ihren Enkelkindern. Sie hat als Highschool-Mathematiklehrerin, als Krankenschwester und als Büroleiterin gearbeitet. Sie liebt Ballett, Mathematik und Rätsel, lernt gern neue Dinge und hat Spaß am Erschaffen neuer Figuren, in die sich ihre Leser verlieben können.

Sie ist erst mit ihrem Werk zufrieden, wenn ihre Leser Tränen über ihre Geschichten vergießen, aber zum Schluss gibt es immer ein Happy End!

Ihre Bestseller-Reihe ist eine Familiensaga, die das Leben zweier mittelalterlicher schottischer Clans über drei Generationen hinweg verfolgt und mittlerweile über dreißig Bücher umfasst.

Kontaktieren Sie sie über ihre Website: *http://www.keiramontclair.net.*